峠

慶次郎縁側日記

北原亞以子

朝日文庫

本書は二〇〇三年十月、新潮文庫より刊行されたものです。

峠　慶次郎縁側日記●目次

峠　9
天下のまわりもの　173
蝶《ちょう》　207
金縛り　241

人攫《ひとさら》い　277
女難の相　313
お荷物　345
三分の一　379
解説　村松友視　414

峠

慶次郎縁側日記

峠

父から商売を引き継いではじめての江戸で、その帰り道だった。往《い》きには薬が詰まっていた背中の行李《こうり》を揺すり上げて、四方吉《よもきち》はなお足を早めた。

商売はうまくいった。それを、早く父の茂兵衛《もへえ》に知らせたかった。

富山の薬売りは、年に一度、得意先を訪れる。前年にあずけておいた薬のうち、使った分だけの代金をもらい、使われて不足している薬の補充をするのである。

三年前、十五の時から四方吉は板橋、蕨《わらび》、浦和のあたりをまわっている。茂兵衛の持ち場である江戸は、四方吉が二十になってからゆずられることになっていた。そろそろ薬をつくる方に専念したいと茂兵衛は言っているのだが、江戸は、生き馬の目を抜くといわれているところであった。よい客も多いかわり、おまけ一つで他の薬売りにかわってしまう客も少なくない。こちらも客の顔色を読んで、素早い対応をしなければならない。今の四方吉では――と、祖父が四方吉の若さをあやぶんだのだった。

それが、上々の首尾だった。実直な商売をしていた父のお蔭《かげ》であることはわかっているが、少しは自慢もしてみたい。急ぎ足で、松井田の宿《しゆく》も通り過ぎた。

江戸から越中の富山へ向うには、追分宿《おいわけじゆく》で中山道《なかせんどう》にわかれ、北国《ほっこく》街道へ入る。追分から越後の高田まで三十余里、そこから北陸街道を西へ向い、越中へと入って行く。長い道程《みちのり》だが、茂兵衛は、四方吉と同じように十五の年齢《とし》から薬売りとなって、足かけ二十五年もこの道を往復した。

口数が少なく、どちらかといえば無愛想な男だが、商いは誠実で、あずけていった薬のうち、得意先が何年も使わなかった薬は無料で取り替える。取り替えた薬は、その場で捨ててしまう。茂兵衛の得意先がおまけに見向きもせず、ひたすら茂兵衛を待っているのは、そのせいにちがいなかった。

が、去年、茂兵衛は、秋が過ぎ、小雪のちらつく頃になって戻ってきた。大雨が降ったあとの碓氷峠《うすいとうげ》で足を滑らせて、谷底へ落ちかけたのだった。通りかかった旅人の肩にすがり、必死で峠を降りて、軽井沢宿で養生をしていたのだという。

碓氷峠は箱根より険しいといわれ、中山道最大の難所だった。富山へ戻るまでには、そのほかにも、北陸街道の親不知《おやしらず》という有名な難所がある。薬売りが足を滑らせ、或《あ》いは風にあおられて転落し、命を失ったという話は、子供の頃からよく耳にしたものだった。実を言えば、四方吉の家族も親戚《しんせき》も、必ず生きているとは言ってはいたものの、山の木々の葉が枯れ落ちても帰ってこない茂兵衛を、胸の奥では「ことによると」と思っていたのである。

それだけに、茂兵衛の姿を見た時は異様なまでに興奮した。母は魂消《たまぎ》るような声をあげてその場に蹲《うずくま》り、父に助け起こされる始末だったし、祖父も祖母も、早く寝《やす》めと茂兵衛に言いながら、自分達がいっこうに寝床へ入ろうとしなかった。四方吉は四方吉で、真夜中に父の草鞋《わらじ》のあることを確かめにいっては胸を撫《な》でおろし、一緒に薬をつくって武州《ぶしゅう》方面へ出かけて行く叔父達は、赤飯と酒を山のように届けにきて、母や祖父や祖母と一緒に「よかった、よかった」と繰返していた。

ただ茂兵衛は、足をひきずるようになっていた。滑って足首の骨を折ったあと、むりをして麓《ふもと》まで降りたのがたたったらしい。そこで、十八歳の四方吉が、予定より二年早く茂兵衛の持ち場を引き継ぐことになったのだった。

四方吉は、まかせてくれと胸を叩《たた》いて江戸へ向った。父も祖父も心配そうな顔をしていたが、四方吉自身に不安はなかった。板橋周辺での評判はわるくなく、薬屋の長男でなければ聟《むこ》にしたいと言った旅籠《はたご》の主人もいたのである。

が、得意先をまわりはじめてすぐ、父にはかなわぬことを思い知らされた。板橋の旅籠の主人は四方吉を聟にしてもよいと思ってくれたが、江戸には、茂兵衛を越中水橋《みずはし》にいる親戚だと思っている人が大勢いた。その人達は、四方吉が茂兵衛の伜《せがれ》とわかっただけで、なつかしそうに薬箱をはこんできた。茂兵衛のこない理由を尋ね、怪我《けが》をしたとわかると、貼薬《はりぐすり》の心配をする者までいた。越中までは行けぬからと見舞いを渡してくれる者もいて、その金や品は今、行李の中に入っている。

負けた——と思ったが、父親が得意先に好かれているのは嬉《うれ》しかった。そのことを話せば、父も喜ぶにちがいなかった。そして、幾人もの人が、「親父《おやじ》さんに、お客をふやしてきたって、自慢しておやり」と四方吉を近所の家へ連れて行き、薬を置くように口添えしてくれたことを知らせれば、なお喜んで口許《くちもと》をほころばせる筈《はず》だった。

茂兵衛が笑うと、愛嬌《あいきょう》のない四角な顔が、四つか五つの子供のようなそれに変わる。その顔を見ながら、四方吉が「俺も親父のように実直な商売をする」と言えば、思うように動かぬ足を叩《たた》いて苛立《いらだ》っていた茂兵衛も、自分の怪我を「災い転じて」と思ってくれるようになるかもしれなかった。

中山道の坂本宿に到着したのは、正午を過ぎていた。大急ぎで腹ごしらえをして、めし屋を出たのが九つ半くらいだっただろうか。

坂本から軽井沢まではざっと三里の道程だが、その間に碓氷峠がある。よほどのことがなければ誰もが坂本泊りにする筈で、事実、四方吉と同じ頃に到着した旅人達は、旅籠の女中の招きに応じて草鞋を脱いでいた。

泊ろうかと迷わないではなかったが、四方吉は、若さにも腕力にも自信があった。今日のうちに碓氷峠を越してしまえば、明日は一気に北国街道に入り、小諸《こもろ》を通り越して海野《うんの》あたりまで行ける。少しでも早く富山へ帰るには、その方がいい。軽井沢の旅籠で湯につかり、ぐっすりと眠っている自分を想像しながら、四方吉は、「お泊りなさいやあし」と袖《そで》を引く旅籠の女中の手を振りきってきたのだった。

坂本を出れば、上り坂になる。これが松の木坂で、坂の終りに竹の御番所と呼ばれる関所があった。番所の敷地は平らだが、そこを通り抜けたあとは、ふたたび長い上り坂だった。しかも九十九折《つづらお》りの急坂で、薄暗い山へ吸い込まれてゆくような細い道をのぼって行き、曲がり角に辿《たど》り着くと、次の曲がり角が見えるのである。まだ坂道がつづくとわかっていても、またのぼるのかと溜息《ためいき》をつきたくなるところだった。

やがて、草鞋ばきの足の裏に、石が当るようになった。大きな石がころがっていたり、とがったそれが土の中から顔を出していたりする、俗に、はんね石と呼ばれているところにさしかかったのだった。

四方吉は、坂道へ枝をのばしている木につかまって足をとめた。

ふりかえったが、人の姿はない。耳をすましても、鳥の鳴き声は聞えるが、坂道をのぼってくる足音はなかった。

ふと、峠越えは明日にした方がよかったかもしれないと思った。この先にある堀切という難所で、父が足を滑らせたことも脳裡《のうり》をよぎった。が、はんね石まできてしまったのだった。引き返すにしては、坂本宿は遠過ぎる。四方吉は、自分をはげますように腰のあたりを叩いて歩き出した。

ようやく坂道をのぼりきって、四軒の茶屋がならぶ立場《たてば》へ出た。早く軽井沢宿へ辿り着きたいという気も失《う》せて、四方吉は茶屋の床几《しょうぎ》に腰をおろし、名物の餅《もち》を注文した。ゆっくりと餅を食べ、ぬるい茶のおかわりをしても、峠越えをする人の姿は見えなかった。

四方吉は、茶代をおいて立ち上がった。ここからゆるやかな下りの尾根道《おねみち》となり、やがて堀切に出る。左右が底知れぬ谷となっているところだった。

足をすくませながら、つい谷底をのぞく。

深い霧がかかっていた。去年も一昨年《おととし》もそうだった。霧が視界を遮って、谷底の深さを教えてくれぬのである。

人の気配がしたような気がして、四方吉は今きた道をふりかえった。

誰もいなかった。

歩き出したが、やはり、風に揺れる木立の音とは別の物音が聞えるような気がする。

背筋に悪寒《おかん》が走って、四方吉は足許のわるいことも忘れ、夢中で走り出した。

足音が聞えた。四方吉を追ってくる足音だった。四方吉は行李を背にくりつけている風呂敷《ふろしき》包の結びめをとき、ふりかえりざまに投げつけた。

投げつけたが、同時に足がすくんで動けなくなった。難なく行李をよけた男は、鉈《なた》のような刃物を振り上げていた。夢を見ているような気がしたが、四方吉を見据えている目が赤く血走っていることも、髭《ひげ》におおわれた口許を歪《ゆが》めて笑ったことも、妙にはっきりと、それも一瞬のうちに四方吉の目の中へ飛び込んできた。

「金だ。金を出せ」

男の声が遠くに聞えた。鉈がゆっくりと振りおろされたような気もした。

谷底にまで響き渡った絶叫は、自分のものだった筈だった。動かなかった足が急に動いて、男の懐《ふところ》へ飛び込んでいった記憶もかすかにあった。

が、自分の背に突き刺さったと思った鉈は、目の前に落ちていた。四方吉は道端の草を掴《つか》み、右足を木の枝にからませて、谷へ落ちてゆきそうな軀《からだ》を支えていたのである。

四方吉は、必死で街道へ這《は》い上がった。わけもなく涙が流れた。

人を突き落とした恐しさに身を震わせたのは、茶屋の人達に助けを求めるつもりで走り出してからだった。

声をかけられたような気がしたが、おいとは、ふりかえりもしなかった。築地本願《つきじほんがん》寺《じ》の門前で八つ下がり、人通りはあるが、このあたりでおいとに声をかける者はいない。

「もし、ちょっとお尋ね申しますが」

足をとめて、おいとは舌打ちをした。なぜ知らぬ顔をして通り過ぎなかったのか。あれから六年、人を決して信用せぬよう、つきあいもやめた筈なのに、時折、その気持がゆるんでしまう。もっとも、その気持がゆるんだからこそ、宗七《そうしち》という男と、人の噂《うわさ》になるような間柄になれたのだが。

おいとが足をとめたのを見て、声をかけた女が近づいてきた。破れた笠《かさ》と、山中でも拾ったらしい杖《つえ》がわりの長い枝を手に持っている。一目で長旅をしてきたとわかる身なりだったが、それにしてもひどかった。

おそらくは野宿をすることもあったのだろう。櫛《くし》一つさしていない髪は乱れに乱れ、頬《ほお》や額には幾つもの擦傷《すりきず》がある。申訳のように風呂敷包を背負っているが、着替えな

ど は入っていないようで、着ているものは垢《あか》と泥にまみれていた。

「あの、上柳原町《かみやなぎわらちょう》へ行くには、こちらの道でいいのでしょうか」

女は、本願寺と武家屋敷の間を指さしていた。女の指さす方向へ歩いて行けば、川に突き当る。築地を取り巻いている川――というより、築地という土地ができたために、海が川のかたちになってしまったと言った方がよいかもしれない。昔の名残りか、いつも潮のにおいをさせている川だった。

上柳原町へ行くには、本願寺の門前を海へ向って真直《まつす》ぐに歩いて行って、大名屋敷の前を左に曲がらねばならない。が、そこは、おいとの住まいのあるところだった。一緒に歩いて行けば、女が探している人の家まで案内してやることになる。案内してやってもよいが、たずねる人が引越していた時が面倒だ。上柳原町への道だけは教えてやろうと思ったが、あいにく、おいとは帰り道だった。女のあとについて行くことになる。

おいとは、ほんの少しだけ早く腰を上げればよかったと思った。いつもの通り、塩売りをしている宗七と時刻や場所の約束をしておいて昼めしを届けに行き、稲荷《いなり》社の木陰に腰をおろして、にぎりめしを頰ばる宗七と、小半刻《こはんとき》も他愛ないお喋《しゃべ》りをしてきた。その時は空腹などまるで感じていなかったのだが、先刻から腹の虫が鳴きつづけているのである。

築地へ戻ってくるまでに、幾つもあった蕎麦屋《そばや》の前は、目と鼻をおおって通り過ぎた。暖簾《のれん》の間から漂ってくるにおいに大盛りの蕎麦が目の前にちらついたが、余分な金はない。宗七に出会ってから、おいとは商売をやめている。かつてのおいとを知る男と偶然に道で出会い、意味ありげに声をかけられたこともあったが、おいとは、人違いだと嘘《うそ》をつき通した。

塩売りの稼ぎはたかが知れている。その男が言った通り、おいとがかつての商売に戻る気になれば、継《つ》ぎ接《は》ぎだらけの着物で外を歩かなくてもすむにちがいなかった。が、おいとは、一生、宗七と貧乏をする覚悟をきめていた。宗七に頼まれぬかぎり、二度と、三年前までの商売はせぬつもりだった。

覚悟をきめたせいで、時折、目がまわるほどの空腹をかかえる破目になる。無論、宗七は知らなかった。朝昼晩と白いご飯が食べられるのは、おいとのやりくりがうまいからだと信じているようだった。

空腹でも、目がまわっても、その信頼を裏切りたくはない。死ぬまで、やりくりのうまい女と思われていたい。それが、おいとのたった一つの見栄《みえ》だった。「お前がいてくれて、ほんとに助かるよ」と宗七に言われるほど嬉しいことはなく、見栄を張っていてよかったと、しみじみ思うのである。

ただ、空腹で、人と口をきくのも億劫《おっくう》になることがある。今がちょうどその時だった。

おいとは、だるい手を上げて方角を指さした。女は、心細そうな顔でおいとを見た。

「大名屋敷まで、道は真直ぐなんでございましょうね」

「真直ぐですよ」

「そこを右に……」

語尾が、女の口の中で消えた。あぶない——と、おいとは思った。身なりから見て、女はおいと以上の空腹をかかえているにちがいなかった。

「大名屋敷を右……いえ、左へ……」

女は、譫言《うわごと》のように呟《つぶや》きながら歩き出した。礼を言うことなど、もう頭にも浮かばなくなっているのかもしれなかった。おいとは、酔っているように揺れているその後姿を見つめた。

どうしようか。知らぬ顔をして、先刻女が指さした本願寺と武家屋敷の間の道へ飛び込んでしまおうか。かなりのまわり道になるが、川に突き当ったなら川に沿って右へ折れ、さらに川と同じように右へ曲がって備前橋を渡っても、上柳原町に辿り着く。

だが、目のまわるほどの空腹を経験している者は、今の江戸では幾人もいないだろう。空腹でお腹《なか》が痛み出して、やがてそれに慣れてきて、ふと立ち上がった時に目がまわるあのつらさは、おいとにしかわからないかもしれない。

女を呼びとめようと思ったが、空《から》の米櫃《こめびつ》が目の前に浮かんだ。おいとは、今朝もろくに食べていない。宗七のにぎりめしの残りで粥《かゆ》がつくれると、それを楽しみにして帰ってきたところだった。

放《ほ》っときな――と、おいとは自分に言った。女を家へ連れて行き、自分が食べるつもりだった粥をあたえてやれば、感謝はされるだろう。されるだろうが、それだけだ。おいとが空腹に悩まされている時、あの女が助けてくれるとはかぎらない。

だが、杖にすがって歩いて行く女の姿から、目を離すことができなかった。女をふりかえる人はいても、大丈夫かと声をかけてやる人はいず、だから自分も知らぬ顔をしていればよいと思っても、足は本願寺の横へ入って行こうとしなかった。

今日の稼ぎの中から、塩屋に塩の代金やら秤《はかり》やざるなどの賃料やらを払うとはいえ、宗七は、今晩と明日の米を買うくらいの銭は渡してくれるだろう。女の分だけよけいに米を買ったので、干物も豆腐も買えなかったと言っても、怒りはすまい。宗七は、空腹をごまかすために井戸の水を飲んでいたおいとに、自分の夕飯を食べさせてくれた男だった。

やさしさとか、親切とか、そういうものの有難みは身にしみてわかっている。わかっているが、隣家の夫婦が薄情だったこともよく覚えている。あの時、おいとは、客となった男に財布を盗まれて、一文なしになっていた。きてくれる筈《はず》の客もこず、おいとは恥をしのんで、一握りでよいからと米を借りに行った。隣家の夫婦は、「うちももう一粒もない」と言った。おいとの商売が気に入らなかったせいだろうが、漬物樽《つけものだる》の糠《ぬか》さえ食べたおいとの目の前で、夫婦は茶碗《ちゃわん》に盛ったためしをたいらげたのである。人を頼った自分が愚かだと、おいとは胆《きも》に銘じたのではなかったか。

だが、女の軀が大きく揺れた。転びはしなかったが、次には道の左端へよれて行き、塀に突き当って右へよろけて行った。

「もし、大丈夫ですか」

本願寺の横へ飛び込む筈のおいとは、女に向って走り出していた。

粥を食べさせてやると、女はみるまに生気を取り戻した。ここ数日、ろくに眠っていないとも言っていたので、空腹に睡眠不足、それに梅雨があけたあとの急な暑さなどが、長旅で疲れはてた軀へいっぺんに襲いかかったのだろう。しょうがない、乗りかかった舟だと、おいとは、女の汚れた着物を横目で見ながら床《とこ》を敷いてやった。が、遠慮なく粥の土鍋《どなべ》を空にした女も、そこへ横になるのは、さすがにためらった。

おそるおそるおいとの前へ這い寄ってきて、ここはどこなのかと、紙が茶色になっている障子や天井のしみを見廻しながら言う。おいとは自分の空腹をごまかすため、鉄瓶の水を自棄酒《やけざけ》でもあおるように飲んでいたところだった。

「どこをどう歩いているのかわからないどころか、歩いているのか眠っているのかさえ、わからないような始末で」

と、女は言う。大丈夫かと尋ねるおいとにうなずいていたのだが、意識は、ほとんどなくなっていたのかもしれない。

「上柳原町ですよ、お前さんが行きたいと言っていなすった」

「何ですって？」

女は、おいとと膝《ひざ》がぶつかりあうほどの近さへにじり寄ってきた。

「上柳原町にお住まいのお人なら、ご存じありませんか。宗七という男が、このあたりで女と暮らしている筈なのですが」

鉄瓶の水を、湯呑《ゆの》みについでいたおいとの手がとまった。宗七という男は、確かにこのあたりで、おいとという女と暮らしていた。

「富山の薬売りだったんです。四年前の秋に、死んだという知らせが届いたのですが」

おいとが宗七に会ったのは、三年前の夏、忘れもしない七月二日のことだった。六月の二十七日だったか二十八日だったか、弾正橋《だんじようばし》のたもとで声をかけた男が、当時住んでいた日比谷町の家までついてきて、財布を盗んで行ったのだ。わるいことは重なるもので、くると言っていた男はあらわれず、足許もあやういほど酔っていた男を中宿《なかやど》へ誘い込んだまではよかったが、それを見ていた岡っ引に、男が渡してくれた金のすべてを脅し取られた。

そういう商売をしている自分が、町内の人達に好かれていないことはわかっていた。遊女や夜鷹《よたか》の錦絵《にしきえ》は屏風《びようぶ》に貼《は》っているくせに、身近にいる春をひさぐ女へは汚ならしそうな目を向けるのである。掛取りにきた味噌屋《みそや》や酒屋の手代は威丈高に「勘定はちゃんと払え」と言い、ほんとうに一文もないとわかると、「やっちまえ」という近所の男達の言葉にあおられて、おいとの着物から鍋釜《なべかま》にいたるまで、あらいざらい持って行った。おいとは質草さえも失って、漬物樽の糠を食べ、七月の暑い江戸の町を、客となる男を探してうろつきまわっていたのである。

「申し遅れました。わたしは、宗七の女房のつぎでございます」

女房?

おいとは、湯呑みを両手で持って口許《くちもと》へはこんだ。片方の手をひろげ、顔のなかばを隠しながら女を見る。二十六、七にはなっていた。

おいとが一緒に暮らしている宗七は、三年前に出会った時、十九になったと言っていた。おいとは今年二十三、宗七より一つ年上である。それから考えれば、四つ年上の女房がいても不思議はないのだが、笑えば子供のような顔になる宗七に、軀中が所帯やつれをしているようなおつぎという女は、どう見ても不釣合いだった。

「薬売りが道中で命を落とすのは、決してないことではありません」

と、おつぎは言っている。

「でも、その知らせを、江戸からの飛脚が持ってきたのです。碓氷峠で足を滑らせ、谷底へ落ちて行くのを見たという人からの知らせなのですが」

おいとは、湯呑みの水を飲み干した。

「はじめから、おかしな話だと思っていたのです。知らせがきたのは秋でした。一大事なのですぐに知らせると書いてありましたが、薬売りは夏、懸場《かけば》――持ち場のことですが、そこへ向います。秋の碓氷峠は帰り道、誰かわかりませんがそのお人がすぐに知らせてくれなすったのなら、宗七は富山へ帰るところだったんです」

「それで？」

「もし、そのお人が宗七の道連れだったのなら、そのお人も中山道を京へ向って歩いていた筈なんです。が、知らせは江戸からきました。どういうわけだろうと、親方とも首をかしげていたのです」

「親方？」

「宗七は、三国屋《みくにや》という店に雇われておりました。三国屋の若い衆として、江戸へ薬を売りにきていたんです」

「知らせを出しなすったお人は、軽井沢から峠をのぼってきて、たまたまその出来事を見てしまいなすったのじゃありませんかえ」

「すれちがっただけなら、どうして宗七が富山の人間だとわかったのでしょう。どうして富山の薬売りの、宗七という男だとわかったのでしょう」

宗七と知っていたからだ、そう解釈するほかはない。

「知らせを受け取った時、わたしは咄嗟《とっさ》に、これは嘘だと思いましたよ」

「お気持はわかります。誰だって、ご亭主が死んだという知らせを受け取れば、嘘だと思いますよ」

そういうこととはちがいます――と、おつぎは言った。

「お恥ずかしい話ですが、宗七は江戸へ行くようになって、わるい遊びを覚えました。旅先で女遊びや賭事《かけごと》をしてはいけないというきまりがあるのに、そんな遊びのできるところへ足を向けていたんです。知らせを受け取った時、わたしは、女ができたと思いました」

おいとの宗七は、吉原や岡場所へ足を向けたこともないと言っていた。博奕《ばくち》に似ているからと、富籤《とみくじ》すら嫌っている。ことによると、旗本屋敷の中間部屋《ちゅうげんべや》が、賭場《とば》となっていることも知らないだろう。

肝心なことを忘れていたと、おいとは思った。おいとの宗七は、おいとがはじめての女だと言っていた。富山に女房のいたわけがないではないか。

「うちの亭主は、堅いばっかりで。そちらは、ずいぶんと女の人にご縁があったようですが」

はい――と、女は、むしろ誇らしげにうなずいた。

「実は、こんなこともあったのです。お得意先の娘さんと……その、深い仲になってしまいまして」

宗七がどこの生れか、おいとは尋ねたこともない。上方《かみがた》の生れであろうと蝦夷《えぞ》で誕生していようと、宗七が宗七であることに変わりはなく、尋ねてみたいと思ったことすらなかった。

ただ、言葉の訛《なま》りには気がついていた。それを指摘するといやな顔をしたし、近頃はほとんど消えてきたので忘れていたのだが、おつぎの訛りと似ていたような気がする。四年前に得意先の娘と深い仲になり、娘に愛想をつかされて、三年前においとと知り合ったと考えられないこともないのだが、――ちがう。おいとの宗七は、そんな不実な男ではない。

「その話が親方に知れてしまったものですから、ええ、ずいぶん叱《しか》られました。懸場も取り上げられるところだったのですが、抱いてくれなければ死んでしまうと娘さんに脅かされたという言訳が通ったのです」

得意先の娘に口説かれるほど、亭主の宗七はいい男だった。そう言って、おつぎはおいとを見た。

宗七の顔を見たさに薬を置かせてくれる女も多く、その売り上げを三国屋も無視できなかったのだろう。得意先の娘とのことは、一度だけ大目にみてもらえることになり、宗七は江戸へ向った。宗七の死を知らせる知らせが届いたのは、その年の秋のことだったのである。

「その娘さんと所帯をもったのだと思いましたよ。でも、江戸をまわっている他の薬売りに尋ねると、宗七は富山へ帰った筈だというんです。帰ったのなら、手紙は嘘《うそ》じゃなくなってしまう。碓氷峠へ駆けつけて、谷底を浚《さら》いたいと思いましたが、夏に三番めの伜《せがれ》が生れていたんです」

ところが、その赤ん坊が、三つになった春に他界した。

「それで、宗七を追いかけてくる気になったんです。若い女にうつつをぬかしている亭主なんざ、さっさと愛想をつかしてしまえばいいとお思いなさるかもしれませんが」

おつぎは、馴々《なれなれ》しくおいとの膝を揺すった。

「宗七という名前に、お心当りはありませんかえ。去年の秋に江戸から帰ってきた薬売りは、上柳原町に宗七という男がいて、二十二、三の女と暮らしているという話を聞いたと言っているんです」

おいとは横を向いた。横を向いても、膝に置かれているおつぎの手が目に映った。

「おかみさん、宗七という男はこのあたりにおりませんかえ」

「さあ」

「毎年江戸へ出てきているといったって、富山の人間です。町名を聞き違えたってこともあるかもしれません。おかみさん、宗七って名前を耳にしなすったことはありませんかえ」

「別にめずらしい名前じゃなし、探せば何人もいると思うけど」

「それならお願いです。乗りかかった舟と思いなすって、宗七探しを手伝っておくんなさいまし。江戸には頼る人がいないんです」

「頼る人がいないと言いなすったって……」

おつぎへ視線を戻したいのをこらえて、おいとは鉄瓶をとった。鉄瓶の水は、もうぬるくなっているにちがいなかった。

「うちの人が帰ってこなかった年に、水橋というところでも四方吉さんというお人が行方知れずになっているんです。わたしは四方吉さんに会ったことがないけれど、宗七は旅籠《はたご》で一緒になることもあったでしょう。越中までのよい道連れだと、一緒に帰ることだってあったかもしれません」

おいとの宗七が、仮に富山生れであったとしよう。富山生れであったとすれば、故郷へ帰る途中、薬売りの宗七と道連れになったことも考えられなくはない。

「で、もし万一、宗七と四方吉さんが言い争いでもしていたら……」

それも、碓氷峠の難所にさしかかった時に言い争いをしていたならば……。

「どちらかが相手の肩や胸を突いて、突かれた方が足を滑らせることもないではあるまいと、おかしな心配をしちまって」

仮に、おいとの宗七が、おつぎの宗七をあやまって谷底へ突き落としてしまったとする。おいとの宗七は、故郷へ帰るのを諦《あきら》めて名前も変え、別人として生きてゆく気になるかもしれなかった。

「四方吉さんも碓氷峠を越えるのははじめてじゃないそうだし、そんなところで喧嘩《けんか》をするわけはないんですけれど、でも心配なんです。若い女と鼻の下をのばして暮らしているのなら、ばかやろうと言って富山へ帰るのですが」

「帰りなすったら如何《いかが》ですか。失礼ながら、おあしもないのにご亭主を探して江戸をうろうろしなすっても、また目をまわして倒れるだけですよ。早く富山へ帰りなすった方がいいと思いますけれど」

おつぎは口を閉じた。

「路銀をお持ちじゃないとは、わかっています。でも、うちだって楽じゃない。路銀をお貸しすることはできないけれど、貸してくれそうな人は、教えて差し上げますよ」

おつぎの返事はなかった。

「もと定町廻《じょうまちまわ》り同心《どうしん》でね、森口慶次郎《もりぐちけいじろう》って人がいるんですよ。このお人なら、おあしを貸してくれる。が、今は根岸っていうところに引っ込んじまったんでね、そこまで行くのは大儀《たいぎ》だろうから、その伜の晃之助《こうのすけ》ってお人の屋敷へ行きなすったらどうですかえ。八丁堀なら、ここから近いし」

おつぎがおいとを見た。

「おかみさん。おかみさんは、わたしを早くここから追い出したいんですかえ」

「そういうわけじゃないけれど、ご覧の通りの貧乏暮らしでね。お粥《かゆ》を食べさせてあげたっきり、何のお愛想もないから」

「もしかして、おかみさんのご亭主が……」

「ええ、宗七といいますけどね、とんだ人違いですよ」

「おかみさんが、宗七のお得意様だったんですかえ」

粘りついてくるような視線だった。おいとは、そばにあったうちわをとって、自分とおつぎの間をあおいだ。

「だから、とんだ人違いだと言ってるだろ。うちの宗七はわたしより年下、お前さんのご亭主にはなれないよ」

「それじゃおかみさんのご亭主が、うちの亭主を碓氷峠の谷底へ？」

「何を言ってるんだい」

おいとは、おつぎをあおぎ飛ばすことができるかのように、激しくうちわを動かした。

「さっさと帰っとくれよ。お前さんなんざ、連れてくるんじゃなかった」

「なぜ？」

おつぎはおいとをまだ見つめている。見返したおいとは、背筋が寒くなった。おつぎの目は、おいとの宗七が、おつぎの亭主の宗七を谷底へ突き落としたと思い込んでしまった目であった。

「冗談じゃない。野垂死《のたれじに》をしそうなところを助けてやって、何でわたしがそんな目で見られなけりゃならないんだよ」

だから、迂闊《うかつ》に情けをかけてはいけないのだ。道に迷った女など放っておいて、自分が粥を食べればよかったのだ。

「お帰りはこちらだよ」

おいとは、土間へ飛び降りて腰高障子を開けた。おつぎは、言いかけた言葉を飲み込んで土間へ降り、破れた笠《かさ》と杖《つえ》を手に持った。

宗七は、二の橋を渡って帰ってくる。二の橋周辺は、渡った向う側が大名屋敷、渡る手前が武家屋敷で、人通りの少ないところだった。

人混みにまぎれることもできず、姿を隠す看板などもなかったが、おいとは夕闇《ゆうやみ》を透かし、あとを尾《つ》けてきた者のいないことを確かめた。

つい先刻、暮六つの鐘が鳴った。宗七はいつも鐘が鳴る前に帰ってきて、おいとの渡すきれいな手拭《てぬぐ》いを下げ、湯屋へ一日の汗を流しに行くのだが、今日にかぎって、なかなか姿を見せてくれない。

大名屋敷の門番が、おいとを眺めていた。中間を誘いにきた性悪《しょうわる》な女ではないかと、疑ったのかもしれなかった。

なまぬるい風が、潮のにおいをはこんでくる。耳もとでは蚊がうなっていた。おいとは、じっとしていられなくなって橋を渡った。

ようやく宗七らしい姿が見えてきた。秤《はかり》もざるも塩屋へ返してきた身軽な姿で、衿《えり》首《くび》にまつわりつく蚊を、汗に汚れた手拭いで追い払いながら歩いてくる。おいとは、あたりを見廻してから走り出した。「おいとじゃねえか」という宗七の声が、大名屋敷の塀がつづくひっそりとした道に響いた。

「しっ」

おいとは、唇に指を当てて宗七に駆け寄った。手を引いて、木挽町《こびきちょう》の町並めがけて走り出す。

「どうした。何かあったのか」

「黙って」

木挽町の裏通りへ飛び込むと、すぐに湯屋の暖簾《のれん》が目についた。おいとは、曲がり角まで戻って、大名屋敷の塀にはさまれた道を眺めた。

人の姿はない。が、まさかとは思うのだが、常夜燈《じょうやとう》の陰に人がひそんでいるような気がする。おいとは湯屋の前へ駆け戻り、暖簾の中へ宗七を押し込んだ。

「わけはあとで話します。とにかく、汗を流してきておくれ」

おいとの家を出たおつぎは、その足で自身番屋へ駆け込んだかもしれなかった。駆け込んで、上柳原町のおいとという女の亭主が、わたしの亭主を殺してその名をなのっている、そう訴えたかもしれなかった。そうなれば、おいとのかつての商売が商売であった。番屋の人達は、簡単にその訴えを信じてしまうだろう。

用心をするに越したことはない。もし、常夜燈の陰に下っ引がひそんでいたとしても、おいとと宗七が湯屋へ飛び込んでしまえばその姿を見失って、周辺を二、三度駆けまわって引き上げて行く筈《はず》であった。

下っ引をやり過ごすためにも、のんびりと汗を流すつもりだったが、我に返ると湯から上がっていた。烏《からす》の行水より短かったかもしれなかった。おいとは、よく拭《ふ》きもせぬ軀《からだ》に継ぎ布も色褪《いろあ》せている絽《ろ》の着物をまとって入口から飛び出した。

事情を知らぬ宗七は、鼻唄《はなうた》でもうたいながら湯につかっているだろうと思ったが、そこでおいとを待っていた。しかも、暖簾の陰に立って、手拭いで汗を拭っては顔を隠している。

「芝の方へ行こう」

と、宗七は、おいとが口を開く前に言った。

宵の口の闇が町におりていた。店は大戸をおろし、わずかな明りを洩《も》らしているだけだったが、その軒下を利用する夜鷹蕎麦《よたかそば》や麦湯の店に人が集まっていた。麦湯の湯《ゆ》呑《の》みを持って、縁台の将棋を眺めている者もいる。おいとは、その人達の目から宗七を隠すように額の汗を拭く真似《まね》をして足早に通り過ぎた。

尾張町、出雲町《いずもちょう》の裏通りを歩いて、芝口橋を渡る。宗七は、芝口二丁目と三丁目の間を曲がり、日比谷稲荷《いなり》の前で足をとめた。その隣りに、二人連れを泊めてくれる中宿の、妙に薄暗い掛行燈《かけあんどん》があった。

「いいかえ、ここで」

宗七が、背をかがめて小柄なおいとの顔をのぞいた。

京橋周辺で客をとっていたおいとは、芝口橋や日本橋の向う側にある中宿へ入ったことがない。黙ってうなずくと、そんな商売に足を踏み入れる前——弟と二人で暮らしていた頃に戻ったような気がした。あの時、弟は十五だった。

先に入って行った宗七に、わざとらしく顔をそむけた男が二階を指さしている。宗七も「わかった」とだけ答えて、おいとをふりかえった。

いやな音を立ててきしむ階段をのぼって行くと、壁に突き当る。右手に開け放したままの唐紙があって、その奥に四畳半の部屋があった。

行燈に魚油を入れているらしく、部屋にはいやなにおいがこもっている。燈芯《とうしん》が燃えて出す煤《すす》のせいで、行燈も唐紙も薄黒く汚れていて、子供の着物をほどいてつくったような派手な夜具も、赤い色が黒く変色していた。たちのわるい男が金を払わずに逃げようとする時には、必ずこういう造りの部屋へおいとを連れ込んだものだった。

おいとは行燈を部屋の外へ出し、窓を開けた。月の光が、寝床を壁に押しつけて坐《すわ》っている宗七の顔を照らした。軀中から力が抜けてゆくような気がした。おいとはその場に蹲《うずくま》り、這《は》って宗七の隣りへ行った。その肩を宗七の手が抱いた。

「食えよ」

と言う。宗七の膝《ひざ》の前に、竹の皮の包が置かれていた。

「塩屋のおかみさんがくれたんだ」

宗七がおいとの手を引いて、おいとはそっと宗七の膝の上に乗った。

「今日は、売り切れになるほど商売が繁昌《はんじょう》してね」

宗七が喋《しゃべ》るたびに、息がおいとの耳に触れる。

「塩屋の親爺《おやじ》さんも喜んでくれて、一杯飲んでゆけと言ってくれたんだ」

おいとは、宗七の肩へ手をまわした。

「で、せっかくだが──と断ったら、おかみさんが持って行けと包んでくれたんだよ。たいしたものは入っちゃいねえが、お前《めえ》が食いたがっていた卵焼があるぜ」

おいとは、話しつづけようとする宗七の唇を、唇でふさいだ。宗七の手がおいとの軀を抱きかけたが、ふいに動きを変えて、軽くおいとの背を叩いた。

「めしを食ってからにしようぜ」

「先に話を聞いてもいい？」

「めしを食ってからだ」

「その間に、わたしに話してもいいことと、話してはいけないことを分けてしまうの？」

「ばか」

宗七は、膝の上のおいとを畳へ落とした。不愉快そうに壁と向き合おうとする宗七を、おいとは懸命に引き戻した。

「だったら、何もかも話しておくんなさいよ。わたしは、これまでのことをみんな……」

「話したかえ」

話してはいなかった。二つ年下の弟がいたとは話したが、弟が何をして、どこで死んだかについては、まったく触れたことがなかった。

「岡っ引がきたのか」

宗七は、低い声で言った。おいとは行燈を部屋に入れて、階段の唐紙を閉めた。

「坐って話を聞きねえ。俺あ、迎えにきたお前《めえ》の顔を見た時から、何もかも話す覚悟をきめていたのだ」

おいとは、行燈を部屋の隅に置いた。窓からの風に、こもっていたにおいは追い払われていたが、また魚油独特のにおいが漂ってきた。

「何を言っても驚かねえかえ」

驚きはしない。宗七となら、鈴ケ森の晒首《さらしくび》となってならんでもいい。

「俺あ、碓氷峠で追剝《おいはぎ》を谷底へ突き落としちまったんだ」

「追剝？」

鸚鵡《おうむ》返しにおいとは尋ねた。おつぎは、薬売りの亭主が谷底へ落ちたという知らせがきたと言っていた。

「知らせがきた？」

宗七が怪訝《けげん》な顔をした。

「お前《めえ》が察した通り、俺が話に出た四方吉だよ。が、俺は、堀切という難所で追剝に出会い、夢中で飛びかかっていったんだ。あとは何が起こったのか覚えちゃいねえ。多分、二人とも谷底へ転げ落ちるところだったのだと思うが、気がつくと俺は木の枝に足をかけていた」

「それじゃ、宗七という名前は」

「旅籠《はたご》で耳にした」

宗七――いや、四方吉は、助けを求めるつもりで茶屋へ向って走った。が、その途中で、自分が人の命を奪った男であることに気がついた。

怖かった。追剝に鉈《なた》で殺されそうになったことよりも、谷底へ落ちかかったことよりも、人の命を奪ってしまったことの方が恐しかった。四方吉は「助けてくれ」と絶叫し、誰もいない街道を走りまわった。走りまわっても、飛びかかっていった追剝の胸や腹の感触が、頭や手に残っていた。いっそ死んでしまおうと思い、堀切へ戻って谷底をのぞいてみたが、恐しさに足がすくんだだけだった。霧に閉ざされている谷底へ落ちて行く自分を想像すると、手足だけではなく、胃の腑《ふ》から心の臓までが縮みあがった。

死ぬのはこわい。谷底へ飛び込むのもこわいが、人を殺した者として捕えられ、死罪を言い渡されて、役人の手で生命を絶たれるのはなおこわかった。四方吉は茶屋の前を、駆けて通り過ぎた。

「行李《こうり》は追剝に投げつけてしまったが、金は懐《ふところ》にあった。竹の御番所はさほどうるさい関所じゃねえし、坂本から行けば、横川の関所は松井田の手前になる。江戸へ下る男の道中手形は見せなくってもいい。俺あ、夢中で江戸へ引き返した」

江戸へ引き返して、この芝口の中宿に、女はあとからくると嘘《うそ》をついて泊った。富山の薬売りがまだ泊っているかもしれない旅籠には、とても足を向けることができなかった。

宗七の名前は、あちこちの中宿を泊り歩いたあとの旅籠で聞いた。旅籠の女中が、薬売りの宗七さんを見かけたと言っていたのである。

「おかしいね」と、別の女中が言った。「宗七さんは、富山へ帰った筈だよ。お前が誰かを宗七さんと間違えたのだろう。いくら女に好かれる宗七さんだって、今頃まで江戸をうろうろしていちゃあ、雪で富山へ帰れなくなる」。その翌日から、四方吉は宗七をなのることにしたのだった。

「嘘じゃねえ、ほんとうだ」

「誰が嘘だなんぞと言うものかね」

「が、俺の図々《ずうずう》しさには愛想がつきただろう。人一人を殺しておきながら、俺あ、お前《めえ》と夫婦《めおと》の真似事をしていたのだ」

「情けないことを言うね」

「真似事でなけりゃいけねえんだよ。お前《めえ》は、ほんとうの女房じゃねえ。俺は人殺しなんだ」

「それがどうだって言うんだよ」

おいとはもう一度、宗七――四方吉の膝へ軀をあずけた。

「お前さんが宗七だろうと四方吉だろうと、名無しの権兵衛《ごんべえ》だろうと、そんなこたあ、どうでもいい。わたしがそばにいる時は碓氷峠に足を向けて、大鼾《おおいびき》をかいて眠っておくれ」

四方吉が、おいとの髪の中に顔を埋めた。

「でも」

おいとは、夜具へ四方吉を誘いながら言った。おいとにとってはどうでもよいことだったが、一つだけわからないことがあった。

宗七という男が谷底へ落ちるのを、いったい誰が見ていたのだろう。

四方吉が、狂ったようにおいとを求めてきた。おいとの疑問は言葉になることなく、胸のうちで消えていった。

四方吉が寝返りをうった。やはり、眠れないらしい。枕《まくら》も少しずらしたようで、おいとの衿首に息がかかる。おいとも寝返りをうって向き合おうかと思ったが、四方吉がふたたび寝返りをうった。

時刻は、深夜の八つを過ぎている。

明日のことは明日のこと、夜が明けてから相談しようと言って眠ることにしたのだが、夏の夜の一刻《いっとき》は短い。その短い一刻と、半刻《はんとき》あまりで夜が明ける。明けてしまったなら、中宿を出て行かねばならない。江戸に身寄りのいない四方吉を連れて、おいとはどこへ行けばよいのか。

妙な女に声をかけなければよかったと思うが、おいとが声をかけなければ、あの女は空腹と疲れで路上に倒れていただろう。自身番屋にはこばれて、当番の差配達に介抱されて、気がつくと同時に、宗七、宗七とわめき出す筈だった。上柳原町に宗七は一人しかいない。すぐに岡っ引が十手をちらつかせ、〝おいとの宗七〟をたずねてきたにちがいなかった。考えようによっては、岡っ引がくる前に逃げ出せたのは幸運だったかもしれない。

今より前のことは、考えない方がいい。何年も昔のことなど、思い出さぬ方がよい時さえある。おいとは、夜が明けたあとのことだけを考えるようにした。

江戸から離れよう。

おそらく、四方吉もそう言うだろう。

が、金がない。昨日、四方吉が稼いできた金など、中宿の代金で消える。路銀なしで、どこへ行けるというのか。

それに、江戸から遠く離れたところへ行くのであれば、往来手形と関所手形がいる。往来手形は檀那寺《だんなでら》に書いてもらえばよく、男の四方吉は関所手形も大家《おおや》に書いてもらえるが、女のおいとはちがう。その手形を町奉行所に差し出して、裏判をもらわねばならないのである。それが、奉行所からすぐに戻ってきたという話は、聞いたことがない。

四方吉を先に発たせるほかはない。四方吉はかぶりを振るだろうが、少しでも早く江戸から離れた方がいい。あの女が自身番屋へ駆け込んで、行方知れずとなった亭主の名を騙《かた》っている男がいると訴えれば、宗七殺しの疑いは晴れても、追剝殺しが明るみに出る。

四方吉のどこに落度があったのか。坂本宿で泊らず、峠越えを急いだのは、親の喜ぶ顔を早く見たかったからである。親を喜ばせるのは親孝行であり、親孝行はお上《かみ》もすすめていることではないか。その途中で追剝に出会ってしまったのは、災難というものだ。災いは避けねばならぬ。四方吉は、自分の命を守ろうとしただけなのだ。

その思いをなぜ奉行所で訴えぬのかと言う人もいるだろう。四方吉は碓氷峠から逃げるべきではなかったと言う人もいるにちがいない。町方の与力や同心も、お上の裁きは無情ではない、お上には慈悲があると二言めには言う。が、それは他人の言うことだ。

追剝を突き落として逃げた四方吉も人間なら、町方の与力同心も人間、町奉行も人間であった。調べ書が吟味与力の人を見る目によって左右されることもあれば、裁きに奉行の依怙贔屓《えこひいき》の混じることもあるだろう。奉行の交替で裁きが変わることもないとは言えないのである。

お上のお慈悲などというものは、ないと思った方がいい。あるのは、運だけだ。それは、弟の一件で身にしみてわかっている。すべては調べや裁きに当る人次第、人によっては、降りかかってきた災いも、災いとは認めてもらえない。四方吉が確実に助かる道は逃げること、それよりほかになかった。

が、八方塞《ふさ》がりだった。

金もなければ、その金を稼ぎ出す時間もない。いったい幾度、こんな思いをあじわわねばならぬのか。

生れや境遇を恨みたくなったが、考えようによれば、これまでに幾度も八方塞がりの暗闇《くらやみ》に苦しんだということは、幾度も塞がりの綻《ほころ》びを見つけたということでもある。

おいとは、そこから知恵が出てくるとでもいうように、小指を強く噛《か》んだ。

金を稼ぐ方法はあった。おいとが、四辻《よつつじ》に立てばよいのである。夜鷹《よたか》を真似《まね》れば一人の相手をするごとに二十四文、江戸の客は気前がよく、たいていの客は五十文くらい払ってくれるが、安宿に泊ってもそれくらいの旅籠代はかかる。昼食代、草鞋《わらじ》代を考えると、おいとは幾夜、何人の客に抱かれればよいのだろう。おそらくは路銀がたまる前に、おつぎの訴えを信じた定町廻り同心や岡っ引が、四方吉を襲うにちがいない。

いっそ、金を持っていそうな男を強引に橋の下へ連れ込んで、財布を盗み取ってしまおうか。

そこまで考えた時に、瘦《や》せて背の高い女の姿が目の前をよぎった。忘れたことはないのに、なぜか思い出さなかった人だった。おりゅうという名の女であった。

六年前、おいとの弟は小伝馬町《こでんまちよう》の牢獄にいた。富山の薬売りに重傷を負わせたのである。しかも、人違いだった。伝馬町《てんまちよう》送りの恐しいところは、処分がきまる前に命を失う心配のあることだろう。金次第で、同じ牢内の囚人達にいじめ殺されてしまうのだ。

当時十七歳のおいとにできるのは、一つしかなかった。所帯をもつ約束をしていた男と別れ、四辻に立つことだった。おりゅうは、何も知らずに男の袖《そで》を引こうとしたおいとを、ひきずるようにして自分の家へ連れて行った。切羽《せつぱ》つまったからといって四辻に立ってよいというものではなく、そうした女達の集団にも、女達をまとめている男がいるということを教えてくれたのである。

「楽をしようなんて思って軀《からだ》を売る気になったのなら、お断りだよ。行きどころがなくなった女が、これでおまんまを食べてるんだから」

と、おりゅうは言った。昼間ならば一目で古着とわかるにちがいない縞《しま》の着物を、肩からずり落ちそうなだらしなさで身につけていたが、着るもの次第で利れ者《きれもの》の女将《おかみ》に見えそうな女だった。

「言っとくけど、やさしい人ばかりじゃないからね。こわい人もいるってことをよくお考えよ。それでも稼がなくってはならないというのなら、明日の昼間うちにおいで。あちこちに話をつけてやるよ」

おいとは翌日、五つの鐘が鳴るのを待っておりゅうの家へ行った。おりゅうはまだ眠っていたが、苦笑いをしながら起きてきて、界隈《かいわい》を仕切っている男に話をつけてくれた。以来、おいとは夜の闇に隠れて働くようになった。が、当時、すでに三十を越えていたおりゅうは、まもなくその商売をやめて姿を消した。噂《うわさ》では、小石川音羽《おとわ》町《ちょう》の岡場所近くにある料理屋の女将が他界して、その亭主がおりゅうを見染めたということだったが、四方吉と所帯をもったおいとが、音羽町へおりゅうをたずねて行った時、どこの料理屋にもその姿はなかった。おりゅうは、腕ずく長屋と呼ばれる切見《きりみ》世《せ》の女将となっていたのである。

切見世は、女達がわずかな時間、わずかな銭《ぜに》で身を売るところである。そんな見世の一つをきりまわしていた女将が他界して、弱りはてた女将の弟が、知り合いだったおりゅうを音羽町へ呼んだというのが、ほんとうのところであったらしい。

おりゅうは、おいとを見ると不機嫌な顔になった。堅気《かたぎ》の女のくるところではないというのがその理由だったが、料理屋の女将になったという噂が嘘であったと知れてしまったのも、愉快ではなかったらしい。

「わざわざ知らせにきてくれて有難うよ。貧乏だろうと何だろうと、塩売りは堅気さ。わたしゃ今でもこの通り、躯を売る商売と縁が切れないんだよ」

腕ずく長屋の異名は、男が通りかかると遊女達が近づいて行って腕を摑《つか》み、力ずくで見世へ引っ張り上げるところからついたという。そして、わずかな時間、二百文で我が身を売る。吉原の小見世《こみせ》から、同じ吉原の河岸見世《かしみせ》へ落ち、腕ずく長屋へと流れついた女もいれば、深川の岡場所から、わるい男に売られてきた女もいた。おいとは、おりゅうが見世の裏を流れている汚れきったどぶの端を指さして、「あそこで身動きがとれなくなっているごみたようなものさね、わたしらは」と言ったのを覚えている。見世にはそのどぶのにおいや、食べもののすえたにおいが漂っていたものだった。

「二度とくるんじゃないよ。岸に這《は》い上がったごみを見ているようで気色がわるい」

そう言いながら、おりゅうは、町家のならぶ大通りまでおいとと肩をならべて歩いてきた。

「今度きたら、塩をまくからね」

四方吉と所帯をもってからでさえ、おいとは、人を信じようとしなかった。気持がゆるんで、近所の子の頭を撫《な》でてやっても、その親達には気を許さなかった。人の心は変わる。「お互い様さ」とその時は心底から言っていても、ことと次第によっては「わたしにはできない」と言って、救いの手をのばそうとはしてくれない。その時にがっかりするくらいなら、はじめから用心をしていた方がよいのである。が、おりゅうならば、ふたたび行きどころのないごみに戻って頼って行けば、少くともどぶに埋めようとはしない筈《はず》であった。

夜が明けなければいい。

そう思っていたのだが、朝はきた。烏《からす》が鳴き、雀《すずめ》の囀《さえず》りが聞えてきて、荷車の走って行く音も聞えてくる。窓を開ければ、昼の暑さを予感させる陽《ひ》が、まだ晴れぬ霧を照らしていて、その中を仕事場へ向う者や、寝苦しかった夜の汗を流しに湯屋へ行く者達が、明るい影絵のように動いているにちがいなかった。

おいとは、身支度をすませてから、四方吉を揺り起こした。四方吉は、すぐに目を開いた。眠ってはいなかったようだった。

起き上がると、枕に巻きつけてある紙にしみのついているのが見えた。汗で濡《ぬ》れたのか涙なのか、よくわからなかった。

「あれから考えたんだけど」

おいとは、衣桁《いこう》から着物をはずして、四方吉の背に着せかけた。

「音羽のおりゅう姉さんのところに、少しの間、隠れていようと思うんだよ」

四方吉の顔が歪《ゆが》んだ。おりゅうという恩人のいることは話してある。腕ずく長屋についても、行ったことはないにせよ噂は聞いている筈だった。

「いやかえ」

「いやじゃねえが」

行きたくないと、顔に書いてある。

「おりゅうさんってお人に迷惑がかかるかもしれねえぜ」

「そりゃかからないとは言わないけれど。でも、それで困った顔をするようなおりゅう姉さんじゃない」

「とにかく、行けるところまで行こう。中山道から上方へ向う気なら、板橋宿で働くところを見つけりゃいい」

「すぐに見つかるものかね」

「見つけなけりゃしょうがねえだろうが」

「腕ずく長屋が、そんなにいやかえ。わたしだって、五十文で抱かれていたんだよ」

「よせ。お前《めえ》は別だ」

「別じゃないよ」

四方吉がおいとを見据え、おいとは四方吉を見返した。目をそらせたのは、四方吉の方だった。

「お前さんが思っている通り、腕ずく長屋は水のくさったどぶのようなところで、落ちたら這い上がれるところじゃない。でも、谷底に落ちた人だっているんだよ」

四方吉は、頬をひきつらせて横を向いた。言い過ぎたことに気づいて、おいとは詫《わ》びた。が、返事はなかった。おいとは赤茶けた畳に両手をついた。

しばらくしてから、「やっと気がついたよ」という四方吉の声が聞えた。低い声だった。

「今、手前《てめえ》のうちで顔を洗ったり、めしを食ったりしている連中は、人を谷底へ突き落とさずにすんだ奴《やつ》なんだ。突き落とす破目になった奴が、腕ずく長屋へ駆け込んだのだ。運のいい奴とわるい奴、世の中にはこれしかいねえものな」

「だったら逃げて」

と、おいとは言った。

「今まで誰にも正体を知られずにいられたのは、運がいい方の仲間入りをしたからかもしれない。お金は姉さんに借りる。だから逃げて」

「お前《めえ》は？」

「そのお金が返せるくらい働いて、あとを追う」

「ばかやろう」

お静かに——と、階下でしわがれた声が言った。

「何だか知らないが、朝っぱらから騒々しいね」

中宿の亭主の声だった。

「ま、降りてきて、めしでも食うこった。腹が減ると、いい知恵は浮かばねえし、根《こん》性《じょう》もわるくなる」

四方吉が、足音をしのばせて階段の上へ出て行った。

「早く降りてきな。おつけがさめる」

四方吉がおいとをふりかえった。そこにいろというような目配せをして、階段を降りて行く。

おいとは、部屋の中を見廻した。窓際《まどぎわ》に、しまわれずにいる火鉢があった。おいとは、灰の中から火箸《ひばし》を引き抜いて帯の結び目に隠し、四方吉を追って階段を駆け降りた。

あまいにおいがした。亭主が、無愛想な表情のまま、どんぶりにめしを盛っているのだった。

「食いな」

「え?」

「朝めしを食って行けと言ってるんだよ」

四方吉も、呆《ほう》けたように亭主を見つめていた。

「何を用心してやがる。お前《めえ》さん達に一服《いっぷく》盛ったところで、いただくものがねえ。毒を買う金の方が高くつく」

思わず帯の結び目から手を離すと、足許《あしもと》に火箸が落ちた。亭主は、声を出さずに笑った。

「そんなものは、質屋に持って行ったところで、たいした金にゃならねえよ。ま、欲しけりゃ差し上げるがね」

よっこらしょと、亭主は腰に手を当てて立ち上がった。漬物を出してやると言う。

糠床《ぬかどこ》へ手を入れる準備か、袖《そで》をまくりあげると、二の腕に刺青《いれずみ》があった。かつて、罪人として罰を受けたことがあるという印だった。

「島帰りだよ」

おいとと四方吉の視線に気づいたのだろう。亭主は、無愛想な顔つきのまま言った。苦い思いを嚙《か》みつぶしながら暮らしているうちに、その表情が顔にしみついてしまったのかもしれなかった。

「酔った浪人に喧嘩《けんか》を売られてね」

勘弁してくれとあやまっていたのだが、相手は刀を抜いて斬《き》りつけてくる。逃げきれなくなって押し倒すと、何にぶつかったのか、刀が相手の腹に突き刺さった。

「幸い、命をとりとめてくれたので、人殺しにゃならずにすんだ。が、それで、一生の運を使いはたしちまったのかもしれねえ」

大番屋で亭主を取り調べた定町廻り同心は、喧嘩の上で相手に重傷を負わせたとして、伝馬町《てんまちょう》送りとした。小伝馬町の牢獄へ入れる手続きをとったのである。吟味与力も、喧嘩の上でのあやまちという調べ書をつくった。

心外だった。確かに自分も酒を飲んでいて、執拗《しつよう》にからんでくる浪人を「うるせえ」と追い払おうとしたし、帯をつかまれそうになった時は突き飛ばしもした。が、相手が刀を抜いた瞬間から、「ご勘弁を」という言葉以外、言った覚えはない。

「それでも流罪《るざい》だった。浪人に大怪我《おおけが》を負わせたというのだが、俺は今でも、俺の罪はそいつと曲がり角で鉢合わせをしたことだと思っている」

そうでも思わなけりゃやりきれねえと、亭主は、肩をすぼめた。老人だとばかり思っていたが、案外に若いのかもしれなかった。

「俺を大番屋へ連れて行ったのは、北の同心だった。同心についていたのは、大根河岸《だいこんがし》の吉次《きちじ》という岡っ引だった。が、もし、四、五日早く浪人にからまれていれば、月番は、南町奉行所だったんだよ。南には、仏と渾名《あだな》のある同心がいた。その同心のようになりたいと思っている、若い同心もいたそうだ。わかるかえ？　もう四、五日早く浪人が俺にからんでいれば、俺を調べたのは南の同心で、酔っていた浪人が足を滑らせ、我が身を刺してしまったことにしてもらえたかもしれないんだよ」

聞いているうちに、涙がこぼれてきた。

おいとは、仏と異名をとった同心を知っている。噂を聞いて、彼をたずねて行ったのだ。森口慶次郎という名前だった。

慶次郎は、奉行所から帰ってきたばかりらしかったが、いやな顔もせずに会ってくれた。屋敷にいたのは、三千代という名の娘と飯炊《めした》きの男だけで、娘があまい菓子と茶をはこんできた。見惚れるほどきれいな娘だった。

弟の和吉が薬売りを刺した一件の、そこに至るまでの事情をうまく説明しようと思えば思うほど、話の順序は入り乱れ、わけがわからなくなった。慶次郎は、後戻りばかりするおいとの話を辛抱強く聞いてくれた。が、仏だという男がしてくれたのはそれだけだった。弟の和吉を捕えたのは、秋山忠太郎という北の同心であった。慶次郎は、その同心に話をすると約束してくれたが、和吉を解き放ってやるとは言ってくれなかったのである。

だめだ。

と、おいとは思った。そしてその予感通り、和吉がお解き放ちとなることはなかった。捕えたのが森口の旦那《だんな》なら、事件をなかったことにしてくれた、運がわるかったのだと言う者もいたが、納得できなかった。仏と異名をとっているのであれば、その名にかけても、すべての人間に情けをかけるべきだろう。北町のことは口出しできぬ、取り調べも裁きも黙って見ているほかはないというのでは、仏の名が泣くというものだ。第一、月番の違いで罪状が変わるなど、あってよいことではない。

「ご赦免《しやめん》になって江戸へ戻ってきたって、行くところなんざありゃしねえ」

と、中宿の亭主が言っていた。

「姉も妹もいたっけが、亭主や舅《しゅうと》夫婦に気兼ねして、俺を邪険にあつかう。しょうがねえから、この中宿をやっていた婆《ばあ》さんをだまくらかして、亭主になったのさ。ああ、十二も年上の女房だったよ。それでともかく、飢えねえ算段はついたのだが」

新しい災難が降りかかった。大根河岸の吉次が、時折顔を出すようになったのである。

口実は、見廻りだった。島帰りの男がまじめにやっているかどうか、知っておくのも役目のうちだという。

「が、実のところは、そうじゃねえ。俺の腕に刺青のあることが近所に知れたなら、商売に差し障《さわ》るだろうと言うんだ。強請《ゆす》りだよ」

吉次の妹夫婦は、大根河岸で蕎麦屋《そばや》をいとなんでいるそうだ。が、吉次がその二階で暮らしていると知って、妹夫婦の養子となる筈だった若者は、その話を断りにきたという。中宿の夫婦も甥《おい》を養子にするつもりだったが、彼は、強請りにくる吉次を見て尻込《しりご》みをした。

「そんなわけでね、女房が死んでからこっち、俺は一人で暮らしてきた。今の俺の望みは、或《あ》る日ふいに死んじまうことさ。気がついたら、三途《さんず》の渡しにいたってえのが一番だね」

わびしい話さと、亭主は笑った。島送りになる前は貸本屋で、おいとのような縹《き》緻《りよう》のよい娘と深い仲になりたいと、お稲荷《いなり》さんの赤い鳥居を見れば、足をとめて手を合わせていたという。

「みんな昔の話、それほど運のわるい男じゃねえと思っていた頃の話さ」

が、おいとのような娘があらわれる前に、酒癖のわるい浪人とぶつかった。

「だからよ」

と、亭主が言った。

「お前《めえ》さん達にゃ逃げのびてもれえてえ。運のわるいのは、俺一人で沢山だ」

そろそろ吉次が強請りにくる頃だから、路銀は出せねえと亭主は言った。そのかわり、昨夜の宿泊代には手を出そうともしなかった。


陽射《ひざ》しを濁らせていた霧は、すでに晴れている。江戸の町は、一直線に降りそそぐ陽射しをまともにうけて、うだるような暑さになっていた。

腕ずく長屋は、神田上水《かんだじようすい》にかかっている九丁目橋を渡り、護国寺《ごこくじ》へ向って行く道筋の、音羽町八、七、六丁目にある。この町の特徴は、市中の他の町が江戸城を中心にして一丁目、二丁目とかぞえてゆくのに対し、護国寺寄りが一丁目になっていることだった。護国寺が、五代将軍徳川綱吉の生母、桂昌院《けいしょういん》の勧請《かんじょう》によって建てられたためといわれ、寺院に向う道の幅も広かった。

おいとは、四方吉をふりかえって八丁目の角を折れた。おりゅうのいとなむ切見世は、七丁目の裏通りにあった。

昼四つの鐘が鳴ったばかりだったが、遊女達はもう、見世の外に置かれた縁台に腰をおろしていた。一棟を幾つもの部屋、それも間口四尺の狭い部屋に区切っているので、この暑さで息苦しくならぬわけがない。

遊女達はおいとと四方吉へ、めずらしいものでも見るような目を向けた。中には、四方吉の袖をつかみ、自分の部屋へひきずり込もうとする女もいる。おいとが四方吉の手をとると、何がおかしいのか、遊女達は大声で笑った。

女将《おかみ》の住まいは、見世の裏にある。おいとは四方吉の手を引いたまま、七丁目の路地へ駆け込んだ。

女将さんは髪を洗っていると、女中を兼ねているらしい遊女の一人が言った。頭から爪先《つまさき》まで、舐《な》めるような目つきで見廻していたが、怪しい者ではないと判断したのかもしれない。奥へ入って行って、「おいとさんというお人が、みえなさいましたが」

と大声で言った。洗い流す湯の音が一瞬とだえ、また聞えてきて、「手拭《てぬぐ》いをとっておくれ」と言う声がした。雑巾《ぞうきん》は干しておけとか、下駄を洗っておくようにとか、細かな指示をする声も聞えたが、さほど待たされることもなく、おりゅうが茶の間に入ってきた。衿《えり》もとでたばねた髪で浴衣《ゆかた》を濡《ぬ》らさぬよう、背に前掛をかけていた。

「何があったんだよ」

おりゅうは、火の気のない長火鉢の前に腰をおろすなりそう言った。初対面の四方吉への挨拶《あいさつ》は、おいとの話を聞いてからだった。

「弱ったものだね」

笑うと目尻に深い皺《しわ》ができた。以前より少し太って、以前より、立膝《たてひざ》に煙管《きせる》の自堕落な恰好《かっこう》が板についていた。

「ま、わたしを頼る気になってくれて、嬉《うれ》しいよ」

おりゅうは、手を叩《たた》いて遊女を呼んだ。この間の若い衆に、ここへきてもらってくれと言う。遊女が見世へ走って行き、すぐに若い男が顔を出した。紺の印袢纏《しるしばんてん》を着た、二十三、四と見える男だった。おりゅうは男と四方吉を見くらべて、「どうだえ」と、おいとに言った。

「ちょいと似ていないかえ」

そう言われれば、切長な目も、その目もとに黒子《ほくろ》のあるところも四方吉によく似ていた。もっとも、男の黒子は目尻の下にあり、四方吉は上にあるのだが。

「お前、うちでつけた名前は何といったっけ」

「沢松ですが」

「そうそう、沢松だった」

「まさか、このお人の身代わりになれと言いなさるんじゃねえでしょうね」

沢松という名の男は、値踏みをするような目で四方吉を見た。

「不足かえ」

「へえ。羽州くんだりから逃げてきて、女将さんの身内かどうか知らねえが、どこの馬の骨かわからねえ奴の身代わりにゃなりたくねえ」

「はっきり言うね。いくら何でも命までくれとは言やしないよ」

「当《あた》り前《めえ》だ」

おりゅうは笑い出した。

「お前に、関所手形と往来手形をとってもらいたいんだよ」

「手形をとって、どこへ行くんで」

沢松の声は、低く暗い。

「あっしを江戸から追い出して、目もとに黒子のある男は姿を消したという噂《うわさ》をたてようってんでしょうが、羽州の方角は大凶だ」

「誰がお前に出て行けと言ったえ。沢松という男がいなくなりゃいいんだ、お前は、川松とでも山松とでも名前を変えて、江戸にいりゃあいい」

「なぁる」

語尾を飲み込んでしまうのか、声が低過ぎるのか、沢松の声は聞きとりにくい。顔は表情に乏しく俯《うつむ》きがちで、おいとと四方吉が飛び込んできたことを、迷惑と思っているのか、いつものことだと思っているのか推測がつきかねた。

「いいんだよ」

と、おりゅうは笑った。

「このお兄哥《あにい》さんは、四方吉さんとちがって江戸にもぐっていなければならないんだよ。親の敵《かたき》を討ったってんだけど、二人の命を奪ってるから」

四方吉の手が、着物の膝を握りしめた。重罪を犯したらしい男の手形で江戸を出て行くことで、一段と深い闇《やみ》の中へ落ちたような気がしたのかもしれなかった。

「うちの亭主——ってのは、わたしをここへ呼んだ人だけど、亭主はこういう人の面倒をみるのが好きでねえ」

そういえば路地の入口に、客とは見えぬ男が二、三人立っていた。おいとは四方吉を見た。が、四方吉は、おいとの視線に気づかずに自分の膝頭を見つめていた。

おりゅうが遊女を呼び、新しい前掛と浴衣を出してくれと言う。前掛が洗い髪の水気を含み、浴衣までしめってきたらしい。

「沢松。お前はうちの檀那《だんな》寺《でら》へ行って、往来手形を書いてもらっておいで。それから、ええっと、おきみを連れてお行き」

「おきみ？」

「ああ。おなみの方が、おいとちゃんには似ていると思うけど」

おりゅうは、意味ありげに笑った。

「おきみの方が、口がかたくなる筈《はず》だろ」

沢松が苦笑いをして、こめかみのあたりをかいた。沢松とおきみという遊女は、決して表沙汰《おもてざた》にすることはできない間柄になっているようだった。遊女屋の若い衆と遊女の色恋沙汰は、腕ずく長屋でも禁じられている。

「わかってるよ。ご亭《て》さんには黙っててやるよ。そのかわり、お前とおきみの手形をこのお二人に渡すことは、誰にも言うんじゃない。おきみにも、そう言っておき」

沢松は、神妙な顔でうなずいた。

「わかってるだろうが、帰りに大家んとこへも寄って、関所手形をもらってくるんだよ」

おりゅうは、懐《ふところ》を探って鍵《かぎ》を取り出した。その鍵で仏壇の下の戸棚を開けた。頑丈そうな銭箱《ぜにばこ》を出す。別の鍵でその箱を開け、かなりの額の金を沢松の前へ放り投げた。穿鑿《せんさく》好きらしい大家の口を塞《ふさ》いで開かないようにする錠前代も入っているようだった。

おいとは、もう一度四方吉を見た。四方吉も、助けを求めるような目でおいとを見ていた。

「大丈夫」

と、おいとは言った。そう言うつもりはなかったのだが、そう言うほかはなかった。が、おいとも、自分達が置きざりにされたまま、事がすすんでゆくような気がしていた。

四方吉は、江戸にいるのはこわいが、おいとを残して行くのも不安という思いを、はっきりと表に出した顔で音羽を出て行った。旅立ちの朝までおいとの関所手形がおりるのを待っていようと考えていたようで、「二人揃《そろ》ってつかまる気かえ」と、おりゅうに追い立てられるようにして、朝靄《あさもや》の中へ歩き出した。

男の関所手形は、大家が書いて渡してくれればそれですむ。が、女の関所手形は、これを町奉行所に差し出し、裏判をもらわなければならなかった。「入り鉄砲に出女」といい、幕府は諸大名が鉄砲などの武器を江戸へ持ち込まぬか、江戸藩邸にいなければならぬ大名の正室が江戸から脱け出さぬかと神経を尖《とが》らせていて、厳しく取り締まっていたのである。

四方吉からの便りが届いたのは、江戸を発ってからちょうど十日目のことだった。浜松の松葉屋という旅籠《はたご》にいるが、仕事が見つかり次第ここを出て、おいとを待つという。江戸から六十五里余、便りが届けられる日にちを考えれば、浜松到着はかなり早い。薬を商って歩いていた足は、今もおとろえていないのだろう。

だが、おきみの名で出した関所手形は、便りがついてから十日たっても戻ってこなかった。おきみの両親が河内《かわち》の国にいるのは事実であり、両親の許《もと》へ帰って親孝行がしたいという理由なら、わけなく裏判を捺《お》してもらえるだろうとおりゅうは言い、おいともそう思っていたのだが、見通しはあまかったようだった。

朝夕の風に、秋の気配がこもるようになった。亀松《かめまつ》と名を変えた沢松は、「いえ、あっしははじめっから亀松で。親からもらった名前も亀松なら、ここでの名前も亀松、沢松ってなあ、お客さんのお間違いでしょう」と顔色も変えずに嘘《うそ》をつき、路地をうろつく客や、いつまでも遊女から離れようとしない客を追い払っていた。おりゅうは三日に一度髪を洗って前掛を濡らし、「いつものことだが、よく風邪をひかねえものだ」と亭主に言わせていた。

いつもの沢松、いや亀松であり、いつものおりゅう夫婦だった。が、一人だけ、ようすのちがう者がいた。おきみだった。

暑いさなかも風通しのわるい部屋にこもっているし、口実をもうけては奥へ入ってこようとする。いずれも奥へ入ってくるほどの用事ではなく、妓夫《ぎゆう》を兼ねている若い衆に追い立てられて部屋へ戻って行くのだが、戻って通りへ出て行っても、道を行く男の袖《そで》をつかむどころか、声をかけようともしない。男が目の前を歩いているのに気づかぬようにさえ見えるのである。

自分のせいではないかと、おいとは思った。亀松は、沢松とおきみの手形をとりに行ったが、おきみには一言の断りもなかった。いきなり奥へ呼ばれ、「明日っから、お前の生れは越後だよ」と言われたのでは上機嫌でいられるわけがない。しかも、「なぜですかえ」という当然の問いに、おりゅうは、「わけなんざ知らなくってもいいよ」と答えたらしい。突然名前を変えた亀松も、「わけなんざねえよ」と言ったようだった。

が、どちらも、腕ずく長屋においとがきてからのことである。越後生れにされたのも、沢松が亀松になったのも、おいとにかかわりがあるとはすぐに見当がついたことだろう。

「困ったものさね」

と、おりゅうは言った。

「亭主に気づかれると面倒なことになるから黙っているけど、あれは、おきみのやきもちだよ」

「まさか」

「亀松が人の言いなりになるのは、めったにない。なのに、お前の頼みで何も言わずに名前を変えた、おきみはそう思っているから、面白くないのは当り前さね」

「あの、四方吉が沢松という名をもらったのだと、おきみさんに話しちゃいけませんかえ」

おりゅうは、かぶりを振った。

「だめだね。亀松はあの通り、人に話せと言ったって喋《しゃべ》りゃしないけど、おきみは誰にどんなことを言うかわからない。おりゅうを頼ってきた男が沢松の名で旅に出たなんて、ぺろりと喋られたひにゃ目もあてられない」

遊女の声が聞えた。客と押問答をしているようだった。その声が悲鳴に変わり、「待っておくんなさい」と叫ぶ亀松の声も聞えてきた。

「くそ。おきみだよ。おきみが告げ口をしやがった」

裏口は、隣りの見世の裏口に通じている。おいとをひきずって土間へ飛び降りたおりゅうは、隣りの裏口へおいとを押し込もうとしてあとじさった。裏口の戸は隣りの方から開いて、十手を持った男が片頬で笑いながらあらわれたのだった。

「逃げろ」

土間へ飛び降りてきた男が、手に持っていたものを岡っ引に投げつけた。男は亀松で、投げつけられたのは薪《まき》だった。薪は岡っ引の目の上に当って、眉《まゆ》のあたりから赤い血がふくれ上がり、目から頰へ流れはじめた。

「野郎――」

目を開けていられぬのだろう、やみくもに振りまわした十手は、壁をしたたかに叩《たた》いて岡っ引の手から落ちた。

「今のうちだ」

亀松がおりゅうの手を、おりゅうがおいとの手をひいて走り出す。路地を飛び出せば、かくまってくれる家も、亀松やおりゅうしか知らない抜け裏もある筈だった。が、路地の出口で待っていたのは、別の岡っ引と、一目で定町廻りとわかる巻羽織《まきばおり》の男だった。おいとは、おりゅうに手を握られたまま、その場に蹲《うずくま》った。

「きてもらおうか」

と、定町廻り同心が言った。おりゅうがおいとの指を振りほどいて、亀松を押しのけた。

「お前《めえ》じゃねえよ」

と、岡っ引が言う。

「用があるのは、そっちの女だ」

「わたしの妹ですよ。田舎から出てきたばっかりだってのに、何のご用があるんですえ」

「それじゃ、お前《めえ》にもきてもらおうか」

岡っ引は、煙草《たばこ》のやにに汚れた歯を見せて笑った。

「沢松兄さんよ」

「亀松で」

「なら、亀松でもいいや。おりゅうの亭主が帰ってきたら、すぐに俺んところへくるように、そう言いな」

同心が苦笑した。岡っ引は、相応の挨拶《あいさつ》をすれば、おりゅうは帰すと言っているのだった。

晃之助が根岸へ顔を見せたのは、夏が最後の力をふりしぼっているような日であった。

朝顔の咲く数が減り、ひぐらしが鳴きはじめて、秋の気配は濃くなっているのだが、昼の間は暑さが肌に貼《は》りついてくる。立秋を過ぎたあとの暑さは始末におえぬと、佐七と話していたところだった。

慶次郎は、晃之助を台所の板の間へ案内した。東側にある台所は風の通りがよく、近頃は佐七の昼寝の場となっている。

井戸水にくぐらせてしぼった手拭《てぬぐ》いを、首筋のあたりに当てていた晃之助は、お蔭《かげ》で汗がひきましたよと笑った。八丁堀から根岸まで歩いてきたのどの渇きをいやそうと、一息に飲んだ麦茶が汗となり、胸や背に噴き出していたのだった。

「奉行所の御用部屋も暑かったな」

と、慶次郎は、出入口から入ってくる風に胸もとをくつろげながら言った。

「あれは、御用部屋にごろごろしていず市中を歩けという、ひそかなお達しではないかと、皆で笑いあったものだ」

「私は、涼しい根岸へ逃げてきたいと思ったのですが」

風だけでは足りぬのか、晃之助は、うちわへ手をのばした。

「実は、おいとという女が捕えられたと、辰吉《たつきち》が言ってまいりまして」

「おいと？　あのおいとか」

「そう言われても」

晃之助は苦笑した。

「どのおいとかわかりませんよ。私の言うおいとは、私が三千代……いえ、養父上《ちちうえ》をおたずねしていた頃、弟と二人で神田の雉子町《きじちょう》に住んでいた娘です」

「そのおいとだよ」

北町の同心、秋山忠太郎に捕えられた弟のかわりに、自分を捕えてくれと訴えてきた娘だった。当時は、十七くらいだった筈《はず》だ。

「そのおいとが、なぜ捕えられたのだ」

「亭主を逃がした罪です」

「亭主？　所帯を持っていたのかえ」

「辰吉の話では、人も羨《うらや》むほど仲のよい夫婦だったとか。捕えられた時は、音羽町の腕ずく長屋にかくまわれていたそうです」

人柄がいいのでしょうねと、晃之助は言った。昔、人には言えぬ商売をしていた頃の仲間がみずから一緒に捕えられ、昨日きたばかりのおいとが何も知っているわけがないと強弁しているという。慶次郎は腕を組んだ。

確かに気性のよさが表に出たような、可愛《かわい》い顔をした娘だった。おいとは、その顔を涙で汚し、自分を捕えてくれと額を畳へすりつけた。仏とあだなされる人なら、それができるだろう、自分を捕えて弟を救い出してくれと泣いたのである。

むずかしい頼みだった。おいとの弟を捕えたのは、北の同心だった。南の同心であれば何とかすると答えられたかもしれないが、北の同心では、弟が人を刺した事情を話してみると言うよりほかはなかった。

それで仏か――と、おいとは叫んだ。仏ではなかった。仏とは、慶次郎に背負わされた重過ぎる異名であった。仏であったとしても、なすすべのない事件だった。弟の和吉は、おいとを強姦《ごうかん》したと思い込んだ男を庖丁《ほうちょう》で刺し、怪我《けが》を負わせたのである。

おいとには、来年の春に所帯をもとうと約束した男がいた。身寄りのない男は、和吉を実の弟のように可愛がっていた。幼い頃に両親を亡《な》くし、二人きりで生きてきたおいとと和吉にやっと家族がふえるのである。おいとと男の間に子供が生まれれば、また一人、身内がふえる。男は居職《いじょく》の足袋職人だったが、仕事のきれたことはなく、時には蒲焼《かばやき》をおごってくれることもあった。やっと幸せになれると思った矢先に姉が乱暴され、男との間に溝ができたのである。乱暴を働いた男を見かければ、弟が復讐《ふくしゅう》をしたくなるのもむりはなかった。

だが、和吉の刺したのは人違いだった。おいとを犯したのは確かに薬売りだったが、和吉の刺した薬売りは、おいとが襲われた頃、仲間達と近くの蕎麦屋《そばや》にいた。仲間や蕎麦屋の主人が、それを証言したのである。

「わたしがあの人だと思い込んだのです」と言って、おいとは泣いた。物音においとがふりかえった時、男は大きな荷物を背負っていた。声を上げる暇もなく頰を殴られ、押し倒されて、おいとは抗《あらが》う力を失った。その後、すさまじい動揺に起き上がることもできなかった。おいとを残し、男は荷物を背負って逃げた。おいとの脳裡《のうり》に焼きついているのは、その後姿だった。

「うちに出入りしていた薬屋さんだと思ったのは、わたしです。後姿が似ていたのですが、それも荷物のせいだったかもしれません。それなのに、乱暴したのはあいつだ、殺してやりたいと言ったのはわたしです」

だから罪はわたしにあると、おいとは言った。もっともだと慶次郎がうなずくと思っていたようだったが、おいとは和吉に「殺してくれ」と頼んだわけではない。和吉は、雉子町界隈《かいわい》をまわっている薬売りを見かけ、おいとには黙って庖丁を持ち出したのである。しかも、人違いだった。姉の敵《かたき》を討ったという言訳も通らなかった。それでも、南の同心が捕えたのであれば、吟味与力に頼んで事情を話し、人違いで刺された男にも詫《わ》びてやって、多少は罪を軽くしてやることができたかもしれない。が、北の同心では、「手心をくわえてやってもらえないか」と言うのが、慶次郎にできる精いっぱいのことだった。

「どうしてです?」

と、おいとは言った。

「南でできることが、どうして北ではできないんです。旦那《だんな》と与力の方がお知り合いなのと、そうでないのとでは、罪が軽くなったり重くなったりするんですか」

答えられなかった。

「わたしが人違いをせず、殺してやりたいと言わなければ、弟は庖丁を持ち出したりしなかったんです。それなのに、なぜ、弟が罪になるんですか。いえ、それより、わたしに乱暴をした男はまだ、つかまっていないんですよ。すぐにつかまえて下されば、わたしがそいつを殺してやりたいと言うこともなく、弟が人違いの薬屋さんを刺すこともなかったんです。その男をつかまえられず、弟をつかまえて小伝馬町へ送るなんて、どこか間違ってやしませんか」

それにも、慶次郎は答えられなかった。何としても弟を助けてくれと泣くおいとの背を、撫《な》でてやることしかできなかったのである。

その後、おいとの行方はわからなくなった。日比谷町にいたと辰吉が知らせにきた時のおいとは、軀《からだ》を売って暮らしていた。小伝馬町の牢獄《ろうごく》にいる弟へ渡す金のために、そんな商売を選んだのだという。いくらかの金を辰吉に届けさせたが、おいとは、頑として受け取らなかった。受け取らずに軀を売っていた。そのうちに弟は遠島ときまり、八丈島で果てた。おいとは荒《すさ》んだ暮らしをつづけていたようだが、或《あ》る日、日比谷町からもいなくなった。

助けてやれなかったと、ふっと思い出すこともある娘だった。日比谷町からいなくなったのが、所帯をもつためであったのなら喜んでやりたいが、その亭主を逃がして捕えられたという。ということは、亭主が凶状持ちであったのか。

おいとを犯した男は、まだ捕えられていない。人違いで罪を犯した弟は、八丈島で果てた。世を拗《す》ねたおいとは、同じように世の中をはすかいに見ている者と所帯を持ったのか。所帯を持って、町方にさからう道を選んだのか。

「そうとは思えないのですが」

と、晃之助が言った。

「築地《つきじ》の上柳原町で、宗七という塩売りと所帯をもっていたのですが、二人とも評判がいいのですよ。塩売りは、雨が降りゃあ商売ができなくなる。三日も雨降りなら、三度のめしさえ満足に食えねえってえ暮らしなのに、米を貸してくれと頼みに行って、いやな顔をされたことがないと隣りの女房が言っていました。ただし、世の中の人間はみんな敵《かたき》だなんぞと、物騒なことも言っていたようですが」

「で、宗七ってえ亭主は、何をやらかしたのだ」

「宗七殺しです。確かなことはわかりませんが、おいとの亭主ではない宗七がもう一人いて、そっちの女房のおつぎはそう言っています。おいとの仲間のおりゅうってえ女は、江戸にゃ宗七って名前の男が十人やそこらはいるだろうと言っていますし、上柳原町に住んでいる女達は、おいとの亭主の宗七を、やさしくて気のいい男だと言っていますがね。こっちが逃げたところをみると、おつぎの言っている方が正しいのかもしれません」

「宗七が、宗七を殺した——か」

慶次郎は、腕を組みなおした。

明六つの鐘にはまだ間があるが、東の空は、大分明るくなっていた。慶次郎は、笠《かさ》を持って表口の土間へ降りた。暁《あかつき》七つには家を出て、音羽町へ向うつもりだったのだが、「遊女屋は寝てるよ」という佐七の一言で畳の上へ大の字になり、四半刻《しはんとき》ほど、うとうととしていたのだった。

近くの農家で飼っている鶏が、少し気の早い刻《とき》を告げている。気がつくと、戸もおろさずに寝てしまった出入口の土間に、楓《かえで》の葉が落ちていた。病葉《わくらば》ではないのに、夏の盛りの濃い緑色は褪《あ》せている。格子戸《こうしど》の隙間《すきま》から吹き込んできて、陣端折り《じんばしょ》の足に触れた風にも、裾《すそ》をおろしたくなるような涼しさがあった。

「何をしていなさるんだよ。ぐずぐずしてると、かんかん照りになって、音羽町へ着く頃にゃ、旦那の日乾しができあがってるよ」

佐七だった。薪割りや庭掃除を慶次郎に押しつけて、台所の板の間にぐったりと寝転んでいた頃とは、声の調子がちがっていた。佐七の軀は、いち早く秋を感じとっているのだろう。慶次郎は、苦笑いをして外へ出た。

四、五日前から静養にきている隣りの美濃屋《みのや》の夫婦と門の外で出会い、夫婦は、ていねいに挨拶《あいさつ》をして見送ってくれた。早朝の散歩を楽しんできたようだった。
不動堂の前のよろず屋では、老夫婦が揃って道を掃いている。女房には、野良《のら》らしい子犬がつきまとっていた。餌《えさ》をもらいにきているのだろう。

上野池之端《いけのはた》へ出て、小石川から音羽町へ向う。のんびりと歩いたつもりだったが、目的の一劃《いっかく》が見えてきても、まだ五つの鐘が鳴らなかった。

佐七の言う通り、遊女屋はまだ眠っていた。一休みできる店があったら、茶屋でも蕎麦屋でも入ってしまうつもりで、慶次郎は九丁目の表通りへ出た。

晃之助の話では、七丁目の切見世に、おいと宗七夫婦は隠れていたという。九丁目には蕎麦屋も料理屋もあったが開いていず、八丁目から七丁目へ向って歩いていると、女の悲鳴が聞えた。七丁目の裏通りからだった。慶次郎は、やっと見つけた蕎麦屋の看板へ背を向けて走り出した。

七丁目の裏通りは遊女屋ばかりで、見世の看板がかかった路地がならんでいる。路地へ一歩入れば、女達が商売をする小さな部屋が、どぶ板をはさんで、ならんでいると言うよりつながっている筈だった。悲鳴は、春駒屋《はるこまや》という看板がかかった路地から聞えていた。

慶次郎は、路地の入口で足をとめた。「もう、およし」と、女の声が言ったのだった。遊女が折檻《せっかん》をされていたらしい。女の悲鳴は泣声に変わったが、その泣声がふたたび悲鳴になった。女がとめたにもかかわらず、また折檻がはじまったようだった。

「この大ばかあま。番屋へ投げ文なんぞしやがって。女将《おかみ》さんが伝馬町送りにならなかったからよいようなものの、万一のことがあったらどうする気だったんだよ」

罵声《ばせい》同様に、男の折檻は容赦ないのだろう。遊女の悲鳴がかぼそくなってきた。慶次郎は路地へ入った。どこにいたのか、すぐに袢纏《はんてん》姿の若い者があらわれて、「早過ぎるよ。出直してきな」と言う。言葉通り、小さな部屋の戸はどこも開けられていて、ろくに身づくろいもすませていない女達が上がり口に腰をおろし、あくびをしたり、簪《かんざし》の足で頭をかいたりしていた。

「おりゅうさんに会いたいんだよ」

と、慶次郎は言った。

「おいとちゃんのことでね」

若い者は、慶次郎の頭から爪先《つまさき》まで、無遠慮に眺めた。

「町方の旦那で？」

「昔はね」

男の罵声と女の悲鳴は、まだ聞えてくる。若い者は声のする方と慶次郎を交互に見て、「ちょいと待っておくんなさい」と奥へ駆けて行った。

女将を呼ぶ声がして、返事が聞えた。折檻をとめていたのと同じ声だった。若い者が、低声《こごえ》でもと町方の来訪を告げている。「すぐに行くよ」先刻の声が答えて、銀杏《いちょう》の葉を散らした小紋の女が路地にあらわれた。見たことのある女だった。

「やっぱり」

と、女が先に言った。

「森口の旦那がきなすったと、すぐにわかりましたよ。旦那はわたしを、お見忘れ？」

しなをつくってみせた姿で思い出した。かつて、日比谷町あたりで春を売っていたことのある女だった。

「おりゅうさんといったっけか」

「ええ。恥も外聞もなく、ずっと親からもらった名前をなのっております」

「元気で何よりだ」

おりゅうは、口許《くちもと》だけで笑った。

「おいとは、引っ張られたままか」

「どういうお調べをなさるのかは、旦那の方がご存じでしょう」

「帰してよけりゃ、すぐに帰すさ」

「おいとか、北の旦那か、旦那はどっちの味方ですえ」

「話を聞かぬうちは、どっちとも言えねえ」

おりゅうは、声を出して笑った。

「ちょいとお上がりになりません？　おいやじゃなければの話ですけれど」

慶次郎がふりかえると、おりゅうとの話を聞いていたらしい遊女達の顔が、いっせいにそれぞれの部屋へ引っ込んだ。

おりゅうが出入口の戸を開ける。若い男が倒れている女を引きずって行くのが見えた。折檻をうけていた女なのだろう。顔は見えなかったが、軀つきから判断して、二十を過ぎてはいない筈だった。

「生きてますよ、ちゃんと」

慶次郎の視線を追って、おりゅうが言う。

「おきみってえ娘ですけどね」

「あの娘が番屋へ投げ文をしたのかえ」

「よくご存じで」

「路地の外まで声が聞えたよ」

「おや、わたしとしたことが迂闊《うかつ》だったねえ」

迂闊だったとはまるで思っていない顔つきでおりゅうは座敷に上がり、ちらかっていた錦絵《にしきえ》などを隅に寄せた。

「わたしも黙っていりゃよかったんですけどね。つい先刻、大番屋から帰してもらって、亭主があちこち頭を下げに行ったり、おいとが伝馬町へ送られたりしたことを考えているうちに、無性《むしょう》に腹が立ってきて。宗七は春駒屋にいた。女房はまだいる、とお前が番屋に知らせただろうと問いつめたら、真っ青になってうなずいたものだから」

「で、お前がおいとの亭主を逃がしたのか」

「いいえ」

おりゅうは、表情も変えずに答えた。

「おいとちゃんのご亭主は、自分の足で江戸を出て行きました。わたしやおいとちゃんが、おぶって行ったわけではありませんよ」

苦笑した慶次郎を見て、おりゅうは、手を叩《たた》いて人を呼んだ。

「誰か、旦那へお茶を差し上げとくれ」

男の声の返事が聞えた。おきみを罵《ののし》っていた声によく似ていた。

「言っときますけどね、旦那」

「宗七つぁん——は、宗七ってえ男を殺しちゃいませんよ」

「なぜわかる」

「当人が、そう言ってます」

「なぜ信じる」

おりゅうは、ちらと慶次郎を見た。

「おいとも宗七つぁんも、ほんとうのことを話してくれましたから」

「それを俺に話す気にはなれねえのかえ」

「ええ、なれませんね」

若い男が麦茶をはこんできた。

「一つ、教えて差し上げます。宗七つぁんのほんとうの名前は、四方吉です。富山の薬売りに尋ねてご覧なさいまし。まじめないい男だったが、ふいにいなくなった、碓氷峠で追剝《おいはぎ》に殺されたんじゃないかって、みんな、そう言うにきまってますから」

「四方吉だと?」

慶次郎は、おりゅうを見た。

「四方吉が、宗七となのっていたというのか」

「ええ」

「なぜだ」

おりゅうは口を閉じた。

「おかしな話じゃねえか。人の名前を騙《かた》るのは、親からもらった名前を使っていちゃあ都合のわるいことがある時だけだが、四方吉はまじめだったという。名前を変えなければならねえわけがねえ。まして、宗七を殺してまで、その名前を横取りしなけりゃならねえわけは、どこにもねえ筈《はず》だ」

「そうです、その通りなんです」

「が、四方吉は手前《てめえ》の名を捨てた。捨てにゃならねえわけがあった筈だ。それは、いったい何だ」

おりゅうの返事はない。

「宗七……いや、四方吉をどこへ逃がした」

「知りませんよ、わたしゃ。宗七つぁんは、勝手に江戸から出て行ったんだ」

「わからねえ女だな。四方吉がどこへ行ったかわからなければ、町方は動きようがねえんだよ。今の四方吉は人殺しだ。人殺しの亭主はどこへ行ったのかと、おいとは連日、白状を迫られるぜ」

おりゅうが慶次郎を見た。四方吉の行先を、言った方がよいのかどうか、迷っているようだった。

やがて、おりゅうは天井を見つめながら口を開いた。一瞬、明るくなった顔つきが、闇《やみ》の中へ突き落とされたように暗くなっていた。

「だめですよ」

そう言って、おりゅうはかぶりを振った。

「だめですよ。同じことだもの」

「何が？」

言えない——と、おりゅうはかぶりを振りつづけた。おいとが伝馬町送りになるのは四方吉の本意ではあるまいと言っても、おりゅうの口は開かなかった。

「わかったよ。そっちがそれでは、どうしようもねえ」

そう言って立ち上がろうとした慶次郎を、おりゅうが呼びとめた。四方吉の行先を教えるからおいとを助けてくれと言うのだろうと思ったが、そうではなかった。

「旦那。わたしゃ、旦那が和吉のために動いてくれなかったとおいとが泣いた時、当り前だと言ってやりましたよ。旦那だって仏じゃない。仏のような人間なんだってね」

慶次郎が口をつぐむ番だった。

「人殺しに、いいわるいはない、そりゃわかってます。が、金が欲しくってする人殺しと、ひどい仕打ちに我慢しきれなくなって庖丁《ほうちょう》を振り上げちまった人殺しを一緒にされてはたまらない」

「そんなことは、わかっている」

「だったらなぜ、喧嘩《けんか》を吹っかけられて逃げまわっていたのが、はずみで相手に怪我《けが》をさせちまった男が八丈島へ送られるんですかえ。ええ、うちで今、飯炊《めした》きをしている年寄りですけどね、可哀《かわい》そうに二十三から三十八までの男盛りを流人《るにん》暮らしですよ。が、飯炊きに言わせりゃ、そんな目に遭っているのはざらにいる、俺一人じゃないってんですから」

返す言葉はない。

「そりゃね、旦那だったら、庖丁が勝手に相手の胸に刺さったことにしておくんなすったでしょうさ。が、仏の旦那の上にゃ、吟味与力という人間がいる。その上にゃ、お奉行様ってえ人間もおいでなさるんだ。まして北町には、仏と呼ばれる人もいないんですよ」

おりゅうは、慶次郎の足許まで這《は》ってきた。

「これだけは聞いて行っておくんなさい。思いがけずに人を死なせてしまった者や、我慢しきれなくなって人殺しをしてしまった者は、自分のおかした罪がこわくって仕方がないんです。二度とそんなことはするものかと、そう思っているんです」

「それも、わかっているつもりだが」

「ほんとにわかってて下さるんなら、嬉《うれ》しいんですけどね。人殺しなんざしたくないのにしちまった人間は、手前《てめえ》の罪がこわくてならないんだもの、そこでお解き放ちになったって、二度と罪を犯しゃしないんです」

「聞いたよ、確かに」

慶次郎は、立ち上がって土間に降りた。


辰吉が、春駒屋の菩提寺《ぼだいじ》を調べてきた。駒込にある寺院だったそうだ。

「出てきたのが、鼻の頭も胸もとも酒焼けしている住職でね。ここ一、二年、往来手形なんざ書いたこともないとぬかしゃあがる。てこずりやしたよ」

その時を思い出したように、辰吉は、手拭《てぬぐ》いで額の汗を拭《ふ》いた。

「こっちも腰を据えて、丁重にお尋ね申しやしたがね」

へええ――と、慶次郎は言った。丁重に尋ねたとは、十手をちらつかせてすごんだということにちがいない。辰吉には、めずらしいことだった。辰吉はもう一度額の汗を拭いて、早口になった。

「春駒屋の沢松ってえ男に頼まれて、大坂までの往来手形を書いたそうです」

「大坂か」

慶次郎は首をかしげた。

「四方吉ってえ男が、おいとを置いて、さっさと大坂へ行くとは思えねえが」

「俺もそう思いやした。で、あのあたりで幅をきかせている岡っ引のうちへ寄ってきやした」

六蔵ですよ——と、辰吉は言った。

そんな名前を聞いたような気もするが、思い出せない。が、北町の同心、柳田国太郎から十手をあずかっている男と言われて記憶の糸がほぐれた。附届《つけとどけ》次第では罪を犯した者をかばってやり、同心に叱《しか》られればあっさり裏切って、それまでかばっていた者を捕えてしまう岡っ引だった。温厚な柳田国太郎が、岡っ引の悪事に目をつむり過ぎているのではないかと、南の同心達の間でも噂《うわさ》になったことがある。

「まだ、六蔵なんぞが十手をあずかっているのかえ」

「あずかっていやすよ。が、柳田の旦那ももう四十ですからね、あちこちに口うるさいことも言えるようになりなすって、その分、六蔵もおとなしくなりやした」

辰吉は、慶次郎を見て笑った。

「おまけに、六蔵は俺に頭が上がらねえ」

「しくじりを内緒にしてやったのかえ」

「そんなところで」

開け放しの表口から風が吹き込んできて、やはり開けたままの裏口から、佐七が井戸水を汲《く》んでいる音が聞えてきた。風呂《ふろ》の水を汲んでいるらしい。その音が、つめたくなった。

が、蚊遣《かや》りの煙が絶えると、まだ蚊が飛んでくる。慶次郎は、干した蓬《よもぎ》の葉を器にいれた。川柳ではないが、根岸の夏は蚊が傷となって値《あたい》千金から五百両引、五百両の値打ちになってしまうかもしれなかった。

「この一件、六蔵は捕物を手伝っただけで、くわしいことはわからねえと言っていやしたが、それでも知っているかぎりは話してくれやした。おかしな出来事だったそうでさ」

薬売り宗七の女房、おつぎは、はじめに上柳原町の自身番屋に飛び込んできて、塩売りの宗七を捕えてくれと訴えたのだそうだ。

「が、番屋の連中は、おつぎの方をあやしいと思ったようで」

上柳原町は、塩売りの宗七とおいとが暮らしていた町であった。二人の評判はわるくない。愛想のよくないおいとはともかく、腰の低い宗七は、店を構えても立派にやってゆけると、番屋に詰めている差配達の話題になっていたという。塩売りの宗七が亭主の宗七を殺したとおつぎが泣きわめいても、まともに取り上げる者はいなかった。むしろすりきれた泥だらけの着物に鳥の巣のような髪をしたおつぎがわめけばわめくほど、差配達は尻込みしてしまったらしい。

が、おつぎは諦《あきら》めなかった。目につく自身番屋に飛び込んでは、塩売りの宗七が亭主の宗七を殺したと訴えた。結果は、上柳原町の番屋と変わるところがなく、中には周辺の番屋へ、「おかしな女が行くかもしれぬから気をつけろ」と、使いを走らせるところもあったという。

おつぎも、さすがに築地界隈《かいわい》の番屋では、まともに扱ってもらえないと気づいたようだった。そこで、稲荷《いなり》社の縁の下へもぐり込んで、「おかしな女」の言い継ぎが途絶えるのを待ち、築地から少し離れた番屋の戸を叩いた。とうに日が暮れて、夜になっていた。おつぎが戸を叩いたのは、畳町《たたみちょう》の番屋だった。

「吉次の縄張りじゃねえか」

「さようで。おまけに、何の用事があったのかわからねえが、大根河岸《だいこんがし》の親分がそこにいなすったそうで」

「困った奴《やつ》がいたものだ」

　慶次郎は苦笑した。

　金にならぬと思えば動きたがらぬ吉次が、おつぎの訴えにどんな計算をしたのか、それはわからない。ただ、薄笑いを浮かべておつぎにうなずいてみせると、すぐに上柳原町へ向ったという。

「ところが、宗七――四方吉ってんだそうですが、宗七もおいとも逃げたあとだった。それではってんで、吟味筋《ぎんみすじ》になったんだそうで」

　吟味筋とは、定町廻り同心が出て行くような事件をいう。おつぎの訴えが取り上げられても、仮に四方吉が逃げずに濡衣《ぬれぎぬ》だと突き放せば公事出《くじで》入りとなる。公事出入りはかなり面倒な手続が必要で、奉行所へ幾度も呼び出されることになるが、そのわずらわしさを辛抱すれば、証拠は何もないのである。塩売りの宗七にやましいところがないのなら、青天白日の身になれた筈なのだ。が、二人はあわてて姿を消し、四方吉はおそらく沢松の名で、東海道をのぼって行った。

「六蔵が、春駒屋《はるこまや》の若い者から聞き出してくれやしたよ。四方吉は、おいとに手紙を寄越したそうで。よくはわからねえが、どうやら浜松あたりでおいとを待っているらしいとか。おいとも遊女の名を使って、手形を書いてもらっていたようです」

二人はなぜ逃げるのか。おりゅうは、「だめですよ、同じことだもの」と、闇《やみ》の中に落ちてしまったような暗い顔で言っていた。

「行ってみるか、浜松へ」

「お供します」

うなずいた辰吉が、思いがけないことを言い出した。

「おいとは、帰してもらえるかもしれやせん」

「なぜ」

「おつぎは、薬売りの宗七が、碓氷峠《うすいとうげ》で足を滑らせて死んだという手紙を持っていたそうで」

証拠となるものはあるのかと吟味与力に尋ねられ、おつぎは得意満面でその手紙を出して見せた。

「が、誰が考えたって、宗七を殺しておいてその名をなのり、女房に宗七の死を知らせる手紙を出すとは思えねえ。それに、柳田の旦那《だんな》がお調べなすったところ、手紙に書かれている文字は、薬売りの四方吉が得意先に残している文字と、まったくちがっていたそうでさ。おつぎは、何の証拠もないのに、お上《かみ》のお手をわずらわせたと叱られることになるでしょう」

「誰が手紙を書いたのだろうな」

風の向きが変わったのか、蚊遣りの煙が慶次郎へ向って流れてくる。

「四方吉があやまって宗七を殺し、せめてその死を女房に知らせようと、人に頼んで書いてもらったと考えられなくもねえ」

「だめですよ、旦那。そんなことを言いなさると、おいとは帰ってこられなくなる。四方吉は塩売りになった時に名を変えた、塩売りで食えなくなったから腕ずく長屋のおりゅうを頼ったと、必死に言い張っていたそうだが、その甲斐《かい》がなくなっちまう」

辰吉は腕の血を吸っていたらしい蚊を叩《たた》きつぶし、慶次郎は、蚊遣りを辰吉の風上へ置きなおした。

「辰つぁんは、おりゅうってえ女を知ってたかえ」

「正直に申しやすと、この一件を耳にするまで、名前も聞いたことがありやせんでした。六蔵からも話を聞きやしたが、気《き》っ風《ぷ》のよさそうな女で。はじめの亭主が大怪我をして、医者に診《み》てもれえてえ一心で身を売るようになったとか」

そのおりゅうが、やむをえず人に危害をあたえてしまった者は、罪がこわくてならないのだと意味ありげなことを言った。

「帰されりゃ、おいとは四方吉を追いかけて行く。それで万事めでたしにしてもいいのだが」

「それじゃ、おつぎがおさまらねえでしょうね。俺もすっきりしねえが」

「人一人の行方がわからなくなっているんだ、調べてみようよ。ご苦労だが、辰つぁん、お前《めえ》一人で浜松へ行ってくれねえか。晃之助へは、俺から話しておくよ」

「それから柳田の旦那と六蔵に、よろしくおっしゃっておくんなさい。吉次親分は、ま、いいか」

吉次は、おいと四方吉をかくまったおりゅう夫婦を、無事ではすまぬと脅したという。意外にも六蔵は、何も知らずに居候《いそうろう》をさせていたのだとかばったそうだ。脅した吉次にもかばった六蔵にも、春駒屋はかなりの金を渡したことだろう。

台所から、佐七が顔を出した。暑気払いの酒を飲まぬかという相談のようだったが、明日の朝早く浜松へ向うという辰吉は、丁重に断って腰を上げた。

茶碗《ちゃわん》や皿を洗い終えた手を拭くと、手拭いに血がにじんだ。かなかな蟬《ぜみ》の声が聞えなくなったばかりだというのに、おつぎの手には、あかぎれのような裂け目が幾つも入っている。わざと押してみて、おつぎは顔をしかめた。痛かった。が、押しつづけているると、痛みが快感に変わってくる。手拭いの赤いしみも大きくなった。

おつぎを呼ぶ、旅籠《はたご》の女将《おかみ》の声が聞えてきた。しばらくの間、おつぎは聞えぬふりをした。もともと人使いのあらい女であったが、おつぎが奉行所へ呼び出され、あやふやな訴状でお上の手をわずらわせたと叱られてから、いっそう「おつぎ、おつぎ」と呼ぶ声が甲高くなった。

はじめはお客扱いしていたくせに。そう思う。

畳町の自身番屋に居合わせた吉次という岡っ引は、おつぎが財布すら持っていないと知ると、馬喰町《ばくろちよう》にあるこの旅籠へ連れてきてくれた。ここに泊ればいいと言ってくれたのである。女将も女中も「いらっしゃいませ」と言ってくれたし、襦袢《じゆばん》とも言えぬ襤褸《ぼろ》をくるんだ小さな風呂敷包を持ってもくれた。岡っ引が顔をきかせてくれたものと思い、江戸には親切な人がいるのだと喜んでいたのだが、翌日、まだ夜の明けぬうちに、今では先輩となった女中のおまきに叩き起こされた。客が起き出さぬうちに風呂の湯を沸かしてくれというのだった。

おつぎは、わけもわからずに階下へ降りて行った。帳場には女将のお京がいて、風呂の湯が沸いたら、朝飯の支度、そのあとは部屋の掃除を頼むという。吉次という岡っ引は、確かに顔をきかせてくれたらしいのだが、旅籠代は、そっちの才覚で何とでもしろということだったのだ。「お前を売り飛ばしたって、あの親分は何も言わないよ」と、女中のおまきは笑っていた。死んだという亭主にかかわりがあるらしい男を見つけて訴えたのにお叱りをうけ、「ここに泊ればいい」という言葉を真にうければ、売られても文句は言えなかったという。富山では考えられないことだった。

それでも、おつぎはこの旅籠で働いている。富山へ帰ろうにも路銀がなかったし、働いて金をためようにも、江戸には知り合いがなく、勤め口を探すことができなかった。働き次第では、年三分の給金を払うという女将の言葉を信じて、来年の夏を待つほかはなかったのである。

手紙を出した富山の実家からは、子供のことは心配するなという返事がきた。五十の坂もなかばにさしかかった母親からだった。

文字の書けぬ母親は、漁師をしている孫、おつぎには甥《おい》に当る子に書いてくれと頼んだにちがいない。「おばさんも、げんきか」などという言葉の混じる仮名ばかりの手紙の終りには、「おめえのこには、とびきりうまいさかなをくわせてやっている」と、書いてあった。

母ちゃんも兄ちゃんも、兄ちゃんの伜《せがれ》も、みんな有難え。

おつぎは、手紙を掌《てのひら》の間にはさんで富山の方角を拝んだ。帰りたかった。宗七など、探しにこなければよかったと思った。さんざん苦労をさせられた亭主ではないか。行方知れずになったのを幸いに、実家へ戻ってしまえばよかったのだ。

だが、宗七は、おつぎが惚《ほ》れた男だった。母や兄の反対を押しきって、所帯をもった男だった。「一緒になるか」と宗七が言ってくれた時、おつぎは目の前が白く光って軀《からだ》が浮き上がったような気がした。宗七は姿がよくてやさしく、村中の若い女から好かれていたのである。

薬売りが江戸で女と親しくなるのは禁じられていたが、宗七には始終なまめいた噂《うわさ》がつきまとっていた。店から追い出されかけたこともある。宗七に言わせれば、追い払っても追い払っても女がついてくるというのだが、事実、宗七は大嫌いだと言っていた村の女も、みやげをもらっただけで付け文をするようになった。

「一緒になるか」と言われて天にも昇るような心地になったのは、宗七に夢中になっている女の中から自分が選ばれたという満足感が手伝ったことはわかっている。所帯をもってみれば宗七の容姿にうっとりしてばかりはいられず、冬、雪で閉じ込められているというのに、どこの女のものか、ねっとりした脂をまとわりつけて帰ってきた時などは、頭から水をかけてやったこともある。腹を立てて実家へ帰ったこともあったが、死んだという手紙に心穏やかでいられるわけがなかった。死んだという手紙を書かせて若い女と所帯をもったのではないかと思えば嫉妬《しっと》で目が吊《つ》り上がるし、ほんとうに宗七が谷底へ落ちたのではないかと思えば、毎夜のように血みどろの宗七が助けを求めている夢にうなされてしまうのだ。

やっぱり、わたしが探しにくるほかはない――。

「おつぎ」

ふりかえると、女将のお京が立っていた。

「さっきから呼んでいるのが聞えないのかえ」

表口まで聞えそうな大声だった。

「吉次親分がみえてるよ。お前に言いたいことがあるんだとさ」

おつぎは、血だらけの指を見た。このままの指で挨拶《あいさつ》をして、よい働き口を見つけて下すって、有難うございましたと礼を言ってやろうかと思った。

「あら、いやだ、気持のわるい手」

お京の大声が言った。

「おまきに言えば、油薬か何かがあっただろうに」

お京は、大仰に眉をひそめておまきを呼び、おまきは戸棚の隅に押し込まれている引出から、膏薬《こうやく》を探し出してきてくれた。宗七が働いていた薬屋のものではないが、富山の薬売りが置いて行ったものだった。

おつぎは膏薬を細く切り、指に巻いて帳場へ上がった。見覚えのある小柄な男が壁に寄りかかり、冷酒を飲んでいた。

「江戸には慣れたかえ」

おつぎが坐《すわ》るのを待って、吉次が言った。

「心配しているんだぜ、これでも」

有難うございますと、おつぎは口の中で礼を言った。

「ちょいとばかり、お前《めえ》に知らせなけりゃならねえことができちまってな」

一瞬、宗七の遺骸《いがい》が見つかったのかもしれないと思った。耳で聞えるほど動悸《どうき》が激しくなったが、吉次は悠然と冷酒を飲んだ。

「おいとが帰《けえ》されたのは知っているだろう」

と言う。

「引き取ったのは誰か、知ってるかえ」

「いいえ」

「森口慶次郎ってえ旦那だ」

「森口慶次郎？」

どこかで聞いた名前だった。が、「お前《めえ》は知らねえだろうが」と、吉次は口許《くちもと》に薄い笑いを浮かべた。

「粋狂な旦那よ。もとは定町廻り同心だが、今は、山口屋という酒問屋の寮番をつとめている」

思い出した。はじめておいとに会った時、おいとがわめいた名前だった。水橋の四方吉がやはり姿を消していると言うと、おいとは、金もないのに江戸をうろうろするなと言い、森口慶次郎という、もと同心に金を借りて富山へ帰れと叫んだのだ。

「よいお方のようでございますね」

「ああ」

吉次は、ちらとおつぎを見た。

「山口屋の寮には飯炊《めした》きの爺《じい》さんもいる。ひきとられたおいとは、掃除でも引き受けて、しばらくのんびりすることになるんだろうよ」

わたしは旅籠でこき使われているのに。

「逃げた四方吉も帰《けえ》ってくるだろうよ。辰吉ってえ岡っ引が、浜松へ行った。おそらく、四方吉を追って行ったのさ。辰吉が四方吉を連れて帰ってきて、森口の旦那が仕事を見つけてやる。そんなところだ」

吉次は、音をたてて冷酒をすすった。

「話ってのは、それだけだ」

おつぎは唇を嚙《か》んだ。目を下へ向けると、関節の皺《しわ》すらあかぎれになって、血のにじんでいる指が膝《ひざ》の上にあった。

また、冷酒をすする音が聞えた。酒がなくなったのか、お終《しま》いの方は、音をたてて息を吸っているような情けない音になった。お京があわてて手を差し出して、空になった湯呑《ゆの》みを受け取った。

「それで、宗七は？」

「知らねえ」

「おいとさんの亭主は、水橋の四方吉さんだった。四方吉さんは宗七の名を騙《かた》って富山へ帰らず、わたしが江戸へ出てきて、わたしの亭主の宗七が行方知れずになったと聞いて、おいとさんと逃げ出したんですよね」

吉次の返事はない。

「誰がどう考えたって、四方吉さんとおいとさんの方が怪しいじゃありませんか」

吉次はまだ黙っている。

「なのに名前を騙られた宗七の方は放ったらかしで、おいとさんと四方吉さんはもと通り、いえ、森口の旦那ってお方のお蔭《かげ》で、もっといい目を見られるかもしれないってんですね」

「いい加減におし」というようにお京が目をいからせているのはわかっていたが、おつぎは気がつかぬふりで言葉をつづけた。

「宗七は探していただけないんですか」

「碓氷峠の谷底じゃ、探しようがねえだろう」

おつぎは、膏薬だらけの手を突き出した。

「わたしも、このざまですよ。わたしは、どなたかに引き取っていただけないんでしょうか」

「俺あ、森口慶次郎じゃねえ」

「わたしなんざ、どうでもいいってことですかね。慣れてますけど」

「そう言うだろうと思ったよ」

お京から酒の入った湯呑みを受け取った吉次は、鋭い目をおつぎに向けた。

「が、そう言いつづけていると、ほんとうに手前《てめえ》だけが沈んじまうぜ」

吉次は、一息に湯呑みの酒を飲んだ。お京が長火鉢の引出を開け、懐紙にいくらかの金を包んでいる。溜息《ためいき》をついたのは、しばしば吉次の『見廻り』があるからにちがいない。

おつぎは、わざわざ馬喰町まで出向いてくれた礼を厭味《いやみ》でなく言って、帳場を出た。

それから二日が過ぎた。

馬喰町の旅籠は、あいかわらず人の出入りが多かった。

支配のちがう領地に住む者どうしの訴訟、たとえば川越の商人が、高崎の商人を訴えようとすれば、江戸の評定所で争わねばならない。川越の商人も高崎の商人も、江戸へ出てくるのである。しかも、商品は納めたのに支払いを拒まれたとか、土地の境界線を変えられたとか、訴訟の種はつきないようだった。が、訴訟慣れしている者などいるわけがない。そのため、馬喰町周辺には、面倒な手続をしてくれたり、訴訟に勝つ方法を指南してくれたりする公事師《くじし》と呼ばれる者がいた。投宿した人達は公事師の家へ相談に行くが、公事師も逗留《とうりゅう》中の人達を頻繁にたずねてくるのだった。

話し合っているうちに気が昂《たかぶ》ってくるのだろう、客も公事師もすぐに水をくれと言う。おつぎもおまきも、休む暇なく台所と二階を往復していた。

「冬になると、この旅籠は寒い、炭をくれと客が言い出すよ」

と、おまきが言った。

「お金を払ってくれないとか、土地を盗まれたとか、かっとなって江戸へ出てくるのだろうけど、公事師と話しているうちに、お裁きがおりるまでにお金がどれくらいかかるかわかって、ぞっとするんだろうね」

おつぎは、いい加減な返事をした。吉次の話を聞いて以来、根岸、山口屋の寮という二つの名前が頭から離れなかった。

「あの、教えてもらいたいのだけど」

おつぎは、公事出入りについて喋《しゃべ》りつづけているおまきを遮った。

「根岸って、どんなところですかえ」

「静かなところ」

「それから」

「お金持の寮があるところ」

おまきは、興味のない顔で答えた。

「わたし達にゃ縁のないところだよ。根岸の寮ってのは、ご主人様が骨休めにきたりするところだから、奉公人も楽だというけど、こちとら、奉公するってもないものね」

おつぎは右手で口許を、左手で腹のあたりを押えてうめいた。おまきは怪訝《けげん》な顔でおつぎを見たが、吐いてしまいそうなふりをすると、顔をしかめておつぎから離れた。

「いやだ。お昼にわるいものを食べたのじゃないかえ」

「いえ、何にも」

「大きな声じゃ言えないけど、このうちは、ろくなものを出さないからね。へたにつまみ食いをすると、あとがこわいよ」

おつぎは、かぶりを振った。ほんとうに吐きそうな気がした。おまきは、着物を汚されぬ用心からか、さらにあとじさって、薬を飲んで寝ていた方がいいと言う。おつぎは、素直におまきの出してくれた苦い粉薬を飲み、帳場の隣りの三畳に床をとって、着のみ着のままもぐり込んだ。

帳場からおまきの声が聞えてくるのは、おつぎが食当りをしたとでも言っているのだろう。「しょうがないねえ、このいそがしい時に」と、お京は聞えよがしに言っている。

おまきは、すぐに帳場を出て行ったようだった。逗留中の客は二組いるのだが、場合によっては、もう一組くらい泊めることもある。表通りのようすを見に行ったのかもしれなかった。

二階で手を叩《たた》く音がした。「また、お茶をいれてくれ――かえ」と、舌打ちをしながらお京が階段をのぼって行った。おつぎは、素早く起き上がって部屋の外を見た。「どうぞ、まだお泊りになれますよ」というおまきの声が、表障子の向う側から聞えてきた。

板の間をしのび足で通り過ぎて台所へまわり、下駄を持って裏口を出る。薪《まき》を割っていた筈《はず》の小僧は、物置の壁に寄りかかって眠っていた。

路地を抜けて表通りへ出たいのだが、おまきがまだ旅姿の男と話している。ようやく男が他の旅籠《はたご》に泊ると言って歩き出し、おまきが肩をすくめて表口の土間へ入って行った。おつぎは、横丁へ駆け込んだ。下駄をはいたのは、それからだった。

しばらくの間は足にまかせて歩き、馬喰町から離れたところで、根岸への道を聞く。心配した通り、反対の方角へ向っていた。しかも、根岸まではかなりの道程だという。宗七と暮らしていた家から実家までと同じくらいの距離があるものと覚悟したが、江戸の「遠い」はさほどでもなかった。案外に早く家並がとぎれ、それらしい一劃《いっかく》に出た。

細い流れに沿って行くと、松の古木が見えてきた。根もとには小さなお堂があり、竹垣が結いまわされていて、鳥居もたっている。時雨岡《しぐれのおか》の不動堂と教えられたのが、この草堂にちがいなかった。

不動堂と道をはさんだ向い側に、手拭《てぬぐ》いや鼻紙のたぐいから団子まで、少しずつ並べて売っている店があった。店の前に床几《しょうぎ》を出して腰をおろしていた老人に、山口屋の寮はどこかと尋ねると、立ち上がって指さしてくれた。曲がりくねった道をもう少し行けば、楓《かえで》ばかりが植えられているその寮が見えてくるらしい。

礼を言って、おつぎは歩き出した。それらしい寮はまもなく見えてきた。が、おつぎの足は遅くなり、おつぎの目も、のろのろと前へ出てくる自分の足を眺めていた。寮の掃除をすませてしまえば暇になってしまうおいとを見たところで、何になるものでもなかった。

引き返そうと思ったが、足は前に進んで行く。その足許へ、風が楓の葉をはこんできた。楓の落葉に行手を遮られたように足をとめると、一見、粗末な門の向うから、男の声が聞えてきた。

「俺は、この辺で帰りやす」

「ご苦労だったな」と別の男の声が言って、「お世話をかけました」という、とぎれとぎれの声も聞えてきた。おつぎは、咄嗟《とっさ》に向い側の草叢《くさむら》へ飛び込んだ。

振分荷物《ふりわけにもつ》に笠《かさ》を持った四十がらみの男が、門の外にあらわれた。三段ほどの石段を降り、小川にかかっている石橋を渡ってうしろをふりかえる。うしろから出てきた二人、着流しの男と陣端折《じんばしょ》りの白髪の男は、見送りに出てきたのだろう。振分荷物の男は着流しの男へていねいに挨拶《あいさつ》し、着流しは「今日はゆっくり休んでくれ」などと言っている。着流しの男が森口慶次郎という、『粋狂な旦那《だんな》』にちがいなかった。

振分荷物の男が歩き出した。おつぎの視線は、扉を開け放したままの門の前で釘《くぎ》づけになった。柿の木でつくられているらしい曲がりくねった門柱の横においとがいて、その隣りに若い男がいたのだった。

四方吉にちがいなかった。しかも、おいとは、はじめて会った時よりもこざっぱりとしたものを着て、新しい下駄をはいていた。おまきの言う通り、のんびりと働いていて、掃除を終えたあとは、丹念に油薬を手に塗り込んでいるのかもしれなかった。

ふざけるんじゃないよ、うちの亭主の名前を騙っていたくせに。

おいとと四方吉は、慶次郎に肩を押されるようにして門の中へ入って行った。おつぎは、草叢から飛び出した。そんなばかなことがあってよいものかどうか。だが、わめこうが叫ぼうが、おつぎの訴えにかたちだけでも耳を貸してくれるのは、大根河岸の吉次だけだろう。おつぎは、吉次と出会った畳町の自身番屋へ向って夢中で走った。

どこで道を間違えたのかわからない。目抜き通りを走っていた筈なのにいつのまにか淋《さび》しい道に出て、その道を抜けると見覚えのある寺院の前に出た。築地《つきじ》本願寺だった。

日は暮れかけていて、人通りは少かった。ようやく通りかかった人を呼びとめて、畳町への道を尋ねようとしたおつぎは、何気なく寺院の境内を見てその場に凍りついた。呼びとめられた女が、薄気味わるそうに離れて行ったことにも気がつかなかった。境内には、探していた吉次がいた。吉次は、上前の裾《すそ》を左手で握りしめている長身の男と向い合っていた。宗七だった。

ひとりでに軀《からだ》が動いて、おつぎは本願寺の塀に身を寄せた。境内にはほかに人影もなく、柳に手をかけていた吉次が、ゆらりと動いた。

「待っておくんなさいよ」

と言う、上ずった声が聞えてきた。まぎれもなく宗七の声だった。

「できやしませんよ、そんなこと」

吉次の答えは聞えなかった。

おつぎは、足音をしのばせて道を横切った。本願寺の前には、潮の入ってくる川――というより、築地が文字通り海に築かれた土地であることを知らせてくれる流れがあって、舟着場がつくられている。おつぎは、舟着場への石段を途中まで降りて腰をおろし、頭から手拭いをかぶった。本願寺の総門から出てきた時に向うから見えるのは頭だけで、そこにおつぎがいると知らぬかぎり、どこの女かわからぬ筈であった。手拭いの端を口にくわえ、横を向いている目の隅に人の影が映った。懐手《ふところで》の吉次だった。

おつぎは、石段に頰を寄せて吉次を見た。吉次は、自分や宗七を見張っている者がいないことを確かめているのだろう、薄闇《うすやみ》を透かして道の左右を眺めていた。境内を一度ふりかえったのは、大丈夫だと、宗七に声をかけたのかもしれなかった。

吉次は、足早に歩き出した。吉次の姿が遠ざかるにつれて、夕闇も四方にひろがったような気がした。

おつぎは、頭にかぶった手拭いを取って石段を駆け上がり、総門へ走った。宗七は、門から出てきたところだった。もともとくずれた恰好《かっこう》の似合う男ではあったが、髷《まげ》の刷毛先《はけさき》を曲げ、片裾を手に持った姿は、かたい商売の薬売りとはとうてい思えず、おつぎを認めた宗七があわてて背を向けなければ、別人ではないかと迷うほどだった。

「お前さん。お前さんなんだね？」

宗七は横を向いた。わずかに唇が動いて、ちがう——と言ったようだった。

「俺は、喜三郎《きさぶろう》だ」

かまわずに、おつぎは宗七にすがりついた。目の前にあらわれたおつぎを見て怪訝《けげん》な顔もせず、誰だとも尋ねぬ男が、喜三郎などという男であるわけがなかった。宗七の手が、ためらいがちにおつぎの背へまわされた。宗七ではないと言いながら、おつぎがきてくれるのを、ずっと待っていたにちがいない手であった。おつぎは、宗七の胸に頰を埋めた。

しばらくして、宗七の声が「おつぎ」と言った。

「俺を探しにきたのかえ」

「ほかに、どんな用があるというんですよ」

「死んだと言ってやったのに」

おつぎは、宗七の腕の中から宗七を見上げた。宗七は、暮れた空を見上げていた。

「あれは、お前さんが寄越したのですかえ」

「そうだよ。薬売りの宗七は死んだ」

「ばかな。目の前にいるのに」

「俺は喜三郎だと言っただろうが」

おつぎは、宗七の腕を振り払った。

「江戸の娘と所帯をもったんですか」

「そうじゃねえ」

宗七は、ほろ苦く笑った。

「そうじゃねえが、俺とはもう、かかわりをもたねえ方がいい」

だから——と、宗七はおつぎに言った。

「俺に会わなかったことにして、すぐに富山へ帰《けえ》りな」

「いやですよ。帰る時は、お前さんと一緒です」

「わからねえ奴《やつ》だな。帰れねえんだよ、俺は。帰れるくらいなら、死んだなんぞと嘘《うそ》をつきゃしねえ」

「だったら、わたしも江戸にいます」

「帰れと言ってるだろう。赤ん坊はどうした。富山へ帰って、子供の面倒をみていねえ」

「赤ん坊は死にました」

宗七はさすがに言葉を失った。

「二人の伜《せがれ》は、実家《さと》のおっ母《か》さんがみています。伜達もおっ母さんになついているし、甥《おい》も二人を可愛《かわい》がってくれている。子供にゃ何の心配もないけれど、お前さんばかりは心配なんですよ」

「そうだったな」と、宗七は呟《つぶや》くように言った。

「故郷《くに》では赤ん坊が死んだのも、俺のせいになっているだろう。ここでお前《めえ》に何かあったら、俺あ、お前《めえ》のおふくろや兄さんに、敵呼《かたき》ばわりされるにちげえねえ。黙って富山に……」

宗七の言葉が口の中で消えた。おつぎは、宗七の視線を追ってふりかえった。二の橋を渡ってきたらしい男の姿が、闇の中からあらわれたところだった。

宗七の手がおつぎを引き寄せた。男が足をとめて見ているのもかまわず、おつぎにもたれかかるようにして、実は強い力で舟着場へ連れて行く。

「ちょいと具合のわるい奴がきた」

と、宗七はおつぎの耳に囁《ささや》いた。

「お前《めえ》が番屋へ飛び込んだせいで、宗七の女房が江戸へ出てきたと、奴は知っている。が、お前の顔を奴に知られたくねえ。女を口説いているように見せれば、俺の病気が出たと思われるだけだ。お前も俺にくっついていねえ」

先刻、おつぎが駆け寄った時に、宗七があまり驚かなかったわけがわかった。二の橋を渡ってきた男は宗七に気づいていたのだろう。足音が石段の上へ近づいてきた。宗七が、おつぎの顔を隠すように額へ唇をつけた。男の笑い声が聞え、足音が離れて行った。おつぎにも、軽蔑《けいべつ》しきった顔で歩いて行く男が見えたような気がした。

「さっきの親分さんの手下ですかえ」

「ちがう。が、お前《めえ》、蝮《まむし》の吉次を知っているのか」

「幾つも番屋へ飛び込んだけれど、わたしの話を聞いてくれなすったのは、吉次親分だけなんですよ」

「蝮め、何を考えていやがるのか」

怖え——。

そんな言葉が、宗七の唇から洩《も》れてきた。「知恵を借りようかな」とも、ひとりごちている。

いつもと同じなりゆきだった。騒動の種を蒔《ま》き、お前に迷惑はかけねえと力んでも、おつぎに力添えを頼まなかったことはない。あぶないから富山へ帰れとは、心底からの言葉だったのだろうが、吉次という岡っ引がおつぎとかかわりをもったと聞いただけで腰くだけになってしまうのである。が、女といざこざを起こしていれば、その尻《しり》拭《ぬぐ》いもするつもりで江戸へ出てきたのではないか。

「中宿にでも行くか」

と、宗七は言った。

「が、間違っても、お前さんなどと言うんじゃねえぞ。俺の名前は喜三郎だ。呼ぶ時は、喜三《きさ》さんと言え。必ず、だぞ」

おつぎは黙ってうなずいたが、宗七のお喋《しやべ》りはとまらない。おつぎの働き先を尋ね、吉次の世話で旅籠の女中をしていると答えると、吉次の魂胆は何だろうとおびえたように言う。吉次をこわがっているのかと思えば、女将《おかみ》に黙って旅籠を飛び出してきたおつぎのために、客に口説かれて逃げ出したとか、あげく道に迷って野宿したとか、次から次へと言訳を考えてくれるのである。

おつぎは、よく動く宗七の唇を黙って見つめていた。宗七は、おつぎの視線に気づいて横を向いた。

「お前《めえ》――、明日でも明後日《あさって》でもいいから、早く富山へ帰《けえ》れよ」

それきり口を閉じてしまったところをみると、怖さ隠しと、額に唇をつけるなどしたてれかくしから喋りつづけていたのかもしれなかった。明日帰れと言われても、こんな亭主を残して帰れるわけがなかった。

お蘭《らん》という後家に声をかけられたのが、事のはじまりだったと宗七は言った。両国広小路《ひろこうじ》に近い中宿で、時折、女の甲高い笑い声や、酔った男の大声が聞えてくる。店を閉めた矢場の女達と、遊びにきていた男達が、川岸で騒いでいるのだろうと宗七は笑った。

「お蘭は、高輪車町《たかなわくるまちょう》の料理屋の娘でね。如来寺《にょらいじ》門前の菓子屋へ嫁いだが、三年もたたねえうちに亭主が死に、姑《しゅうとめ》と反りが合わねえので、実家の料理屋へ帰ってきていたんだ」

が、ここでも、長男の嫁と反りが合わず、板前と夜更《よふ》けに会っていたの、客にしなだれかかったのと陰口を言われ、田町《たまち》七丁目にある三田八幡《はちまん》の近くに家を建ててもらい、女中を連れて移り住んだ。

薬売りにとってはよい客なのだが――と、そのあたりをまわっていた伊兵衛《いへえ》は言っていた。むやみに薬を飲むらしい。始終、頭が痛むの腹の具合がわるいのと言って医者へ行き、医者の薬が性に合わないと言っては置き薬を飲んでいるというのである。ただ、伊兵衛は、田町周辺で夜になってしまっても、お蘭の家にだけは泊らぬことにしているとも言っていた。

得意先は、薬売りが行けば座敷へ上がらせてくれて、茶をいれてくれる。食事どきならず薬売りの分まで用意してくれるし、夜になれば泊めてくれる。ただ、お蘭は評判の美人であり、暇をもてあましている女であった。女中がいるとはいえ、泊ったあと噂《うわさ》がこわかったし、何よりも同じ屋根の下で寝《やす》んだ時の誘惑が大き過ぎた。

定宿でよく顔を合わせる伊兵衛からその話を聞いて、宗七のわるい虫がうごめきはじめた。会ってみたいと思ったのである。

会ってみるだけなら、かまうまい。そう思っていたのだが、その機会は思いがけず早くきた。娘のみやげを買うために、仕事を早めにきりあげたという伊兵衛と芝神明《しばしんめい》前の三島町で偶然に出会い、簪《かんざし》の買いものにつきあった。そこにお蘭がいたのである。

「あら、薬屋さん」

と、お蘭は、肩でも叩《たた》くような手つきをして声をかけてきた。伊兵衛が言う通りの女だと、宗七は思った。触れれば甘い香りのする雫《しずく》がしたたりそうな分、伊兵衛が言っていたよりも、いい女かもしれなかった。

「薬屋さんも隅におけませんねえ。いったい、どなたへのお買いもの」

伊兵衛は、胸のうちで苦虫を噛《か》みつぶしていたにちがいない。が、さすがに商人だった。愛想よく挨拶《あいさつ》をし、娘へのみやげを買いにきたのだと答えた。

お蘭は、わたしが選んであげると言った。拒む理由はなかった。伊兵衛は、しぶしぶうなずいた。お蘭は伊兵衛の隣りに坐《すわ》り、肩を触れあうようにして、手代が次々にはこんでくる簪の中から、長い時間をかけて一本を選んだ。

宗七は、顔に出さずに笑っていた。お蘭が必要以上に伊兵衛へ近寄るのも、どちらの簪を選ぶか大仰《おおぎょう》に迷ってみせるのも、自分の目を惹《ひ》きつけるためだとわかっていた。ちょいとばかり面白いじゃないか。

旅先で女に手を出すのは禁じられていた。そのことが雇い主に知れれば、即刻追い出されることも承知していた。実際、宗七は得意先の娘に、抱いてくれなければ目の前で死んでしまうと言い寄られ、逃げきれずに大騒動を起こしているのである。

後家のせいで一生を棒に振れるかとは思ったが、いい女だった。しかも、簪を選んで店先から降りてくる時に、土間で待っていた宗七とすれちがいざま、「わかりゃしませんよ」と言った。高輪周辺を持ち場にしているのは伊兵衛、主に浅草から千住《せんじゅ》方面をまわっている宗七が一度や二度たずねてきても、わかりはしないというのである。

宗七は苦笑した。一生を棒に振れるかと思いながら、宗七もどこかで同じことを考えていたのだった。

それでも迷った。迷ったが、はじめから答えは出ていたようなものだった。翌日の夜、宗七は、伊兵衛からたくみにお蘭の居所を聞き出した。あとは、伊兵衛が他の界《かい》隈《わい》をまわると言い出すのを待つだけだった。

次の日の夜、明日は品川へ行くと伊兵衛が言った。品川をまわる時の伊兵衛は、いつも得意先の一つである平旅籠《ひらはたご》に泊めてもらっていた。江戸市中へ帰ってくる気遣いもなければ、田町あたりの客の家で足をとめる心配もなかった。

「俺も千住へ行く」と言って、宗七は、伊兵衛と一緒に旅籠を出た。無論、千住へなど行きはしなかった。浅草界隈の家を少しばかりまわって、夜になるのを待ったのだった。

やっぱり、きてくれた——。

そう言って、お蘭は宗七の軀《からだ》へ腕を巻きつけた。その時の髪油の香りを、宗七は忘れることができない。髪油は、寝床の中で宗七にまつわりついていたお蘭が、ふいに「もう寝る」と言って背を向けた時も強く匂《にお》った。が、それが、生きているお蘭からの最後の香りだったのである。

あれは、暁《あかつき》七つに近い時刻であった。東海道をのぼる旅人が日本橋を出発する頃であり、田町へ到着するには、まだ少し間がある時だった。早めにお蘭の家を出て千住へ向うつもりだった宗七は、眠い目をこすりながら床から這《は》い出して、身支度を整えた。

薬とわからぬように大きな風呂敷《ふろしき》でつつんだ荷を表口の板の間へ出し、宗七は厠《かわや》へ入った。その時に人声がしたのである。小さいながらも池があり、燈籠《とうろう》なども置かれている庭からだった。

宗七は、厠の窓を開けて見た。板塀を乗り越えてきたのだろう、まだ月と星の光が照らしている庭に、三人の男がいた。男達は一様に黒い着物を着て、黒い手拭《てぬぐ》いを頭からかぶり、顔を隠していた。

宗七は、厠の戸に鍵《かぎ》をかけて蹲《うずくま》った。雨戸をはずす音が聞え、物音に起きてきたらしい女中の悲鳴が聞えた。ただの悲鳴ではなかった。

宗七は震えながら耳を押え、目をかたくつむった。それでもお蘭の悲鳴が聞え、見える筈《はず》のない光景まで見えた。盗賊に斬《き》られたお蘭と女中が、血の海の中にいる光景だった。

どれほどの間、厠に蹲っていたのかわからない。一刻《いっとき》以上も頭をかかえ、軀を縮めていたような気がするが、或《あ》いは、ほんのわずかな間だったのかもしれない。盗賊達の出て行く足音が聞え、おそらくは女中のものだったのだろう、うめき声がしばらくの間家中に響いて、やがて静かになった。

宗七は厠から這い出した。女中の部屋も、つい先刻まで自分もそこにいた客間も、顔をそむけて通り過ぎた。のぞいて見るなど、できるわけがなかった。

表口の板の間までが、碓氷峠の頂上より遠く感じられた。宗七は、板の間に置いてあった荷物を必死でかつぎ上げて外へ出た。

逃げ出せた。

そう思った。薄気味のわるい笑い声が聞えたのは、その時だった。

「薬屋か」

宗七の足と腰から力が抜けた。声のする方をふりむくのはおろか、立ち上がって逃げようとしても、軀が前のめりになるだけだった。

足音が近づいてきた。斬られると、宗七は思った。が、目の前の、ようやく朝の光がにじんできた靄《もや》の中に人の影が浮かんだ。東海道をのぼる旅人の姿だった。

「しょうがねえなあ。だから、宿酔《ふつかよ》いになるほど飲むなと言ったじゃねえか」

背後の声の調子が変わり、宗七は、左右から抱え上げられた。というより、身動きできぬように押えられ、腰を上げさせられた。宗七は、通り過ぎて行く旅人を、視線だけで追いかけた。――

「というわけさ」

宗七の長い話が終った。

「あとは見当がつくだろう。仲間に引きずり込まれた」

宗七は寝返りをうって、そのまま畳へ腹這いになった。川岸で騒いでいた声もいつの間にか消えていて、燈芯《とうしん》の燃える小さな音が、はっきりと聞えた。

「ねえ」

と、おつぎは言った。

「お前さん、わたしがなぜ番屋へ飛び込んだか、それも知ってますかえ」

「ああ。亭主の名前を騙《かた》った奴がいると、わめいたそうじゃねえか」

「その騙りが、水橋の四方吉さんなのだけど」

ふうんと、宗七は気のない返事をした。その返事と一緒に、おつぎの脳裡《のうり》を柿の木の門柱に寄りかかるように立っていたおいとの姿が通り過ぎた。

「お前さんの名前を騙ったのだから、ついでにお前さんの身代わりになってもらってもいいと思うんだけど」

「どこかへ逃げたと聞いたが」

宗七は気乗り薄だった。

「今は、森口慶次郎っていう、もと定町廻りが住んでいる寮にいますよ」

宗七の顔色が変わった。

「お前さん、田町へ行ったのを誰かに見られちゃいないでしょうね」

宗七は、すぐに答えなかった。その時のことを思い出しているようだった。

「見られちゃいねえ。旅籠を出た時は、浅草へ向って歩いて行ったし、田町へ行く時は、薬箱を風呂敷で包んで行った」

それからまた少しの間、燈芯の燃える音だけが聞えた。

「だが、お蘭と女中を殺したのは、薬売りってえことになっている。夜が明けて、近所の人が家の中へ入った時に、女中はまだ息があったそうだ。しっかりしろという呼びかけに、『薬売りが』と答えたらしい」

「なおさら都合がいいじゃありませんか。四方吉さんも、その頃は薬売りだったのだろうし」

「お終《しま》いまで聞け。あの辺をまわっている薬売りといやあ伊兵衛だが、伊兵衛は品川の旅籠に泊っていた。これは、旅籠の主人夫婦から伜《せがれ》夫婦、板前、女中、隣りの煙草《たばこ》屋《や》から向いの蕎麦屋《そばや》にいたるまで、間違《まちげ》えねえと口を揃《そろ》えて言ったそうだ。となりゃあ、疑われるのは、同じ旅籠に泊っていて、千住へ行かなかった俺だ」

が、定宿からも姿を消している宗七への疑いは、簡単に晴れた。なぜか、千住で見かけたと証言してくれる者があらわれたし、急に富山へ帰ったと言ってくれる者も出てきたのである。

「俺は知らねえが、定宿の勘定も払ってくれたのだそうだ。だから、今の居所にいれば、宗七はお蘭殺しとは何のかかわりもねえ男でいられるのさ。四方吉に身代わりになってもらうこたあねえ」

「そこから逃げ出したら」

「きまってるじゃねえか。田町で宗七を見かけたと訴え出る男があらわれの、千駄《せんだ》ケ谷《や》の喜三郎が宗七だと投げ文をされので、俺はたちまち、お蘭と女中を殺した極悪人だ」

「女に誘われて、そのうちへ行っただけだというのに。晴れていると思って出かけたのに、すさまじい夕立にあったようなものじゃありませんか。お前さんが、いったい何をしたってんだ」

「わるい病気のせいさ」

宗七は、小指を立ててみせて笑った。

「それはともかく、あの日、俺を千駄ケ谷村まで連れて行ったのは藤次《とうじ》と村二《むらじ》という二人の男だが、俺が厠から見た人影は三つだった。そいつが親玉で、俺が殺されずにいるのも親玉の言いつけらしいのだが、そこへ蝮が首を突っ込んできやがった」

宗七は、吐き捨てるように言った。

「あいつは、俺が宗七だと気づいていやあがる。俺あ、今、藤次のいとこの喜三郎ということになっているが、吉次は、藤次のいとこってのは女しかいねえようだと、それだけを言いに千駄ケ谷村まできやがった」

吉次の噂は、以前から耳にしていたという。

富山の薬売りは、得意客が昨年中に使った分の代金を集め、新しい薬を置いてゆく。一軒から支払われる金はわずかでも、何十軒、何百軒という数になれば、かなりの金額になった。生き馬の目を抜く江戸のこと、その金を狙《ねら》う者も少なくはなく、飛脚問屋へ送金を頼みに行くわずかの間に強奪された薬売りもいた。そんな薬売り達が、口を揃《そろ》えて「あの男のいるところにだけは訴えて出るな」と忠告してくれるのが、吉次だったのである。

「藤次のいとこに男がいたことにしてもいいが、そのかわり、藤次の動きをどんな小さなことでも知らせてくれと、吉次は言やあがった。いとこなら、できるだろうというんだ」

どうしたらいい？　そう言って、宗七は泣きそうな顔でおつぎを見た。

「藤次ってのは、何をしてる人なんです？」

「知るか、そんなこと。はじめて見た時の藤次は、黒い着物を着てお蘭の寝ている部屋へ入って行った。そのすぐあとで悲鳴が聞えたから、お蘭と女中を殺《や》ったのは藤次かもしれねえ。そんな奴の素性など、知らねえ方が無事ってものだ」

おつぎは、暗い天井を見据えた。

「吉次親分は、藤次をあやしいと睨《にら》んでいなさるんですよね」

「おそらく。が、あの男が俺にそんなことを言うものか」

「藤次は、平気で人の命を奪う――」

「お蘭と女中を殺しただけじゃねえかもしれねえ」

「そんな人に、吉次親分とのことが知れたら大変じゃありませんか」

「大変さ。喜三郎が岡っ引とつるんでいると知れたら、俺はすぐにあの世行きだ。だが、吉次もこわい」

「のんきなことを」

やはり、おつぎがそばにいなければ、だめなのかもしれなかった。

「四方吉さんに宗七になっていてもらいましょう。四方吉さんが宗七のままで死んでくれれば、誰もお前さんを追いかけやしない」

「お前《めえ》――」

宗七が、頰をひきつらせておつぎを見た。おつぎは、口を閉じた。自分は恐しいことを言っているとわかっていたが、まるで意味のない言葉が、するすると口を滑って出ているだけのような気もした。

「子供が待っているんですよ。そのほかに、お前さんが大手を振って富山へ帰れるどんなてがあるっていうんですよ」

二つの人影が見えた。二人は肩を寄せあって、夕焼けに染まった浜辺を歩いていた。顔は見えなかったが、宗七とおつぎではなかった。おいとと四方吉に間違いなかった。そう思ったとたん、浜辺はにぎやかな江戸市中にかわり、おいとと四方吉がふりかえって笑った。おつぎが訪れただけで行方をくらますような過去があるくせに、二人は笑ったのである。垢抜《あかぬ》けた着物を着て贅沢《ぜいたく》な料理を食べ、芝居や花見も楽しんで暮らすつもりだと笑ったのである。

許せない。

おいとと四方吉が消えて、にぎやかな市中はただの天井となり、おつぎは、生涯連れ添う筈の宗七を見た。宗七は、目の下に黒ずんだしみをつくり、痩《や》せてたるんだ頰にかすかな皺《しわ》をつくって俯《うつむ》いていた。

何だって、わたし達ばかりが……。

「お前さん、覚悟をきめておくれ」

おつぎは、宗七ににじり寄った。

気がついてみれば、あれほど避けていた陽射《ひざ》しが好もしくなって、縁側に将棋盤を持ち出している。詰将棋の本も、縁側で読んでいられるようになった。夜ともなれば、佐七がわざと残しておく雑草の中で、鈴虫や松虫が美しい声を聞かせてくれる。吉次が根岸の寮をたずねてきたのは、そんな時だった。

が、吉次は、「いつまでもお暑うございます」という、妙な挨拶《あいさつ》をした。ことによると、一年を「お暑うございます」と「お寒うございます」の二言で過ごしているのかもしれなかった。

茶は、佐七がはこんできた。しかも、慶次郎の手文庫を探って、一分金やら二朱銀やらを幾つか持ち出して行ったようだった。おいとと四方吉は、吉次の声を聞いた時から佐七の部屋へ避難させてある。話の次第によっては逃がしてしまおうと、佐七は路銀の用意をしたのかもしれなかった。

「いただきやす」

吉次は、神妙に頭を下げて茶碗《ちゃわん》へ手をのばした。この男のわるい癖で、音をたてて茶をすする。しかも少しずつ、いつまでもすすっている。

「結構なお茶で」

慶次郎は苦笑した。じらしているとわかっているのだが、そのてにのって、苛立《いらだ》たしくなってきたのだった。

「用件を言いねえな。こう見えても、いそがしいのよ」

「将棋の詰め方が、おわかりにならねえんで？」

「殴るぜ」

「実は――」

吉次は、茶碗を盆の上に置いた。

「音羽に、気に食わねえ野郎が一人、おりやしてね。六蔵ってえ十手持ですが」

「お前《めえ》が気に食わねえと言うのだから、相当な奴なのだろうな」

「へえ。あっしが稼ごうと思った相手を、先に脅しゃあがる」

吉次は、笑いもせずに言った。

「六蔵は、女房に汁粉屋をやらせている。汁粉屋の座敷が何をするところかは、旦那《だんな》も子供じゃねえんだ、あっしがお話しするまでもねえでしょう」

「近頃は、女の威勢がいいそうだ。そんな店へ、こそこそ入るのが性に合わなくなってきたのじゃねえのかえ。で、吉次親分の上前《うわまえ》をはねるようになった」

「とんでもねえ。店は繁昌《はんじょう》していやす。だから、腹が立つんでさ」

「なぜ」

「あっしゃ金をためて妹に残してやらにゃならねえが、あいつは、むりに稼がなくたっていい」

妹への心遣いを口にしてしまったことが腹立たしくなったのかもしれない。吉次は横を向いて茶碗を取り、底に残っていた茶を飲み干すと、横を向いたままで喋《しゃべ》りはじめた。

「その六蔵が、藤次ってえ男に、始終小遣いを渡しているんだから妙じゃありやせんか」

六蔵と藤次という男のかかわりを報告するだけで、吉次が根岸まで出向いてくるわけがない。慶次郎は、煎餅《せんべい》を持って出てきた佐七に目配せをした。

佐七は胸を叩《たた》いてみせた。佐七は慶次郎だけにわかるよう、小さく叩いたつもりなのだろうが、吉次の口許《くちもと》がわずかに歪《ゆが》んだ。苦笑したのだった。

「藤次ってのは、千駄ケ谷村に住んでおりやして、あの辺の大名の下屋敷や旗本屋敷に出入りしていやす。たちのわるい中間と組んで、いかさま博奕《ばくち》をやってやがるんで。ま、稼いでいるようでさ。そんなところへ押込強盗や人殺しが隠れることもねえではねえ、六蔵は藤次に小遣いをやって調べさせているのかとも思ったが、どうもそうではねえようだ」

「六蔵の方が、藤次に尻尾《しっぽ》をつかまれている？」

「旦那は、宗七とおいとってえ夫婦をご存じで？」

「知ってるよ」

慶次郎は、あっさりと答えた。

「俺が面倒をみている。もっとも、宗七ってえのは仮《かり》の名だが」

「さようで」

吉次は、ようやく慶次郎と視線を合わせた。

「順番にお話ししやしょう。第一。ちょいと気になることがあって、あっしは藤次を探っていやす。第二、藤次には、喜三郎ってえいとこがいるが、こいつが、いくら何でもというくらい藤次に似ていなかった。で、ためしに、藤次を探れと言うと、すぐに承知した」

「ふうん」

「第三。おつぎってえ女が、宗七をなのっている塩売りが亭主の宗七を殺したと、自身番に訴えた」

ご存じで?――と、吉次が慶次郎の顔をのぞき込み、慶次郎はうなずいた。

「第四。それを聞いて、宗七夫婦が逃げた。そのあとは、旦那の方がよくご存じでやしょう。おいとは捕えられたが、おつぎの言い分にもおかしなところがある。で、旦那がのりだして、おいとと宗七――実は四方吉の方は、万事めでたしめでたしと相成った。叱《しか》られたおつぎは、ふくれっ面《つら》のままですがね」

「親分。お前、何を言いにきた」

吉次は、何も聞えなかったように話をつづけた。

「あっしが探ったところでは、喜三郎はおつぎの亭主の宗七で」

「何だと」

吉次は、もったいをつけるように、茶碗の底の茶を飲んでから口を開いた。

「六蔵が、妙な男を柳田の旦那のところへ連れてきやしたよ。いかさま博奕を打って、中間達に半死半生のめにあわされているのを助けたそうですが、その男が親分にだけ打ち明けると前置きして、四方吉は人殺しだと言ったそうで」

裏口で物音が聞えた。おいとと四方吉が、逃げようとしたにちがいなかった。

「待て、あわてるな」

台所への板戸を開けたが、間に合わなかった。裏口から庭へ走ると、垣根をよじのぼった四方吉がおいとへ手を差しのべて、佐七がおいとの軀を押し上げているところだった。「待て」と言ったが、うしろに吉次の姿があったせいだろう。四方吉とおいとは、誰もいない美濃屋の庭へ転がり落ち、裏木戸を開けて逃げて行った。

　追いかけようとする慶次郎に、吉次が「大丈夫ですよ」と言った。こんなこともあるだろうと思い、下っ引を三人ほど連れてきて、寮の周囲にひそませておいたのだという。

「で、話のつづきでやすがね」

と、吉次は言った。

「宗七がなぜ喜三郎をなのって藤次のいとこになったのか、それは別にして、旦那は、四年前にお蘭という女が殺されたのをご存じですかえ」

「つい先日、晃之助から聞いたよ。女中も一緒に斬《き》られたが、近所の人達が駆けつけた時はまだ息があって、『薬売り』と言ったそうじゃねえか」

「その通りで」

吉次はうなずいた。

「その薬売りが四方吉だと、六蔵の捕えた男は言っているんだそうですがね」

「それで四方吉は宗七と名を変えて、江戸市中にひそんだってえのか」

「六蔵の捕えた男は、そう言っているそうで」

「奉行所をばかにするなと言ってやれ。富山で生れ育って、江戸で人殺しをして江戸にひそむ男がどこにいる」

「柳田の旦那も、そう言ってなさるようですがね」

吉次は、上目遣いに慶次郎を見た。

「六蔵は、四方吉ってのはそういう間抜けな男らしいと言っている。それに、人殺し――と聞いただけで、おいとと四方吉が逃げ出したのは、どういうわけなんでやしょうね。おつぎの一件はおつぎがお叱りをうけて終りとなったが、こっちの方も、おいとと四方吉がなぜ逃げ出したのかわかっちゃいねえ」

門の外で騒がしい声が聞えた。吉次がひそませておいたという、下っ引達が戻ってきたようだった。慶次郎は、吉次を押しのけて外へ出た。二人の男がおいとの両腕を押え、そのうしろで一人が頭をかきながら顔をしかめていた。四方吉に逃げられたようだった。

捕えるまで戻ってくるなと言いかけた吉次を遮って、慶次郎は「放してやれ」と不機嫌に言った。取り押えられた時にできたのだろう、おいとの頬には何箇所かの擦り傷があり、乱れた裾《すそ》からのぞいている白い脛《すね》にも血がにじんでいる。

「放してやれと言ってるだろうが」

下っ引は、吉次の顔色を窺《うかが》いながらおいとから手を放した。おいとは、慶次郎を見据えたまま道に唾《つば》を吐いた。口の中も切っているらしい、血の色に染まった唾だった。

「まだ話す気にならねえかえ」

と、慶次郎はおいとに言った。

「先刻の話を聞いただろう。いずれ話すと言うから待っていたのだが、いい加減に話してくれねえと、とんだ罪を着せられるぜ」

かすかに唇が開いたが、言葉は出てこなかった。おいとは溜息《ためいき》をついて、ふたたび口を開いた。

「傘を持たずに歩いていたところへ、土砂降りの雨が降ってきたというようなこともあるじゃありませんか。雨に濡《ぬ》れたくない一心で、蓮《はす》の葉を引っこ抜く。やむをえなかったと抜いた当人は思っても、蓮田の持主は泥棒だと言うかもしれないし、町方の旦那もその通りとおっしゃるかもしれないし」

春駒屋のおりゅうも似たようなことを言っていた。確かに、見逃してやった方がよいと思う罪もある。が、多くの場合、やむをえないと思える部分があり、それを見逃していては、ご法度《はっと》はないも同然となるのだ。

あっしは、これでと、吉次が言った。

「そうそう、忘れるところだった。お蘭殺しの一件で、四方吉にお呼び出しがかかるかもしれやせん。今のところは、柳田の旦那が六蔵によく調べろと言ってなさいますがね」

吉次は、片頬を歪めて笑った。


吉次が帰るとまもなく、裏口で物音がした。四方吉が、垣根を乗り越えて戻ってきたのだった。沼地に生えている葦《あし》のしげみに隠れていたと言い、肩まで濡れている。足は膝《ひざ》まで泥まみれだった。

その間に、すべてを打ち明ける覚悟をきめたという。たとえ追剝《おいはぎ》であろうと、人一人の命を奪っておいて、おいとと幸せに暮らそうとしたことが間違いだったと、四方吉は泣き伏した。

土砂降りの蓮の葉か。

思わぬことで人を殺《あや》めてしまった人間は、自分のおかした罪がこわくて仕方がないのだと、おりゅうは言った。彼等は、奉行所の白洲《しらす》へ引き出される前におのれの罪を責め、幻や悪夢におそれおののいて、みずからを罰しているのである。

四方吉然《しか》り、和吉然り。四方吉は追剝が目の前にあらわれるまで、和吉は、姉を犯したと思い込んでいる薬売りを見かけるまで、自分が人の命を狙うようになるとは夢にも思っていなかっただろう。父母や兄妹や、いつか連れ添う筈の人と生れてくる子供達、それに、かたちの歪んだ油揚げをおまけにつけてくれる豆腐屋や、盛りをよくしてくれる蕎麦屋《そばや》の夫婦など、近所の人達と時々は喧嘩《けんか》もしながら、のんびりと生涯を送るつもりだったのだ。

その「つもり」は無残に砕かれた。四方吉は四方吉として生きることをやめ、和吉は罪人として八丈島へ送られて、そこで果てた。だが、二人は、人を殺すことなど夢想だにしなかったのである。追剝に出会わなければ、姉が乱暴されなければ、二人は、人を殺めた者、傷つけた者を非難しながら、時には同情しながら暮らしていられたのだ。責められるのは二人ではなく、二人があやまちを犯さねばならぬように仕組んだものではないか。二度とこんな真似《まね》はやめてくれと、慶次郎は、その目に見えぬものに向ってわめきたくなった。

「俺にできることなど何にもありゃしねえが、でも、これからどうすりゃいい？」

「そのお気持だけで充分です」

　と、四方吉が言った。

「わたしは、やっぱり罪を犯しているんです。死罪を言い渡されても、しょうがないんです」

「よせ」

　追剝を谷底に突き落としたのを、いいとは言わない。まして、和吉が人を刺したのを、よくやったなどと言いはしない。が、この上四方吉を罪に落として何になるというのか。吟味与力か奉行が気をきかして、追剝が足を滑らせたことにしてくれなければ、四方吉は無罪になりはしない。

「自訴します」

　と、四方吉が言った。

「どんな罪になるのかわからなくって、恐しくてならないのですが。でも、一生、碓氷峠と聞いただけで脂汗《あぶらあせ》を浮かべるよりはいい」

「わかった」

　慶次郎は、片肌を脱いで立ち上がった。

とりあえず晃之助のもとへ連れて行こうと思った。その前に、濡れねずみの四方吉を風呂《ふろ》に入れてやらねばならなかった。

湯槽《ゆぶね》に手桶《ておけ》の当る音が、湯殿から聞えてくる。「熱いくらいになったよ」という四方吉の声は、風呂を焚《た》いているおいとへかけたものだろう。佐七が辰吉を呼びに行ったので、おいとが風呂焚きをひきうけてくれたのだった。

慶次郎も衣服をあらためた。四方吉を晃之助の屋敷へ送り届けたあと、晃之助の実父である岡田伊織《いおり》をたずねることにしていた。伊織はすでに吟味方与力の役目を退き、晃之助の長兄が跡を継いでいたが、公平な裁きをすることで定評のあった伊織に、教えを乞《こ》いにくる者は多いらしい。追剝と争わねば四方吉が命を失うところだったと伊織が言ってくれれば、吟味与力達も耳を傾けてくれるだろう。

四方吉がおいとを呼んでいる。が、返事はない。縁側から庭へ降りてみると、薪《まき》の山の陰で泣いていた。「ご亭主が呼んでいるよ」とだけ言って、慶次郎は表口へ歩いて行った。表口から家の中へ入るつもりだったが、佐七が開け放しにして行った門から、陣端折《じんばしょ》りの男が飛び込んできた。辰吉だった。佐七とはよろず屋の前で出会い、佐七を置いて駆けてきたという。

「お知らせしたいことができやしてね」

辰吉は、呼吸を整えるように息を大きく吐き出してから言った。

「玄庵《げんあん》先生のお宅へ喜八という男がきやした。ええ、めまいがするとか何とか言っているそうで。どうもおかしいと玄庵先生が使いをくれなすったので、たまたま晃之助旦那のお屋敷にいたあっしが出かけたのですが。これが何年か前、浅草あたりをまわっていた宗七という薬売りによく似ている」

「喜八だと」

慶次郎は、鸚鵡《おうむ》返《がえ》しに尋ねた。宗七は喜三郎と名を変えている、吉次はそう言っていた。

「ただ、俺は薬売りのご厄介になったことがねえんで、宗七の顔もはっきりとは覚えちゃいねえ。隣りのうちにきていたのを、幾度か見かけただけなんでさ。薬を置かせねえ俺のような者にも、妙に愛想のいい男だったのですが」

「そいつは、まだ玄庵先生のところか」

「へえ。玄庵先生も晃之助旦那に使いを寄越すくらいだから、奴を帰すつもりはねえようですが、奴の方も目がまわって歩けねえとか何とか言って、先生のうちにしばらくいたいようでさ」

十のうち九つまで、喜八は喜三郎、いや宗七にちがいない。宗七であると言いきってもよいくらいだが、すると宗七は、自分から八丁堀へ飛び込んできたことになる。

「吉次をひきとめておくのだった。吉次の口ぶりでは、宗七の女房もまだ江戸にいるようだし、あいつは何か知っている」

「思い出した」

辰吉が、こぶしで掌《てのひら》を叩いた。

「いやね、玄庵先生のうちの前を、どこかで見たことのある男がうろうろしていたんですが、誰だったか、どうしても思い出せねえ。が、今の旦那の一言ですっきりしやしたよ。あれは、吉次親分の下っ引だ」

「やっぱり、下っ引を宗七に張りつかせていたか」

慶次郎は、裏口からはいてきた下駄を雪駄にはきかえた。

「どこへおいでで」

「八丁堀だよ。吉次はおそらくおつぎの居所を知っていて、そこへ行ったにちげえねえ。が、こっちもおつぎにゃ用がある。下っ引が吉次の行先をどこまで知っているかわからねえが、聞かねえよりはましだろう。それに、宗七が帰ると言い出しても、決して帰すなと玄庵先生に言ってくる」

「俺は何をすりゃいいんで」

「おっつけ佐七も帰ってくるだろう。すまねえが、おいと四方吉を晃之助の屋敷まで連れてきてくんねえ。詳しいことは、俺が行ってから話す」

「承知」

慶次郎は、裾《すそ》を両手で持って走り出した。寮に辿《たど》り着いた佐七が「旦那《だんな》、待っとくれ」と呼びとめたが、返事はしなかった。

下谷に出たところで、さすがに駆足は早足にかわった。町は急速に暮れて、表通りの商家はみな大戸をおろしている。それでも人の気配はして、料理屋や鰻屋《うなぎや》から出てきたらしい人の影もあった。

近道をするつもりで横町へ入ると、赤子の泣声が聞えてきた。「だから、いつも言っているじゃないか」と言う、姑《しゅうとめ》らしい声も窓から洩《も》れてくる。

「だから、いつも言っているじゃないか。昼間、寝かせっ放しにしておくから、日が暮れると泣き出すんだよ」

ふいに目の前の格子戸《こうしど》が開いて、赤子を抱いた女が飛び出してきた。赤子が眠るまで、外にいるつもりなのだろう。

ひたすら先を急ぎながら、慶次郎は、娘の三千代が生れた時も似たようなことがあったと思った。三千代も夜泣きをする赤子だった。妻の里和《りわ》は泣きやまぬ三千代を抱いて、よく屋敷の外へ出て行ったものだった。里和には姑となる慶次郎の母はその頃から病いがちとなり、昼の間は寝床の上に起き上がって三千代を抱きたがるのだが、夜はその三千代の泣声に気持を苛立《いらだ》たせたのである。

半刻あまりも戻ってこぬ里和が、心配でないことはなかった。が、ただでさえ頭痛に悩まされている母を、寝不足にすることはできなかった。物音をたてぬように戻ってくる里和に、慶次郎は、「やっと眠ったな」という言葉をかけてやるくらいのことしかできなかった。が、何気なく触れた里和の肩が、氷のようにひえていたこともあったのだ。

それに、母が他界してから気づいたのだが、里和には、姑の看病という仕事もあったのである。姑を看病し、夜泣きする子を抱いて寝かせ、市中見廻りというお役目のある夫の世話をする。里和はいつ、自分の疲れをとっていたのだろう。

里和が泣いているのを見たこともある。姑の我儘《わがまま》を訴えようとしたのを、叱《しか》りつけたこともある。意地のわるいもので、そんな時に質屋の主人夫婦と番頭が殺害される事件が起き、慶次郎は、昼夜を問わず探索に歩きまわらねばならなかった。里和のつらさはわかっていたつもりだが、先輩の同心達から意地のわるい指図をされ、市中を走りまわって身も心も疲れはてていた慶次郎に、里和の話を聞く余裕はなかった。

あれも予期せぬ雨だったと、言えなくもない。元気だった頃の母は、一にも二にも里和だった。里和のしたことでなければ気に入らず、あの人はわたしの嫁なのですと、慶次郎の妻であることを認めないような冗談さえ言っていた。里和も、姑のやさしいことが何よりの幸せだと言っていたのである。姑——母の長患《ながわずら》いは、里和にとっても慶次郎にとっても思いがけぬ雨だった。質屋で起こった悲惨な事件で、下手人の目星がまるでつかなかったことも、先輩達の苛立ちが慶次郎に向けられたことも、降ってもらいたくない雨が降り出したようなものではなかったか。姑と嫁の間は音を立ててきしみ、夫と妻の間には、氷のはった溝が横たわった。

だが、そんなことは、どこの家にも起こっていることだろう。あれは、碓氷峠の難所を越えるようなものだったのかもしれない。その後に起こった三千代の死こそ、土砂降りの雨だった。三千代は祝言《しゅうげん》を目前にして、みずから命を絶った。常蔵という男に犯されたのだった。

脳裡《のうり》に浮かびそうになったその男の姿を追い払い、我に返ると、八丁堀組屋敷の中を歩いていた。慶次郎は、八千代の声が聞えてきたような気もする晃之助の屋敷の前を通り過ぎた。

このあたりでは見かけたことのない男とすれちがう。玄庵の家をふりかえっているところをみると、この男が吉次の下っ引かもしれなかった。

慶次郎は男を呼びとめて、自分の名を言った。男の表情が、かすかに動いた。慶次郎を知っているようだった。

「親分は、おつぎのうちへ行ったのかえ」

怪訝《けげん》な表情を浮かべて、かぶりを振る。おつぎを知らぬようだった。吉次は、下っ引にも自分の行動を明かさぬらしい。

「でも、誰かをここへ連れてくるようです」

「ここへ？　玄庵先生のところかえ」

「多分」

と、下っ引は言った。

「実は、根岸から帰ってきた親分に会いまして、喜三郎が玄庵先生のうちへ転がり込んだことを話しましたんで」

喜三郎という名があっさりと出た。

「親分は、俺が女を連れてくるまで、決して喜三郎をここから出すなと言って、大急ぎで出かけて行きました。神田の方角でした。そろそろ戻る頃なんですが」

吉次は、藤次を喜三郎――宗七に探らせていた。宗七が喜八となのって玄庵の家に飛び込んだのは、藤次にそれが知れて、身を隠すためであったとも思える。おつぎが幾つもの自身番屋で、亭主の宗七が殺されたとわめいたことは、六蔵とつながりのあるらしい藤次が知らぬわけはない。おつぎの居所を知っているらしい吉次は、おつぎもかくまうつもりで神田の方角へ行ったのか。

「喜三郎は、真直《まっす》ぐ玄庵先生のうちへきたのかえ」

「いえ、何を考えていやがるのか、一度、番屋へ飛び込もうとしましたよ。そう言やあ、一度神田の方へ行こうとして、思い直したように八丁堀へきました」

下っ引は、思い出し笑いをした。

「ここへきてからも、通りかかった女中に道を尋ねようとしていましたよ。まったく気持の定まらねえ奴《やつ》で。玄庵先生んとこへ病人がぞろぞろ入って行くのを見て、やっと行先をきめたようでさ」

宗七が藤次から逃げてきたのは間違いないようだった。八丁堀ならば、藤次も追ってきはしまいと考えたのだろう。

が、下っ引一人の見張りでは心許ない。晃之助にも見張りを頼もうと思い、踵《きびす》を返すと、背を丸めて駆けてくる辰吉が見えた。が、一緒にくる筈《はず》のおいとと四方吉の姿がない。

「どうした」

息をはずませている辰吉に、慶次郎の方から声をかけた。

「申訳ありやせん」

辰吉は、蹲《うずくま》ってしまいたいらしい軀《からだ》を膝頭《ひざがしら》に両手を置いて支え、大きく息を吐いた。

「四方吉とおいとを連れて行かれやした」

「何だと」

「申訳ありやせん。迂闊《うかつ》でした」

おいとと四方吉を送るつもりで、辰吉は一足先に門の外へ出た。「助かった」という声にふりかえると、六蔵が立っていたのだという。

六蔵は、四谷塩町で起こった押込強盗の一件で下谷にそれらしい男がいるとの知らせがあり、探りにきたのだが、方角がわからなくなって迷ってしまったのだと言った。ありえないことではなかった。塩町の一件は、押込を働いた者が誰であるかわかっているのにまだその男の所在がわからず、つい先日も、浅草の今戸にいるらしいという知らせに町方が振りまわされたばかりだった。

下谷の方角を指さしてやったが、それでも飲み込めぬような顔をしている六蔵を、辰吉は、不動堂前のよろず屋まで連れて行ってやった。方角の感覚がよほど狂ってしまったのか、六蔵は、よろず屋の老夫婦にも、あらためて下谷への道を尋ねていた。

苦笑いをして寮へ帰ってきたのだが、おいとと四方吉がいない。佐七は、慶次郎が迎えの駕籠《かご》を寄越したので送り出したと言った。

「すみません。佐七つぁんも、駕籠脇《わき》にいた男が十手を持っていたので信じてしまったと言ってやした。めったな者が十手を持てるわけがねえんですが」

六蔵だ。そう思った。とんでもないことだが、六蔵が誰かに十手を貸し、邪魔な辰吉を連れ出したのだ。とすれば、十手持ちを演じたのは、藤次かもしれぬ。藤次であれば、お蘭殺しは四方吉のしわざであると訴える男があらわれたことと辻褄《つじつま》が合う。

藤次は、宗七が町方に目をつけられては困るのだ。

「千駄ケ谷だ、辰つぁん。千駄ケ谷に、六蔵とつるんでいる藤次ってえ男の家がある」

辰吉は、草履を脱いで帯にはさみ、ものも言わずに走り出した。

「あとから俺達も行く。むりをして逃がすなよ」

たのだった。

吉次の下っ引が、音をたてずに動いた。吉次が、頑丈そうな軀つきの女を連れてき

一里四方に聞えますよ」と言ったのは、隣家の島中賢吾だった。

その声が聞えたのだろう。晃之助が、くぐり戸から顔を出した。「大きな声だなあ。

「承知」

千駄ケ谷は昔、一面の茅《かや》の原で、一日に千駄の茅を積み出したところだという。町方の支配となったのは正徳《しょうとく》三年（一七一三）、七代将軍家継の頃で、さほど古い町ではない。今は、大名屋敷や武家屋敷が多く、賭場《とば》で収入を得ているという藤次が、千駄ケ谷に居ついたのもなるほどと思われた。

「おい――」

慶次郎は、遅れがちになってきた柳田国太郎をふりかえった。

六蔵は柳田国太郎が十手をあずけている岡っ引であり、お蘭とその女中殺しも、国太郎が出張《でば》った一件だった。おいとと四方吉の命にかかわることであり、千駄ケ谷に晃之助を走らせたが、話は通しておいた方がよい。六蔵と聞いて、国太郎は、放って

おけぬと思ったのかもしれない。たまたま屋敷にいた岡っ引、友助と宇七を連れて一緒に行くと言った。が、三人は、夕飯の膳《ぜん》についていて、酒を飲んでいたのである。風に雲が飛ばされて、月が顔を出した。足許《あしもと》の小石まで見えるような月夜となり、その光に照らされた国太郎の顔は、病人のように青ざめている。

岡っ引二人は台所で冷酒を飲み、国太郎は妻の酌で飲んでいたらしいのだが、岡っ引の二人ほど酒に強くないのかもしれなかった。立ちどまって草叢《くさむら》へ屈《かが》んだのを見て、慶次郎は足を早めた。これで慶次郎を追いかけてくることができるだろう。

町屋とは名ばかりで、空地が目立つようになってきた。点在する農家の周囲でも、地名の由来を思い出させる茅が風に揺れている。道はやがて、かたく門をとざした武家屋敷の間へ入っていった。

左側の屋敷の向うで、林とも見える木立が揺れていた。おぼろげになった慶次郎の記憶では、このあたりに大きな植木屋があった筈《はず》で、その植木屋の木立かもしれなかった。植木屋の向いは千駄ケ谷八幡宮《はちまんぐう》、隣りは紀州の下屋敷で、屋敷の塀がとぎれたあとにまた何軒かの家が並んでいる。藤次のような男が住まうのは、その周辺だけしかない。が、そうであれば呼びとめてくれる筈の声が、まだない。

植木屋の前にさしかかった時に、待ちかねた声が聞えた。晃之助の声だった。植木屋の垣根の中へ入って行くと、晃之助は三十四、五と見える男を連れて立っていた。近頃十手をあずけた磯八《いそはち》であるという。磯八が紀州屋敷の向う側を指さした。屋敷の隣りにある空地と茅の生い茂る野原の間に、屋根のかしいでいる家があった。

「いるのか」

「六蔵と辰吉が」

慶次郎は舌打ちをした。辰吉は難なく藤次の家を見つけたのだろうが、そこに六蔵がいるのを見て、前後を忘れて踏み込んでしまったのだろう。

「で、藤次は」

「帰っておりません。植木屋の亭主の話では、村二とかいう男と一緒に暮らしていたようですが、村二の方は旗本屋敷へ入って行くのを見かけたそうです。中間部屋の賭場でしょう」

六蔵を捕えてくると、柳田国太郎が言った。血の気のない顔で走り出した袖《そで》を、慶次郎がつかんだ。

「柳田さん。藤次がいねえんだ。もし、藤次が六蔵の十手を使っておいとと四方吉を連れ出したとすれば、六蔵はしばらく放っておくほかはねえ。六蔵を捕えりゃ、藤次は高飛びをする。おいとと四方吉があぶねえ」

人の気配にふりかえった。辰吉の下っ引をつとめている弥五が、垣根の中へ入ってきたところだった。佐七が弥五に急を知らせたようで、八丁堀へ飛んできた彼と、晃之助が偶然に出会ったのだという。弥五は、縁の下にもぐっていたのかもしれない。月代《さかやき》から額や頬に貼《は》りついているらしい蜘蛛《くも》の巣を、しきりに指先で取っていた。

「六蔵親分は、うちの親分に土下座していやすよ」

と、弥五は言った。

「藤次とつきあいがあったのはほんとうだが、その藤次に十手を盗まれた、柳田の旦那に知られねえうちに、取り返すつもりで千駄ケ谷へきたと言っていやす」

「辰吉は」

「何もかも白状しろと言ったきり、黙っていやす」

晃之助が口をはさんだ。

「六蔵は辰吉と弥五にまかせ、わたし達は藤次を待つことにしたのですが」

そうするほかはなさそうだった。弥五は、藤次の家の、おそらくは仔虫《こむし》もうごめいているにちがいない縁の下へ戻って行った。

慶次郎は、国太郎とならんで垣根の陰に蹲った。友助と宇七は外へ出て行って、生い茂るにまかせているらしい垣根の槇《まき》がつくるしげみにもぐり込んだ。

秋であることを知らせる風が吹いて行った。月の光はつめたく明るく、黒ずんだ槙の葉の色さえ見せてくれる。

「森口さん」

と、国太郎が聞きとりにくいほどの低声《こごえ》で言った。

「森口さんにとっては、定町廻りは天からさずけられたようなお役目なんですね」

「どうして」

「わたしは、町方の家に生れたのが、いやでいやでならなかった」

「誰だってそうさ。町方は、武家の鬼っ子のようなものだ。皆、一度は町方に生れたことを呪《のろ》いたくなる」

「が、皆、そのうちに諦《あきら》めるんでしょう？　武家からも町人からも附届のある暮らしも、わるくないと思うようになる」

慶次郎は苦笑した。その苦笑が見えなかったのだろう、国太郎は、あたりの気配を窺ってから言葉をつづけた。

「でも、まあ、そんなことを言っているうちに、わたしも四十三ですよ。もうちょっとの辛抱で、伜《せがれ》と替わることができる」

風の音が聞えた。槙の葉も揺れたが、垣根の際《きわ》にいる磯八は身じろぎもしない。

「それに近頃は、定町廻りでよかったとも思うようになりました。吟味与力でなくって、ほんとうによかったってね。町内預けくらいならいいが、人を江戸から追い払ったり、遠い島へやったりするのは、考えてみりゃ恐しい。ぐうたらが勤めてよいお役目じゃないですから」

きた——と、磯八が言った。ふりむいて、人差指を立てている。藤次が一人で帰ってきたようだった。

鼻唄《はなうた》が聞えた。酒を飲んできたのかもしれなかった。片方の手を懐《ふところ》へ入れ、もう一方の手で徳利を下げている藤次が垣根と垣根の間を通り過ぎて行くのを、月の光が照らし出した。

槙の葉が揺れた。友助と宇七が、藤次の行手を塞いだのだった。

「何でえ、何でえ。追剥《おいはぎ》なら、賭場で大儲《もう》けをした奴《やつ》をねらえってんだ」

垣根から飛び出した磯八が藤次の前へまわり、慶次郎と国太郎、それに晃之助が藤次の背後に立った。一瞬、藤次の頬がひきつれた。が、すぐに、けたたましい声で笑い出した。

「知らねえぜ、おいとと四方吉が飢死《うえじに》しても」

「責め問いにかけても、おいとと四方吉の居所は白状させる」

晃之助が言ったが、藤次は笑いつづけていた。

「その前に、俺あ、舌を噛んで死ぬ。おいとと四方吉は、冥土《めいど》への道連れだ」

「お前が死んでも、村二が生きて白状する方を選ぶさ」

藤次の笑いはとまらない。

「好きなだけ叩《たた》くなり蹴《け》るなりするがいいさ。あいつは、何も知らねえと言って泣くだけだ。大儲けに、村二まで引っ張り込むかってんだ」

藤次は、徳利を下げている手を上げて、慶次郎を指さした。

「お前《めえ》さんが仏の旦那だね。俺を逃がしてくれねえと、ほんとうにおいとと四方吉は死ぬぜ」

懐から藤次の手が出て、慶次郎の足許に十手が放り出された。六蔵の十手は小石に当って、淋《さみ》しい音をたてた。

「手間のかからねえように言っておくが、俺が借りた家を探したって、おいとも四方吉もいやしねえ。俺が大儲けをして、あいつらのいる家の戸を開けてやらねえかぎり、あいつらは飢えて死ぬのさ」

「大儲けってのは、どんな話だ」

藤次の高笑いが響いた。

「今頃、山口屋がお前《めえ》さんを探しているだろうから教えてやるが、お前《めえ》さん、番頭の文五郎の命の恩人だそうじゃねえか。六蔵がそう言ってたよ。あずかっていたおいとと四方吉がかどわかされたとなりゃ、恩人の大しくじりだ。恩人がお住みなすっているのが山口屋の寮なら、山口屋の主人は文五郎の義兄だ。五十両くらいは出そうってものじゃねえか」

「それだけ聞きゃあ充分だ」

引っ捕えろと、慶次郎は言った。友助と宇七と、磯八が藤次に飛びかかった。

「くそ、おいとと四方吉が死んでも知らねえぞ。仏が二人を見殺しにするのかよ」

「しやしねえ」

と、慶次郎は言った。

「おいとと四方吉を押し籠《こ》める家を、誰が借りたのか見当がついた。そいつの話を聞いた方が早い」

やってみなと、藤次がわめいた。国太郎が、藤次の家へ向かって歩き出した。弥五がまだ姿を見せぬところをみると、辰吉は辛抱強く六蔵が前非を悔いるのを待っているのだろう。岡っ引の中には、罪を犯して捕えられ、はしこさを見込まれて十手をあずかった者もいる。辰吉は、六蔵もそうなれるよう自訴を願っているのだろうが、国太郎に自訴させる気はないようだった。ことによると定町廻りとなってからはじめて、国太郎は、人を押しのけても縄をかける気になったのかもしれなかった。

吉次の目が、背に突き刺さるようだった。

宗七が坐《すわ》っている夜具の向う側には島中賢吾という定町廻り同心がいて、夜具の裾《すそ》の方には、賢吾に使われているらしい弓町《ゆみちょう》の太兵衛《たへえ》という岡っ引がいる。枕《まくら》もとには庄野玄庵という医者と、その弟子がいた。病人だと言って部屋へ入ってきた男は、神妙な顔つきで吉次のうしろに坐っている。吉次の下っ引だったのだろう。見ようによれば、この男を含めた六人で、宗七とおつぎをかこんでいるのだ。

おつぎは、幾度めかの身震いをした。吉次の細いけれどよく光る目が自分を見つめていると思うと、そのたびに軀が震えてくるのだった。

旅籠《はたご》にあらわれた吉次は、「きな」とだけ言った。どこへ行くのか、何をしに行くのか、そんなことにはいっさい触れなかった。八丁堀へ連れて行かれた時は足がすくみ、背にも胸にも腿《もも》にも冷汗が流れたが、吉次が足をとめたのは医者の家だった。しかも、その家には病人をよそおった宗七がいた。とにもかくにも藤次のそばにいるな、藤次から離れろと言ったのはおつぎだが、宗七はこんなところに隠れたのだった。

宗七は、おつぎが教えた通り、お蘭殺しを四方吉ということにしてはどうかと藤次に言った。「それはいい考えだ」と藤次は手を打ったそうだ。が、すぐに「お前《めえ》の考えじゃあるめえ」と笑ったという。亭主の宗七が殺されたと、幾つもの自身番屋に駆け込んだ女房、おつぎに会ったと見抜かれてしまったのである。宗七の情けないところは、藤次に見据えられると、すぐにうなずいてしまったことだった。

吉次は、宗七が医者の家へ駆け込んだと聞いて、自分とのかかわりが藤次に知れたと思ったらしい。馬喰町へきたのは、藤次の手がおつぎにまで伸びぬようにと心配してくれたからだろう。その気持を隠すように吉次は細い目をさらに細くしていたが、八丁堀に着いて島中賢吾という定町廻りに会ったとたん、その目の光がおつぎの軀を突き刺して通り抜けるくらいに鋭くなった。おいとと四方吉が連れ去られたと、賢吾は吉次に知らせたのである。

六蔵の名前が出た。藤次の名前も出た。森口慶次郎の名前も、根岸の寮にいた岡っ引の名前も出た。ざまあみやがれと、おつぎは思った。宗七に藤次の動向を探らせていたという吉次も、あわてふためいて千駄ケ谷へ飛んで行くにちがいないと思った。なのに、吉次は、その鋭い目をおつぎに向けた。乱暴なしぐさでおつぎを医家の宗七が寝ている部屋へ押し込んで、いきなり「二人をどこへやった」と言ったのである。島中賢吾が部屋へ入ってきて、医師の庄野玄庵が弟子と病人だという男を連れてそのあとにつづいてきて、おつぎと宗七はかこまれた。

「幾度でも聞くぜ。おいとと四方吉をどこへやった」

「知りませんよ、わたしゃ」

宗七がおつぎを見つめていた。蝮《まむし》の吉次を相手に一歩もひかぬ女房に驚いているようでもあり、いい加減にした方がよくはねえかと心配しているようでもあった。

「正直に言わねえと、亭主にも迷惑をかけることになるぜ」

「なぜですえ。そりゃ、わたしは四方吉さんが宗七の名を騙《かた》っていると知って、四方吉さんがうちの亭主を殺したのだと思いました。ご存じの通り、番屋へ駆け込んで大騒ぎもしました。でも、おいとさんは、わたしが飲まず食わずで江戸へ出てきた時の恩人ですよ」

そう、恩人だった。それを思うと、胸に針が刺さるような痛みが走る。

「その恩人を、わたしがどこへ隠すってんです。勘でものを言わないでおくんなさいまし」

言い返す言葉がなかったのだろう。吉次は怒りに顔を赤くして口を閉じた。

「ごめんよ」

出入口で男の声がした。森口慶次郎だと、咄嗟《とっさ》におつぎは思った。医師の弟子が立ち上がったが、声の主は、「取次の者がいなければ勝手に上がらせてもらうよ」と言いながら部屋へ入ってきた。やはり、根岸の寮にいたあの男だった。

「藤次と六蔵は捕えたよ」

慶次郎は、吉次の隣りに腰をおろした。おつぎと向かい合いとなる位置だった。

「村二も御用にしたが、この男は何も知らなかった」

おつぎは、思わず慶次郎から視線をそらした。穏やかな目つきをこわいと思ったのは、はじめてだった。

「藤次は、おいとと四方吉をかどわかして、山口屋から金を強請《ゆす》り取るところまでは白状したよ。が、二人をどこへ閉じ込めたのか、頑として言わねえ。おいとと四方吉を助けるには、俺をお解き放ちにするほかはねえんだと、うそぶいている。が、俺に藤次を見逃すつもりはねえ」

見逃すつもりがなければ、死罪にでも島送りにでもするがいいと思った。おつぎは宗七と富山へ帰る。富山へ帰って、宗七と子供達と一緒に暮らす。おいとや四方吉のように、慶次郎に助けてもらわなくても、自分達で富山へ帰って、自分達で仕事を探す。

「かどわかしの片棒をかついだ六蔵も、二人の行方については知らなかった。藤次は大番屋へ送ったが、奴が口をつぐんだまま伝馬町送りになれば、おいとと四方吉も飢えて死ぬほかはねえ」

平静をよそおっていたが、瞼《まぶた》の下が痙攣《けいれん》した。躯も小刻みに震えてきた。慶次郎も吉次も、島中賢吾も医師も下っ引も皆、おつぎのようすがおかしいことに気づいている筈だった。

「間違っていたら、あやまる。おつぎ、俺はお前《めえ》が一役買ったと睨《にら》んでいる」

「俺もだ」

と、吉次が言った。

「藤次は利口な男だ。おいとと四方吉を、すぐに怪しいと睨まれるような空家に閉じ込めるわけがねえ。とすりゃ、どこかに一軒借りて、そこへ連れ込むにちげえねえのだが、その家を手前《てめえ》で借りに行くわけがねえ」

おつぎは、吉次の視線も避けてうつむいた。

用件以外は何も言わない吉次が、まだ喋りつづけている。曰《いわ》く、その役目を喜三郎につとめさせたのではないかと思ったが、考えてみれば、喜三郎が宗七とわかった時から下っ引を張りつかせていた。が、喜三郎が妙な動きをしたという知らせはなかった。曰く、お蘭の女中は薬売りに殺《や》られたと言った。喜三郎の正体は薬売りの宗七だったが、宗七が人を殺したと考えるより、宗七を同居させている藤次に、宗七に勝手に動かれては困る理由があると考えた方がよいだろう。藤次は、お蘭殺しを宗七に見られたのではないか。曰く、その藤次とつるんでいる六蔵が、お蘭殺しは四方吉であると言い張る男を捕えてきた。お蘭殺しが四方吉のしわざときまれば、藤次が宗七を同居させておく理由もなくなる。言い換えれば、宗七を自由にしてやってよいわけだが、あの男がただで宗七を解き放つわけがない。

誰もが吉次と同じことを考えているのかもしれない。言葉をはさむ者はいず、皆、黙っておつぎを見つめていた。

「知らない。わたしは、何も知らないんです」

なぜ、こういうことになるのだろう。それも、なぜ自分達だけがこういうことになるのだろう。宗七は確かにお蘭という女の家に泊ったが、それは、富山の商人達がつくった定めを無視したのであり、お上《かみ》から出されたご法度《はっと》に背いたのではない。三国屋の主人や番頭に叱られて、仕事を失うのは仕方がないが、江戸の定町廻り同心や岡っ引に尾《つ》けまわされることはない。そんなことは何もしていないのだ。むしろ、宗七の名を聞いただけで逃げ出した四方吉の方に、後暗いところがあると考えるのが当然ではないか。

が、江戸の町方は、後暗いところがある筈の四方吉に手を差しのべても、何もしていないのに故郷へ帰れずにいる宗七には知らぬ顔をする。それどころか、下っ引に見張らせたり、凶悪な者の周辺を探らせたり、なお江戸から出られぬようにする。亭主の宗七が子供達の待っている富山へ帰れるよう、女房のおつぎが必死になるのは当り前ではないか。

近所の子供が小さく折りたたんだ紙きれを届けにきたのは、宗七に会った翌々日のことだった。紙きれには、「はなしがある　とうじ」という、釘《くぎ》が折れ曲がったような文字が記されていた。子供が走って帰ったあと、表通りへ出て左右を見ると、用水桶《おけ》の陰に立っていた男が手招きをしていた。

藤次が見返りもなしに四方吉をお蘭殺しの下手人に仕立て、宗七を返してくれるとは思っていなかった。必ず難題をもちかけて、宗七が弱りはてた顔でやってくるだろうと覚悟していたのだが、藤次が直接会いにくるとはさすがに思わなかった。

「家を借りてもれえてえ」

おつぎを隣り町の路地まで誘い出した藤次は、そう言ってまた紙きれを差し出した。

まつしたちょう一ちょうめだいちと書かれた地図だった。松下町一丁目代地である。通りの突き当りは柳原の土手で、右へ曲がれば和泉橋《いずみばし》、左に曲がれば筋違橋《すじかいばし》となる。このあたりには夜鷹《よたか》も出れば、化物も出るとおまきが言っていた。

藤次が丸印をつけた空家は、九軒町側からかぞえて四軒めにあった。差配はその隣りに住んでいると言って藤次は三月分《みつきぶん》の店賃《たなちん》をおつぎに渡し、明日、夜具や鍋釜《なべかま》を届けておくから片付けておいてくれと言って帰って行った。

薄暗い家だった。差配は、雨戸をすべて開ければそれほど陽当りもわるくないと言い、この広さでこの店賃は安過ぎるくらいだと言って、おつぎの顔色を窺った。おつぎは、少しばかり難癖《なんくせ》をつけて、藤次からあずけられていた銭を差配に渡した。口実をもうけて女将《おかみ》に外出の許しをもらい、翌日その家へ行くと、若い男が夜具や鍋や釜を積んだ荷車のそばで途方に暮れていた。古道具屋で働いている男で、売れ残っていた黴《かび》だらけの夜具や底に穴のあいた鍋釜を買ってくれた男が、この家へはこんでおいてくれと言ったのだという。家に錠がおりているので引き返そうかと迷っていたところだったらしい。

おつぎは荷物を受け取って、夜具は戸棚へ入れ、鍋と釜を台所へはこんだ。それがおいとと四方吉を閉じ込める家になるとは、考えもしなかった。

話の途中で、慶次郎と島中賢吾、それに弓町の太兵衛とかいう岡っ引が部屋を出て行った。おいとと四方吉を助け出しに行ったのだと思った。残ったのは、目を鋭く光らせている吉次と下っ引である。医師の庄野玄庵と弟子もいたが、おつぎは宗七と二人、江戸の真ん中に取り残されたような気がした。

「行くか」

と、吉次が言った。おつぎは、富山へ行くかと言われたような気がして顔を上げた。が、吉次は、「番屋だよ」と言った。

「大番屋へ送るかどうかは、おいとと四方吉のようす次第だ。二人が無事でいるように祈っていな」

躯《からだ》が弱っていても癒《なお》してやるよと、医者が言った。誰かが笛を吹いたのかと思ったが、宗七が泣き伏したのだった。

夢中で首を左右に振っているうちに、口を塞いでいた手拭《てぬぐ》いがはずれた。が、両手の自由を奪っている縄の結びめは、どうしてもゆるまない。躯の上にのせられている夜具が、四方吉の動きの邪魔をしているのだった。

四方吉は大きく息をした。夜具の黴くささが鼻をついた。戸棚の上段に押し込められ、たたんだ夜具を積まれた上、戸をぴったりと閉ざされているので、すさまじい暑さだった。炎天下に薬を売り歩いていた四方吉だが、汗を夜具が吸い取り、その夜具が軀にまとわりつかせてくるじっとりとした暑さには耐えられそうにない。隣りにいるおいとは、すでにまったく動かなくなっていた。

「おいと。しっかりしろ、おいと」

四方吉は、必死でおいとに近づいて首を振った。おいとの髪が頬に触れた。四方吉はさらに近づいて首を振った。

唇にざらりとした感触があった。おいとの口を塞いでいる手拭いにちがいなかった。四方吉は、ゆっくりと、慎重に首を動かした。一度、二度、三度、ようやく手拭いの結びめが唇に触れた。

叫ぶ間もない出来事だった。森口慶次郎の使いだという男がきて、駕籠《かご》に乗せられてこの家へきた。慶次郎は中だと言われ、入ったとたんに頭のうしろを殴られて、気がついた時は戸棚の中だった。十手を恐れて暮らしていたのに、その頃のことを忘れて、十手というものを信用してしまった自分が愚かだったと思う。

手拭いの結びめがとけた。顔と肩でおいとの軀を揺さぶって名を呼びつづけると、おいとがうめくような声を出した。

「おいと、わかるか。俺だよ、四方吉だよ」

「お前さん……」

譫言《うわごと》のようにおいとが言う。

「お前さん。どこなの、ここは」

「江戸だよ。あんまりいいところじゃないが、すぐに森口の旦那がきてくれる」

「そう――」

おいとの声がなお小さくなった。四方吉は、夢中でおいとの軀を揺すった。おいとは、またうめくような声を出した。

「根岸へ帰るんですかえ」

「そうだ。佐七さんも待っているよ」

「でも、わたしは帰らない」

「おいと。何を言っているんだ、おいと」

「わたしは、和吉に会いに行きます」

「早え。和吉つぁんに会いに行くのはまだ早えんだよ」

「そう?」

しっかりしろと四方吉が軀を揺さぶる前に、おいとが呟《つぶや》いた。

「ごめんね、和吉。姉ちゃんがわるかったよ。薬売りに乱暴されたって、四方吉さんのような人に出会えるんだもの。人を恨んじゃいけなかったんだよ。ほんとにごめんよ。だから、姉ちゃんの分まで幸せになっておくれ」

「おいと。死ぬな、死んじゃならねえ。追剝《おいはぎ》を谷底へ突き落とした俺は、必ず地獄へ行く。地獄へ行って、追剝にあやまらにゃならねえんだ。が、和吉つぁんは極楽にいる。極楽へ会いに行ってもいいから、もう少しの間、俺と一緒にいてくんなよ」

おいとが四方吉を呼んだ。自分がそばにいることに気づいてくれたのかと思ったが、おいとは幻を見ているようだった。

「お前さん、おりゅう姉さんがみえましたよ。腕ずく長屋もいいところだったっけ」

「いいところだったよ、おいと。だから、頼むからしっかりしてくんな」

「これが和吉です、お前さん。島帰りだけど、一緒に暮らしてくれますよねえ」

「暮らすとも、暮らすともさ。その前に俺も、追剝との一件にけりをつけなければならねえが」

すさまじい物音がした。戸を蹴破《けやぶ》ろうとしているような音だった。それが下の方から聞えてくるのは、二階の戸棚に押し込められているからにちがいない。

「ここです」と、四方吉は叫んだ。十手で四方吉を殴った男がきたのなら、戸を壊そうとするわけがない。森口慶次郎がきてくれたにちがいなかった。

戸が壊されて、幾つかの足音が家の中へ駆け込んできた。おいと、四方吉、どこにいると叫ぶ声も聞えた。四方吉は、力をふりしぼって寝返りをうった。重ねられている夜具がずれて、閉められている戸にぶつかった。

「旦那、ここです」

もう一度寝返りをうつ。足音が一つ、階段を駆け上がってきた。

「旦那、助けて下さい。おいとが死んじまう」

ずり落ちた夜具が鈍い音をたてた。

「四方吉か」

慶次郎の声だった。旦那と叫ぼうとしたが、言葉にならなかった。四方吉は、獣のように吠《ほ》えた。慶次郎が戸棚に近づく気配がして、力まかせに戸が開けられた。積まれていた夜具の一枚が戸棚の外に落ちて行き、もう一枚が撥《は》ねのけられて、急に目の前が明るくなった。

「旦那、おいとが」

「賢さん、戸板だ」

足音が一つ外へ飛び出して行き、もう一つが階段を駆け上がってきた。十手を持った岡っ引だった。

「大丈夫、心配することあねえよ」

と、慶次郎が言う。

「俺達にゃ、玄庵先生がついている」

手足が自由になった四方吉は、うつぶせたままのおいとを抱き上げた。おいとは、わずかに唇を動かした。「お前さん」と言ったようだった。極楽からきた和吉に別れをつげてくれたのかもしれなかった。

天下のまわりもの

この五両を見たならば、おふじは嬉《うれ》しさに言葉を忘れるだろう。山次郎《さんじろう》を見つめている切長の目には、ゆっくりと涙がにじんでくる。それがやがて堰《せき》を切ったようにあふれてきて、「山次さん——」と胸にしがみついてくるのだ。

「たまらねえな」と胸のうちで言ったつもりが声になって、前を行く人がふりかえった。

月もおぼろな弥生《やよい》三月、屋根の上に吹き上げられていたのか、川風が巻き上げたのか、足許《あしもと》に舞い落ちてきた紙屑《かみくず》でさえ、花びらと見えそうな竹河岸《たけがし》の夜だった。俺だって三両や五両ぐらいはためられると啖呵《たんか》をきったのは、三年前のことになる。山次郎は二十三、おふじは十九だった。

男の独り身は、男の人数が多い江戸ではさほど目立たない。が、山次郎が一目で心を奪われたほど標緻《きりよう》のよい女が、二十二にもなって男を寄せつけずにいれば、近所の目をひきつけずにはいない。嫁げぬどんな理由があるのかと、おふじはこの三年間、好奇の目にさらされていたにちがいなかった。

「すまなかった」

また声が出た。

五両の金は、一年半ほどでためられたかもしれないのである。それが三年にのびたのは、山次郎の怠け癖と酒のせいであった。

二朱たまると、一息つこうぜと自分に言って、翌日の仕事を休んでしまう。休めば酒が飲みたくなり、我慢できずに二合ほど買ってきて、夜は「ついでだ」と言訳して縄暖簾《なわのれん》をくぐっていたのである。三年の間に、よく五両がたまったものだった。

が、そういうことになると、はじめからおふじは承知していただろう。おふじと知り合うことができたのも、啖呵をきる破目になったのも、怠け癖と酒のせいなのである。三年前の山次郎は、腕はよいが、期日までに仕上がったことがないという錺職《かざりしょく》だった。祖父の代から取引がある店からも、祖父の代から贔屓《ひいき》にしてくれている客からも愛想をつかされて、「どうにでもなれ」と飛び込んだのが、おふじの働いていた縄暖簾だったのだ。

その縄暖簾へ通うため、山次郎は、自分ほど粋《いき》な者はいないと思っている贔屓客へ、下げたくない頭を下げに行った。口うるさい小間物問屋の主人と番頭にも、心を入れ替えると手をついて詫《わ》びた。

幼い頃から父親に仕込まれて、その父親に「かなわねえ」と言わせた山次郎であった。納期さえ守る気になれば、仕事はいくらでもあった。

しばらくは真面目《まじめ》に簪《かんざし》をつくり、日が暮れてからは、おふじのいる纏屋《まといや》へ行った。それも二合くらいの酒で切り上げて、おふじに嫌われないようにした。

その甲斐《かい》あって、二月《ふたつき》ほどたった頃に、おふじが「ねえ――」と軀《からだ》をくねらせた。飲んだあと、家へこないかというのだった。

山次郎は操り人形のようにうなずいて、おふじのあとについて行った。血といわず肉といわず骨といわず、軀の中のものがすべて煮えたぎり、燃え上がって、思案とか躊躇《ちゅうちょ》とかいうものを消してしまったようだった。

山次郎は、おふじの家へしばしば泊りに行くようになった。五日おきの訪問が三日おきになり、一日おきから毎夜となるのに時間はかからなかった。山次郎は、仕事を終えると纏屋で夕飯をすませ、おふじの家で帰りを待つようになった。

おふじが帰ってくるのは、夜の四つに近かった。暮六つには湯屋へ行き、その足で纏屋へ寄る山次郎が、でがらしの茶を飲みながらおふじの帰りを待っていられるわけがない。台所の隅に一升徳利が置かれるようになり、徳利はいつも二日で空になった。

酒が過ぎれば、翌日は頭が痛くなる。痛くなれば、布団《ふとん》から出たくない。その上、纏屋が暖簾を出すのは、昼の四つ半だった。明六つの鐘が鳴っても、納豆売りの声が聞えても、おふじは眠っている。明六つから一刻《いっとき》のち、五つの鐘を合図に起き出して朝湯へ行き、遅い朝飯を纏屋で食べるのである。

それがおふじの暮らしだとわかってはいたのだが、山次郎は、おふじが寝息をたてている床から滑り出て、まだ薄暗い明六つの道を細工場へ帰って行く気にはなれなかった。

第一、宿酔《ふつかよ》いで頭が痛かった。痛む頭をかかえて自分の家へ戻れば、迎え酒を飲むことになる。迎え酒を飲んで気分がよくなれば昼を過ぎていて、細工をはじめれば、すぐに暮六つの鐘が鳴る。やっともらえた仕事は、たちまちなくなった。おふじの家にいりびたっている山次郎に、死んだ父親のいとこが意見をしにきたこともあった。

「それで所帯がもてると思っているのかえ」

と、或《あ》る日、おふじは言った。

「お前からお酒のにおいのしない日はないじゃないか。そりゃ、わたしだってお酒は嫌いじゃない。飲むなとは言わないけれど、そのお酒は誰が買っているんだよ」

お前が憎くて言うのじゃないと、おふじは山次郎の手を取って涙ぐんだ。

「お酒くらい、自分で稼いだおあしで飲もうって気になっておくれ。湯銭から煙草《たばこ》代まで女からもらって、恥ずかしいとは思わないのかえ。口惜《くや》しかったら、まとまったお金をわたしの前へならべてごらんよ」

そう言われて、山次郎は、「三両や五両ぐらい——」という啖呵をきったのだった。

「待ってるよ」

と、おふじは山次郎を見つめて言った。

「ああ、いつまでだって待っているよ。が、言っておくけど、一分《ぶ》や二分たまったところで会いにきちゃあ何にもならないよ」

わかっていると、山次郎は答えた。「俺も男だ。五両たまるまでは、お前《めえ》のうちの前にも立ちゃしねえ」と言って、炭町から芝口《しばぐち》へ引越もした。

恥をしのんで、ふたたび得意客や小間物問屋へあやまりに行き、以来、期日までには何とか品物を納めてきた。怠け癖が消えたとは言えないし、酒も飲まなくなったわけではないが、この三年間、宿酔いをつづけたことは一度もなかった。

「おふじ、約束は守ったぞ。俺は、お前《めえ》に会いたいのをこらえて五両ためた」

が、三年の間に纏屋は代がわりしていて、おふじも店をやめていた。

山次郎は、代がわりしている纏屋の客となった。

おふじの家は、纏屋からさほど離れていない。やめたと聞いてすぐに行ってみたが、表口も裏口もかたく閉ざされていた。念のために、戸を叩《たた》いておふじの名を呼んだ。無論、返事はなかった。三月の今夜帰ると知らせてあったわけではないが、はぐらかされたような気がして、山次郎はふたたび纏屋の暖簾をくぐったのだった。

かつての纏屋は、五つを過ぎても入ってくる客がいたものだが、今は先客が一人しかいない。その客も、ぬるくなっているにちがいない酒を舐《な》めるように飲んでいる、陰気な男だった。赤い前掛の若い女は盆をかかえ、入れ込みの上がり口に所在なげに腰かけていた。

「どこからきなすった」

と、亭主は自分で酒をはこんできて、山次郎の横に腰をおろした。

先客の前には、ちろりと猪口《ちょこ》と、豆腐がのっていたらしい皿のほかは何もない。板前を兼ねている亭主も、暇をもてあましていたのだろう。

「いや、わけがあって尋ねたわけじゃないのさ。見かけぬ顔だと思ってね。ただ、それだけだ」

「三年前にゃ炭町に住んでいたんだ。お前《めえ》さんの方こそ見かけねえ顔だぜ」

亭主は苦笑した。

「一昨年《おととし》、代がわりをしたんだよ。店の鍋釜《なべかま》から瀬戸物まで、そのまま売ってもらってね」

「前の親爺《おやじ》さんは、どうしなすった。前は繁昌《はんじょう》していたんだぜ」

「よくは知らないがね、何でも……」

さびれた店と言われ、冷汗がにじんできたのだろう、亭主は手拭《てぬぐ》いで額を拭《ふ》いた。

「急に生れ故郷の下野《しもつけ》へ帰んなさることになったんだそうだ」

「ふうん。路銀のために店を叩き売るほど、困ってはいなかったと思うがな」

「叩き売ったのではないよ。ま、安く売ってもらったことに変わりはないが」

山次郎は亭主を見、ふりかえって入れ込みの座敷の若い女を見た。亭主は実直そうだったし、女も可愛《かわい》い顔をしていた。

が、住まいとなっている二階から、子供の泣声が聞えてきた。女が亭主を見て、亭主が小さくうなずいた。女は盆を置いて、階段を駆け上がって行った。

「娘だよ。恥を話すようだが、出戻りでね。姑《しゅうとめ》にいじめられて、隅田川に飛び込みかねないようすだったから、引き取ったんだよ。ちょうどこの店をやる話がきまったところで、娘も手伝ってくれるって言ったんでね」

泣声に、別の泣声が混じった。子供は二人いるらしい。

店の繁昌しないわけがわかったような気がした。亭主がうまいものをつくっても、女が可愛い顔をしていても、子供の泣声のするところでゆっくり酒を飲もうとは、誰も思わぬにちがいなかった。

「すまないね」

と、亭主は申訳なさそうに言った。気にするなと言いながら、山次郎は立ち上がった。

「これで帰るが、別に子供が泣き出したからじゃねえぜ。ちょいと人を……」

探しにきたついでに寄ったのだと言いかけて、気がついた。

おふじは、内職をしながら暮らすような女ではない。纏屋をやめたのなら、ほかの縄暖簾で働いているのではあるまいか。

「お前《めえ》さんなら知っているかもしれねえ。ここで働いていたおふじって女は今、どこで働いているか知らねえかえ」

「おふじさんなら知っているが」

亭主は、口ごもってから答えた。

「今は働いてないんじゃないかねえ」

「というと？」

「うちにいるってことさ」

帰る——と、陰気な客が言った。亭主は、山次郎を押しのけて客に駆け寄った。

小銭《こぜに》を置いている客へ幾度も頭を下げているのは、その客が常連で、貧相な見かけによらず、金持であるということなのだろうか。しかも男は聞き取りにくい低声《こごえ》で、「力になってやる」「俺は味方にした方がよい」などと、いやみなことを言っている。

助け舟を出してやるつもりで、山次郎は亭主を呼んだ。が、亭主は、ふりかえりもしなかった。

山次郎は、腰かけがわりの樽《たる》を蹴《け》った。五両をためて戻ってきたのにおふじは留守、その上纏屋の亭主の口ぶりでは、おふじは囲われているかもしれないのである。

「金を払うって言ってるんだよ」

山次郎は、懐《ふところ》の奥に押し込んできた財布を台の上へ投げ出した。五枚の小判といくらかの銭が、かわいた音をたててころがった。

陰気な先客が山次郎を見た。山次郎も先客を見返した。亭主は、山次郎に駆け寄ろうとした足をとめ、先客をふりかえった妙な姿勢のまま凍りついたように立っている。

「帰るよ」

と言って、先客は外へ出て行った。亭主は、あわててそのあとを追った。

店へ戻ってきた亭主は、蹴った樽に足をかけている山次郎を見て、拝むような恰好《かっこう》をして詫びた。「あのお人を敵にまわすとこわいのでね」と言う。山次郎は横を向いた。

「機嫌をなおして、またきておくんなさい。今夜の勘定はまけておくからさ」

亭主は、先客の悪口を言いながら投げ出された金を集め、わずかな銭を残して財布へ入れた。酒の元値だけを取ったようだった。

山次郎は、財布を懐へ捻《ね》じ込んで外へ出た。すがりついてくるおふじを想像していた時から、一刻もたっていない。仕立て直しの着物が届くのを待って、髪結床へ行き、湯屋へも行ってきたのが情けなかった。

明日はどうしようか。そう思う。

また仕立て直しの着物を着て、いそいそと出かけてくるのもみっともない気がするし、出かけてこないのも悔いを残すような気がする。おふじは、山次郎が心変わりをして帰ってこないのだと、誤解をしているかもしれないのである。

「どうしようか」

京橋のたもとで足をとめ、懐手の右手であごを撫《な》でた時だった。

おおいかぶさってくるような黒い影が見えた。影は、棒のようなものを持っている。

避《よ》けようとしたが、軀は思うように動かなかった。

棒が頭に振りおろされた。痛いと感じたような気もした。半分までふくらんできた月と満天の星がゆっくりとまわって、山次郎は欄干《らんかん》の下にくずおれた。


夜四つの鐘が鳴ったのは、大分前のことだった。

いつもなら娘と息子の寝顔を眺め、自分も寝床へ入る頃なのだが、島中賢吾はまだ北紺屋町《きたこんやちょう》の自身番屋にいる。弓町《ゆみちょう》の岡っ引、太兵衛《たへえ》が、蕎麦屋《そばや》で置引《おきびき》を働いた子が番屋へ突き出されたと迎えにきたのだった。

突き出されたのは十二歳の男の子で、南槙町《みなみまきちょう》にある手跡指南所の伜《せがれ》だった。蕎麦屋の亭主や荷物の持主に殴られたのだろう、目のまわりや口許《くちもと》に赤黒い痣《あざ》をこしらえて、番屋の隅に坐《すわ》っていた。

盗みははじめてだというし、彼を知っているという当番の差配は、おとなしくて行儀のよい子だと口をきわめて褒めるし、賢吾は、叱《しか》るだけにとどめて親を呼ぼうとした。

が、男の子は、牢《ろう》に入れてくれと叫んだ。父親の顔など、見るのもいやだというのである。差配によると、躾《しつ》けの厳しさが近所の噂《うわさ》になるような父親で、男の子をかばっていた母親は一昨年の春に他界したという。

賢吾は、心得違いを諭した上で、太兵衛をつけて帰してやった。差配の意見を入れ、男の子が道に迷っていたことにしたのだった。

戻ってきた太兵衛は、顔を赤くして父親の非礼を怒った。太兵衛に礼を言うより先に、男の子を殴ったというのである。岡っ引を人間と思っていないのかと太兵衛はいきまき、そんな父親では男の子がまた牢へ入りたくなるだろうと差配が心配して、賢吾もつい腰を据え、太兵衛達と話し合っていたのだった。

夜廻りの木戸番が番屋へ飛び込んできたのは、そろそろ帰ろうと腰を上げた時だった。七歳になる息子とは、御用繁多を理由に近頃あまり話をしていない。手跡指南所の伜はそれとなく太兵衛に見守らせることにして、息子の寝顔を見る気になったのだが、木戸番は、若い男が頭から血を流して死んでいるとわめいた。

賢吾は、京橋のたもとへ走った。木戸番がわめいた通り、若い男が欄干へもたれかかるように倒れていた。

が、死んではいない。賢吾は、太兵衛に戸板をはこんでこさせた。北の定町廻《じょうまちまわ》り同心から敷地の半分近くを借りている庄野玄庵《しょうのげんあん》は本道《ほんどう》の医者だが、門を叩かれて、彼ほど早く起きてくる者はいない。

太兵衛は、番屋の当番だった差配達に手伝わせて、若い男を戸板にのせた。そのまま走り出そうとするのをとめて、賢吾は男の上へ身をかがめた。

男の手が布きれを持っている。

手拭いだった。男の手拭いかと思ったが、はだけた懐からも、それらしい布がのぞいている。手に持っている方をひろげてみると、吉次の二文字が書かれていた。


賢吾は、北紺屋町へ戻った。岡っ引の吉次は妹夫婦と同居していて、妹夫婦がいとなむ蕎麦屋は、京橋川沿いの大根河岸《だいこんがし》にある。

店はもう閉まっていた。が、裏口へまわると、かすかに明りが洩《も》れている。今日一日の売り上げを、妹夫婦が帳面につけているのかもしれなかった。

南の島中だとなのると、すぐに戸が開けられた。実直という言葉しか思い浮かばぬような妹の亭主は、「ご苦労様でございます」とていねいに挨拶《あいさつ》をして、消してあった行燈《あんどん》に火をいれてくれた。

妹は、吉次の住まいとなっている二階へ賢吾を上げたくないようだった。汚れているので、店ですむ用事なら吉次を呼んでくると言う。賢吾は、二階へ上がることにした。

吉次は、そのまま眠ってしまうつもりだったらしい行火《あんか》の布団《ふとん》から這《は》い出してきた。妹が急いで手あぶりの炭火を掘りおこし、すぐに湯を沸かして茶をいれると言って、階段を駆け降りて行った。

「放っといてくんな」

と、賢吾は階下へ声をかけて、吉次を見た。

吉次は膝《ひざ》を揃《そろ》えて坐り、あくびを嚙《か》み殺しているような顔をしてみせていた。

賢吾は、先刻の男が持っていた手拭いを、吉次の膝の前にひろげた。さすがに吉次の表情が変わった。

「お前《めえ》のかえ？」

「へえ」

「いつ、うちへ帰ってきた」

「つい先刻」

「それまで、どこにいたのだ」

「柳町の縄暖簾《なわのれん》で飲んでおりやした」

「それだけか」

　吉次は、薄笑いを浮かべて頭をかいた。

「ま、どうせお見通しでしょうから申し上げやすがね。ちょいと亭主を脅かしておりやした」

　賢吾は口を閉じた。吉次は、ためらうようすもなく、言葉をつづけた。

「纏屋《まといや》ってえ縄暖簾の、乙蔵《おとぞう》って亭主ですがね。あの店の看板やら鍋釜などを買った時の金が、どうも気にくわねえ。拾ったのじゃねえかと見ているんでさ」

「脅して真直《まっす》ぐに帰ってきたか」

「へえ」

　吉次は、うなずいてから賢吾に尋ねた。

「どこにありやしたんで？　その手拭い」

「頭を殴られて気を失っていた男が握っていたよ」

「失《な》くしたと言ったら、信じていただけやすかね」

「どこで失くした」

「そいつがわかりゃ、拾ってまさ」

「自身番で、ゆっくり話を聞くほかはなさそうだな」

「ご随意に」

吉次は、手をうしろへまわした。

妹夫婦にそんな姿を見せるのは、吉次がよいと言っても、賢吾の方が耐えられない。そのまま立て――と目で知らせると、階下から妹の声が聞えてきた。

太兵衛がきたようだった。賢吾は、部屋の主にかわって「上がれ」と言った。

階段を上がってきた太兵衛は、洟水《はなみず》をかんだ紙までがちらかっている吉次の部屋の汚さに、度肝を抜かれたようだった。その上、岡っ引稼業《かぎょう》の先輩である吉次に遠慮があるのだろう。目のやり場に困ったらしく、横を向いて、倒れていた男がはこばれて行く途中で息を吹き返したと言った。

「思ったより傷は浅いようで。奴《やつ》は山次郎ってえ錺職《かざりしょく》で、縄暖簾で一緒になった男に襲われて、大事な金をとられたと言っていやす」

賢吾は吉次を見た。吉次は太兵衛を見て、太兵衛は横を向いた。

「山次郎は、襲った男を見たと言っているのかえ」

「縄暖簾にいた男にやられたと、繰返し言っていやす」

「旦那《だんな》――」

と、吉次が言った。

「よけいなお手間《てま》をとらせぬように申し上げやしょう。ええ、あっしは、山次郎と同じ縄暖簾で飲んでいやした。あっしが飲んでいたところへ、向うが入《へえ》ってきたんでさ。小判を撒《ま》きちらしたのも見ていやす」

ついでに申し上げやすとね——と、吉次は話しつづけた。

「向うは覚えていねえようだったが、あっしは一度、縄暖簾で酔いつぶれていた山次郎をつまみ出したことがある。奴のことは、よく知っているんでさ。柳町へ舞い戻ってきたのは、夫婦同然で暮らしていたおふじが恋しくなったからにちげえねえが、おふじにゃ男がいやす」

「それで？」

山次郎は俺を思い出したのかもしれねえ、思い出して俺に罪をきせようとしたにちげえねえ、そう言いたかったのだろうが、吉次は別のことを言った。

「手拭《てぬぐ》いは、誰に拾われたのかわからねえ。が、あっしは、強盗や追剝《おいはぎ》のような、割の合わねえこたあしねえんで」

その通りだった。吉次は強盗などすまい。強盗を働いて捕えられれば、死罪となることもある。そんな危険をおかさなくとも、吉次には金を稼ぐ方法があった。裕福な者達の、探られたくない昔を探って、「あの一件は内緒にしておいた方がよいのかえ」

と言えばよいのである。

山次郎は、おそらく襲った者の顔を見てはいない。が、吉次を連れて行けばおそらく、この男だと叫ぶ。気を昂《たかぶ》らせては頭の傷が開いてしまうと、賢吾が玄庵に叱られるだけで、得ることはない。

「割に合わねえことをする男じゃねえとはわかっているが、放っておくわけにもゆかねえんだ。番屋に泊ってもらうぜ」

「へえ」

吉次は神妙に頭を下げてから、片頬で笑った。

吉次を自身番屋へ連れて行くと、当番の差配達がいやな顔をした。先刻の一件の容疑が吉次にかかり、番屋であずかってもらいたいのだと言うと、差配達は青くなった。よくも番屋にとめてくれたなと、吉次が意趣返しにくる光景が頭に浮かんだのだろう。

「夜だから、大番屋へ送れねえんだよ」

と、賢吾は言った。

捕えた者は自身番屋で取り調べ、容疑が濃ければ、大番屋へ送る。大番屋へとめている間に、同心は奉行に入牢の許可を求めるのである。が、夜になると容疑の濃い者も大番屋へ送れぬのは事実だが、賢吾に吉次を大番屋へ送るつもりはない。

「十手をあずかっている吉次親分のことだ。間違っても暴れだしたりはしねえと思うが、念のために太兵衛を置いてゆくよ」

それでも賢吾が番屋を出て行こうとすると、「お屋敷にお帰りなさるので？」と、差配の一人が心細そうな声を出した。

賢吾は、苦笑してかぶりを振った。

調べてみたい男が二人いた。一人はおふじの男で、もう一人は、纏屋の亭主の乙蔵だった。山次郎が金を持っておふじをたずねてくることを、おふじの男は知っていたかもしれないし、乙蔵は、山次郎が金を投げ出したのを見ている筈《はず》なのである。

「すぐに戻ってくるよ」

と、賢吾は言った。

日頃の行いを考えれば、吉次は翌朝まで縛られていた方がよいくらいだが、差配達は、吉次の意趣返しを恐れている。早く戻ってきて、吉次を解き放った方がよさそうだった。

賢吾はまず、おふじの家へ行った。二階建の仕舞屋《しもたや》で、出入口には季節はずれの風《ふう》鈴《りん》が下がっている。

おふじと男を叩《たた》き起こすつもりだったが、二人は起きていた。が、おふじの髪は乱れ、男の衿《えり》もとははだけている。寝床へ入っていなかっただけなのかもしれない。

賢吾は、男の方へあごをしゃくり、「兄貴か」と尋ねた。おふじは騒々しい声で笑い、「ほんとにそう思ってなさるんですか」と、しなをつくった。定吉という名前は教えてくれたが、商売を尋ねると、聞えぬふりをする。博奕打《ばくちうち》かもしれなかった。

「で、今時分《いまじぶん》、何のお調べです?」

「定吉つぁんのいたところさ。ずっと、うちにいたのかえ」

「いえ」

定吉がかぶりを振った。芝居を見に行って、その帰りに縄暖簾へ寄ったので、つい先刻戻ってきたのだという。兄貴分と兄貴分の女も一緒だったので証人はいると、定吉はむきになった。

賢吾はおふじを見た。

「今日は約束があったのじゃないかえ」

「約束?」

おふじは、怪訝《けげん》な顔をしてかぶりを振った。

「山次郎って男に心当りは？」

「山次郎？」

ああ、あの男――と言うまでに、少し間があった。おふじはちらと定吉を見て、苦笑いを浮かべながら答えた。

「昔、つきあっていた男ですよ。こんな時分に何のお調べかと思ったら、山次郎のことだったんですか」

よかった、この人のことじゃなくて――とは、思わず口をついて出た言葉だったのだろう。定吉の博奕のあくどさが、奉行所の耳に入ったとでも思ったのかもしれなかった。

「山次郎が、お前《めえ》をたずねてきたらしいぜ」

「あら、いやだ」

おふじは首をすくめた。

「今更何の用があってきたんだろう。まさか、食えなくなったから助けてくれなんて言いにきたんじゃないでしょうねえ」

「そんな風《ふう》にしか思えねえのかえ」

「だって、三年前くらいに、体《てい》よく追い出した男ですよ。働かないし、酒は飲むし、こんな男と暮らしていたら、こっちの一生がめちゃくちゃになると思って、まとまった金ができるまで、くるなと言ってやったんだ」

賢吾は口をつぐんだ。

「あの男に金をためられるわけがない。うちへきたのなら、金を貸してくれと言いにきたにちがいないけど……。あら、やだ、ひょっとして旦那、わたしが引き合いに出されるんですかえ。金に困った山次郎が追剝でも働いて、旦那にとっつかまえられて、柳町のふじという女に邪険にされたからの何のと嘘《うそ》をついてさ、それで旦那がわたしんとこへ、おいでなすったというわけですかえ」

その反対だと賢吾が言う前に、おふじは、大仰に身震いをして言った。

「山次郎の嘘で、奉行所へ引き合いに呼び出されるなんざ真《ま》っ平《ぴら》ですよ。すみませんが、山次郎に言ってやっておくんなさいな。いくら食えなくなったからって、わたしまで巻き込むなって。すっかり忘れていたのに、ふいに人の暮らしの中へ飛び込んでこられちゃあ、迷惑ですよ」

芝居であるとしたら、おふじは大変な役者だった。が、十のうちの八つまで、おふじは山次郎が金を持ってきたことは知らないと、賢吾は思った。

「邪魔したな」と、賢吾は言った。纏屋は、すぐ近くにあった。

賢吾の声で、子供が起きてしまったらしい。泣声の響きわたる中を、乙蔵は店へ降りてきた。

「すまねえな」と、思わず賢吾は詫《わ》びた。とんでもないとかぶりを振りながら、乙蔵は、入れ込みの座敷に置いてあった行燈《あんどん》へ手燭《てしょく》の火を移した。

賢吾は、たずねてきたわけを簡単に話した。乙蔵は、黙って聞いていた。裏口から隙間《すきま》風《かぜ》が入ってくるのだろう。実直そうなその顔を、行燈の明りが明るくしては、また暗くした。

「驚かねえんだな」

「い、いえ……」

乙蔵は、かぶりを振ってあとじさった。

「あの、あまり驚いたもので、声が出なかったんで」

「吉次がお前《めえ》を脅していたそうじゃねえか」

「いえ、何かのお間違いでしょう」

「吉次をひっくくったよ。山次郎を襲った下手人としてね」

いったん泣きやんだ子供が、先刻より激しく泣き出した。賢吾が二階を見上げると、乙蔵は「乳が出ねえんです」と言った。蚊の鳴くような声だった。

「姑《しゅうとめ》が意地のわるい女でね、気を遣ってばかりいたせいでしょう、あっちのうちにいる時から出なかったんです。それでも上の子は何とか育てたが、二番目はどうにもならなくなって——。痩《や》せこけて頬に皺《しわ》のできている赤ん坊なんざ、見ているだけで辛《つら》いじゃありませんか。それで、実の親のところなら少しはのんびりできるだろうと、ええ、大分揉《も》めましたが、別れさせましたよ。お蔭《かげ》で多少、乳の出がよくなって、ほっとしたところへ大根河岸の親分がきなすったんです」

乙蔵の話は長くなりそうだった。賢吾は座敷に上がり、乙蔵にも坐《すわ》るように言った。が、乙蔵は、土間に膝《ひざ》を揃《そろ》えて坐った。

「あの親分が毎晩のように顔を見せなすっちゃあ、くるお客もきやしません。稼ぎはみるみる少なくなって、このざまですよ。娘の軀《からだ》にだって、いいわけがありません」

赤子は泣きやまない。その上、上の子が目を覚まして、母親が懸命にあやしている赤子にやきもちをやいたのかもしれない。我儘《わがまま》を言ったらしい声と、それを叱《しか》る声が聞えてきて、泣声が二つになった。

「恨んでますよ、わたしは親分を。あの親分さえこなければ、店は繁昌《はんじょう》していたんだ」

「店の道具を買った金は、拾ったのかえ」

返事はなかった。が、辛抱強く待っていると、「申訳ございません」という、やっと聞きとれるほどの声が聞えてきた。

「吉次もわるいところへ手拭いを落としたものだな」

「申訳ございません」

乙蔵は、土間に額をすりつけた。

「吉次親分さえいなくなったら、そう思ったのでございます。吉次親分……いえ、あのいやな奴さえどこかへ行ってくれたら、纏屋《まといや》はまた繁昌して、孫も痩せこけずにすむのでございます」

「といって、お前《めえ》がしょっぴかれたら、お前《めえ》の娘や孫はどうなるんだ」

乙蔵は顔を上げなかった。泣いているようだった。

「だからさ、とんだところへ手拭いを落としたものだと言ったのよ。吉次が手拭いを落とさなかったら、お前《めえ》は山次郎を追いかけて行かなかっただろう」

ややしばらくたってから、乙蔵の答えが返ってきた。それも、追いかけて行っただろうという、意外な答えだった。

「金を見てしまいましたから――。正直に申し上げますと、あいつの手拭いを見て追いかける気になったのか、金が欲しくて追いかける気になった時、あいつの手拭いが目に入ったのか、手前《てまえ》にもわからないのでございます」

「何だってそんなに金が欲しかったんだ」

「乳でございます」

乙蔵は、ふたたび泣き伏した。

「孫に、乳を腹いっぱい飲ませてやりたかったんでございます。が、娘にかわって乳を飲ませてくれる女にきてもらうには、金がいる。その金が、手前どもにはなかったんでございます」

賢吾は、乙蔵から目をそらせた。そらせた視線の先に行燈があり、行燈の明りの中に痩せた女の子の顔が浮かんだ。

賢吾夫婦には、二人の子供がいる。が、その間に、もう一人、女の子がいた。産声《うぶごえ》すら上げなかった女の子で、三歳であの世へ行った。妻の乳はよく出たが、赤子の方に吸う力がなく、妻は、頼むから飲んでくれと泣いていたものだった。よく三年も生きてくれたものだと思う。

その子の顔にも、年寄りのように皺があった。今から思うと申訳ないが、赤子の顔を見るのが辛く、母親なら泣いていずに乳を飲ませる方法を考えろと、妻に当りちらしたこともある。

もし、自分が乙蔵であれば、孫に乳を飲ませてやりたいと必死になるだろう。乳母を雇う金がなければ、押込強盗を働いてでも——と考えるにちがいない。

が、賢吾は、入れ込みの座敷から降りた。自分が乙蔵であれば乙蔵と同じ罪をおかしたかもしれないが、島中賢吾は南町奉行所の定町廻り同心だった。

「すまねえな」

と、賢吾は言った。

吉次の十手を取り上げてしまいたいが、吉次は、北町奉行所の同心に使われている男だった。乙蔵が悪心を起こしたのは山次郎の金を見たからで、山次郎が金を持っていたのは、情なしのおふじが出かけていたからだった。春秋の筆法で言えば、おふじがわるいが、江戸のご定法《じょうほう》では、罪を犯したのは乙蔵になる。

赤子の泣く声は聞えなくなっていた。満腹したのではなく、泣く気力がなくなったのかもしれなかった。

そのかわりに人の気配がした。ふりかえると、赤子を抱き、幼い女の子の手をひいて階段の下に立っている女と目が合った。同心の家に生れたことを、呪《のろ》いたくなる一瞬だった。

吉次は解き放った。礼を言う吉次の顔を、今夜ばかりは見る気がしなかった。

賢吾は乙蔵を番屋にあずけ、太兵衛を根岸へ走らせた。この一件が片付くまで、乙蔵の娘の力になってやれる人物といえば、森口慶次郎のほかにいないだろう。

「頼むよ」と、誰にともなく言って、賢吾は八丁堀へ向った。

弾正橋《だんじょうばし》を渡り、本八丁堀、松屋町などの町をななめに通り抜けて、組屋敷のならぶ一劃《いっかく》へ入る。森口晃之助の屋敷は明りが消えていたが、賢吾の屋敷からは明りが洩《も》れていた。妻が賢吾の帰りを待っているようだった。

その前を通り過ぎて、賢吾は庄野玄庵の家の前で足をとめた。

門のくぐり戸は、いつでも開いている。出入口はさすがに閉まっていたが、戸を叩くと、「うるさいなあ」と言いながら玄庵があらわれた。若い弟子も手伝いの女も、正体なく眠りこけているようだった。

「きなすったね、寝ようとした矢先に怪我人《けがにん》をはこばせたお人が」

眠そうな目をこすっていても、口のわるさは変わらない。賢吾はとりあえず詫びを言って、「会えますかね」と尋ねた。

「山次郎って男にかえ?」

「はい」

「明日の朝にしろと言いたいところだが、奴《やっこ》さん、起きているよ。傷はたいしたことはないのだが、気が昂《たかぶ》って眠れないらしい」

玄庵は「寒――」と肩を震わせて、「俺が風邪をひいちまう」と憎まれ口を叩いた。

山次郎は、掻巻《かいまき》を着て壁に寄りかかっていた。くしゃみをした玄庵は、どてらを羽織ってくると言って部屋を出て行った。定町廻り同心の話は、人に聞かせたくないものが多い。ゆっくり話せと、気をきかせてくれたのかもしれなかった。

「痛まねえか」

と尋ねてから、賢吾は、山次郎を襲った男の話をした。そのあとで、定吉と暮らしているおふじの話もした。

山次郎は、黙って頭へ手をやった。

おふじの話に動揺して、傷が痛み出したのかもしれなかった。賢吾はあわてて玄庵を呼びに行こうとしたが、山次郎は、その袖《そで》をつかんで「ちがうよ」と言った。べそをかいているような顔つきだった。

「三年間、夢中で――とは言わねえが、俺にしちゃあ一生懸命働いたあげくが、このざまだ。ただの殴られ損だったと思うと、泣いていいのか笑っていいのかわからなくなって、頭が痛くなっちまったんでさ」

それで——と、山次郎は、口許《くちもと》をほころばせて目をしばたたいた。笑っているのか泣いているのか、賢吾にもわからなかった。

「金は俺に返ってくるんですかえ」

「多分」

「見たくもねえ金だな」

「別の金と取り替えてやってもいいぜ」

山次郎が笑った。目をこすってはいるが、間違いなく声をあげて笑っていた。

「いやな奴《やつ》だな、旦那《だんな》は」

と、半分は自棄《やけ》になっているのだろう、遠慮のないことを言う。

「酔ってすっ転んで欄干《らんかん》で頭を打った、金もとられちゃいねえと、そう俺に言わせてえんでしょうが。はっきりそう言やいいに」

「はじめの方だけ言ってくんな」

「酔って転んで、頭を打ちゃした。金もいらねえや」

「せっかく稼いだのだ、好きに遣ったらどうだ」

「いらねえよ。見たくもねえって言ってるじゃありませんか」

山次郎の声が高くなった。

「ほんとにいやな野郎だな、旦那は。纏屋の亭主の罪を帳消しにしてやって、手前《てめえ》の小遣いをくれてやって、一人でいい顔をしようってんでしょうがね。世の中はそううまくゆかねえんだ」

いい顔をするつもりはなかったのだが、言われてみればその通りだった。

「金が入り用な親爺《おやじ》がいるってのに、俺あ、金をつくれと言ったことも忘れている女に金をくれてやろうとしてたんだよ。くそ、おふじのあま……ああ、そうだよ。俺あ、とんでもねえぼんくらだよ。間抜けだよ。この上、返される金を黙って受け取ったひにゃ、ぼんくらで間抜けの上に、大馬鹿《ばか》野郎のこんこんちきが乗っかってくるってんだ」

山次郎は、搔巻を脱いで畳へ叩《たた》きつけた。

「くそ。おふじが待っているとばかり思って……いや、そんなこたあ、どうだっていい。旦那、俺に金を渡したら、みんな飲んじまうぞ。飲んじまったら、いくら天下のまわりものと言ったって、纏屋の亭主にまで行くには月日がかかる。そんなまだるっこいことをしていていいのかよ」

山次郎の声を聞きつけて、どてらを着た玄庵が部屋へ入ってきた。が、金は亭主にくれてやれと叫んでいる山次郎を見ると、黙って部屋を出て行った。

「自慢にゃならねえが、俺だっておふくろが長生きしててくれりゃ、親父《おやじ》にさからって酒を飲んだりしなかったかもしれねえ。纏屋の孫から祖父《じい》さんをとっちまったら、酒飲みの怠け者ができるかもしれねえぞ。酒飲みの怠け者になって、おふじのような女にひっかかって……くそ、おふじのばかやろう……いや、おふじなんざ、もうどうでもいい、金なんざ天下のまわりものだ。いくらでも稼いでみせらあ。五両なんざ、持って行け――」

山次郎は、掻巻に俯伏《うつぶ》せて泣き出した。傷に障《さわ》りはしないかと思うような大声だった。

「はい、ごめんよ」

玄庵が部屋へ入ってきた。

「わめいたり泣いたりしたあとは、のどが渇《かわ》くんじゃないかと思ってね。白湯《さゆ》を持ってきたよ」

「有難え」

賢吾はすぐに湯呑みをとった。山次郎はまだ、泣きわめいている。

蝶《ちょう》

その時の加七《かしち》は、見ものというほかはなかった。

加七はおつなを、辛抱強いこと以外に何の取柄《とりえ》もない女と思っている。江戸一番のぐずで機転のきかぬ女と、ずっと思い込んでいた筈《はず》であった。

そんな女が、離縁してくれと切り出したのである。加七が耳を疑い、目を疑って、小指で耳をかき、目をしばたたいておつなを見つめたのもむりはないだろう。

おつなは、同じ言葉を繰返した。それでも加七は、「もう一度言ってみろ」と言った。

おつなは、かわいてきた唇を舐《な》めて、「離縁しておくんなさい」と繰返した。

「正気か」

と、加七は言った。ようやく我を取り戻したようだった。

「ずいぶんと気のきいたことを言えるようになったものだが、手前《てめえ》、手前《てめえ》が何を言っているのかわかっているのかえ」

おつなはうなずいた。加七は、このところ急に肉がついて、二重になったあごを三重にして笑った。

「俺が江ノ島へ行っている間に、好いた男でもできたか」

そんなことのあるわけがないと確信しての笑いだった。

よほど「いる」と答えてやろうかと思ったが、事実、おつなに男はいない。向う三軒両隣りの亭主や隠居や伜達《せがれ》、それに物売りの男達に嫌われているとは思わないが、好意を寄せられたこともないし、おつなが心をときめかせたこともない。加七との二十三年に及ぶ暮らしで、おつなの女の部分がすりきれてしまったのかもしれなかった。

加七は、おつなを無遠慮に眺めまわして笑った。おつなは思わず片方の手で髪に触れ、もう一方の手で衿《えり》もとをかきあわせた。

来年は、おつなも四十の坂をのぼりはじめる。いや、下りはじめるのかもしれず、髪は髷《まげ》をといて洗うたびに減ってゆくような気がするし、顔も、台所のにおいがしみついている着物に似合うよう、妙に日焼けして皺《しわ》がふえてきた。だが、それだからこそ、おつなは四十の下り坂へかからぬうちに、思いきって離縁を願ったのだった。

「蓼《たで》食う虫も好き好きというが……」

「男なんざいやしません」

加七は、片頬《かたほお》で笑った。

「そうだろうな」

「男なんざ、お前さん一人でたくさんです」

笑っていた加七の頬がひきつれた。

「わたしは、一人で暮らします。伜達もその方がいいと言っています」

「手前《てめえ》──」

加七の右手が湯呑《ゆの》みへのびた。あぶないと思うより先におつなの軀《からだ》が動いて、湯呑みは、ひっつめに結ったように張りのない鬢《びん》をかすめて飛んで行き、障子を破って取《とり》付《つき》の二畳に転がった。加七のこれがいやで、おつなは別れる覚悟をきめたのだった。

「手前《てめえ》、いつの間に喜市《きいち》や利助《りすけ》にそんな話をしやがったんだ」

「お前さんが江ノ島へ出かける時、頭痛の薬を入れ忘れたわたしを殴ったのを……」

おつなは、そこで口を閉じた。すべてを打ち明ければ、伜達も巻き込むことになる。

加七が大工の仲間達と江ノ島へ遊びに行く前夜のことだった。加七と同じ仕事を選び、親のもとで修業をするよりはと、神田三河町《みかわちょう》の棟梁《とうりょう》のもとへみずから弟子入りした長男と次男が、揃《そろ》ってたずねてきた。加七の遠出を聞きつけた棟梁が、見送りに行けと暇をくれたというのである。

伜達は、何種類もの薬を買い込んできた。が、膏薬《こうやく》、擦傷《すりきず》の薬は言うに及ばず、おつながいらないと言った腹痛の薬まで油紙の中に入っていたのだが、頭痛の薬だけが見当らなかった。数日前、次男の利助が使いの途中で立ち寄って、おつなに、旅の支度で足りないものはないかと尋ねにきた。おつなは頭痛薬を頼んだのだが、利助は腹痛の薬と間違えて覚えていったらしい。

「お前《めえ》がわるい」と、加七はわめいた。ぼんやりのおつなが、頭痛と腹痛の薬を間違えて頼んだにちがいないというのである。

酒が入っていたので、それだけではすまなかった。加七は火箸《ひばし》でおつなを殴り、煮立った湯の入っている鉄瓶をおつなめがけて放り投げた。火箸の先が額を破り、おつなは夢中で隣家へ逃げ込んだが、喜市と利助がきていなかったなら、大怪我《おおけが》をしていたかもしれなかった。おつなを追って行こうとした加七を伜二人が必死で押え、酒を飲ませて寝かせてくれたのである。

「別れた方がいいよ、おっ母《か》さん」

と、伜達は口を揃えて言った。

「おっ母さんがうちを飛び出したって、俺達はおっ母さんを恨まない。これまで、よく辛抱してくれたものだと、礼を言いたいくらいだよ。それに、俺達だってもう、おっ母さんがいないと言って泣く年齢《とし》じゃない。俺は来年の春に一人立ちして女房をもらうし、利助にもいい人がいる。一年間、辛抱をしてもらえば、おっ母さんの面倒だってみられるんだぜ」

二人の言葉を聞いて、おつなは泣いた。干からびた油揚だの、すりきれた雑巾《ぞうきん》だのと罵《ののし》られながら辛抱していた甲斐《かい》があったと思った。

「いいかえ、おっ母さん。おっ母さんは、誰に遠慮することもないんだよ。俺達の世《せ》間体《けんてい》がわるいだろうなんざ、考えなくっていい。うちの棟梁もおっ母さんの辛抱強さに呆《あき》れているくらいだし、お隣りだって、早く別れちまった方がいいのにと言ってなさる。お父《とっ》つぁんが、江ノ島から帰ってきた時がいい機《おり》だよ。いくらお父つぁんがわからずやでも、四日間も遊んできたってんで、多少、うしろめたさはある筈だ。思いきって、おっ母さんの方から離縁してくれと切り出してみたらいい」

そう言いながら、喜市は、加七の乱暴を心配していた。乱暴を恐れて、おつなが何も言い出せぬのではないかとも心配していた。

が、おつなは、江ノ島から帰ってきた加七が、昼寝から起き出すのを待っていた。昨夜は品川宿に泊り、飯盛《めしもり》女を抱いてきたらしい加七を、穢《きたな》いと思って見下ろす余裕もあった。今までのおつなら、永遠に目を覚まさないでくれと願いながら、息をひそめて台所の隅に坐《すわ》っていたにちがいないのだが。

信じられなかった。

別れてやってもいいが――と加七が薄笑いを浮かべた時、おつなは、薄い笑みを返してきたのである。あきらかに、そう言われることはわかっていたという微笑だった。

「どうやって暮らしてゆく気だ。三十九にもなったお前《めえ》を女中に雇う物好きなんざ、江戸中を探したっていやしねえぞ」

「探してみなければわかりません」

「針を持たせたって、達者とは思えねえ」

「必死になれば、何でもできます」

江ノ島へ遊びに行った四日間に何があったのか。

おどおどと俯《うつむ》いていて、時折、上目遣いに加七の表情を窺《うかが》っていたおつなが、顔を上げて加七を見ているどころか、口答えまでするのだ。そればかりではない。先刻、湯呑みを投げつけたが、ひるむようすを見せないのである。

古くからつきあいのある岡っ引の辰吉《たつきち》は、捨身になった女ほどこわいものはないと言っていた。が、加七は、辰吉がそう繰返すたびに笑っていた。加七に言わせれば、辰吉は女に甘い男だった。女は、捨身になったと思わせるのが得意なのだ。それを見抜いていれば、たとえ懐《ふところ》を突いてこられてもこわくはない。

が、気になることがあった。

昨日、品川に泊った時、加七は、辰吉を通じて知り合った岡っ引に偶然出会った。以前、飯盛という名の遊女を呼ぼうとしていたところだった。

岡っ引は、その前に――と加七を居酒屋へ連れ出して、酒をおごってくれた。

加七がおごったのを覚えていたようだった。

「鳥越《とりごえ》の棟梁だから話すが」と前置をして、岡っ引は話しだした。辰吉は、昔の女が鎌倉の東慶寺《とうけいじ》へ駆け込もうとするのに手を貸して、女の亭主の罠《わな》にはまったことがあるという。「辰つぁんらしい話だ」と加七は笑ったが、岡っ引は、そこで真顔になった。

「辰つぁんの方は、辰つぁんらしいの一言で片付けられるがね。女ってのは、何がその女らしいのか、わからねえものだぜ」

離縁が認められる東慶寺へ駆け込みたいというのだから、女はよくよく亭主を嫌っていた筈だと、品川の岡っ引は言った。

「それに、辰つぁんへの気持が、多少なりとも残っていたにちげえねえと俺は思う。辰つぁんが十手持だから頼ったのじゃねえ。同じ十手持でも、大根河岸《だいこんがし》の吉次親分を頭に浮かべてみねえな。誰があのお人を頼るものかね。俺が吉次親分の女だったとしても、ご免こうむるね。何があっても頼りたかあねえ。女は、満更でもねえ気持があったからこそ辰つぁんを頼ったのだろうし、それだからこそ亭主もやきもちを焼いたにちげえねえ。そのために、亭主は人一人殺《や》っちまったのだが、亭主が取っ捕まった時に、棟梁、女はどうしたと思う?」

亭主と一緒に番屋へ残ると言ったのだぜと、岡っ引は言った。そして、女はわからねえと繰返したのである。

わからぬことがあるものかと、品川での加七は言った。

かっとして東慶寺へ駆け込みたいと思ったものの、亭主が捕えられたのを見て、女はその後の自分を考える気になったのだろう。

今の辰吉は他人である。辰吉と江戸へ戻っても、辰吉の住んでいる天王町までついて行くことはできない。辰吉は独り暮らしだが、言い交わした女がいないともかぎらないのである。じゃあな——と、辰吉が日本橋で自分に背を向ける光景を想像して、女は、背筋が寒くなったにちがいない。江戸の真中で置きざりにされて、明日からどうして暮らしてゆけばよいのか、暮らしに必要な金を稼ぎ出す腕が自分にあるのだろうかと、不安になった筈なのだ。

「まったく、近頃の女ときたひには、亭主と別れりゃ、男にちやほやしてもらえると思っているのだから始末におえねえ」

と、加七は言った。

その女も、亭主が捕えられてはじめて、毎日のめしを誰に食べさせてもらっていたのかわかったのだ。食わせてもらっていた亭主を人殺しにしてしまった罪深さに、女は恐れおののいたことだろう。亭主のそばにいると言ったのは、当然過ぎるほど当然ではないか。品川の岡っ引が、女の気持はわからないと、首をかしげる方がおかしいのである。

「それもそうだ」

と、品川の岡っ引は納得した。

だが、目の前にいる加七の女房は、必ず胸のうちにある筈の亭主と別れたあとの不安を突ついても、「必死になれば、何でもできます」と、顔色一つ変えぬのだ。

これが気になるのである。

捨身になった女はこわいという辰吉の言葉が、頭の中をまわった。女はわからぬという品川の岡っ引の言葉も、一緒にまわりはじめた。それでも、加七はその言葉を認めたくなかった。

こんなに簡単なことだったのかと、おつなは思った。湯呑みをよけることも、亭主を真正面から見据えることも、言いたいことを言葉にすることも、考えていたよりずっと易しかったのである。

案ずるより生むが易《やす》しとは、このことだった。なぜもっと早くに離縁を切り出さなかったのかという悔いもあるが、それは、万事にのろまな自分への求め過ぎというものだろう。加七が江ノ島へ行ってくれなければ、おつなは多分、今も加七の目を避けて台所の隅に蹲《うずくま》っていたのではないかと思う。

あれは、おつな自身にも不思議な感触だった。別れる覚悟をきめたとたん、おつなをくるんでいたものが、はじけ飛んだような気がしたのである。

おつなは、喜市と利助の見ている前で、肩を動かし首をまわし、手を伸ばしてみた。肩身が狭いという言葉があるが、おつなは二十三年の間、縮めた軀にみずから布を巻きつけていたのかもしれなかった。その布がはじけて飛んだ瞬間に、軀が一寸以上もふくらんだようで、着物の身丈や袖丈《そでたけ》が短くなったのではないかと、喜市も利助も、笑いながら首をかしげていたのだった。

軀が大きくなったせいか、今は大柄な加七が眼下に見える。眼下に見える加七は、こばかにしたような薄笑いを浮かべているものの、内心ではうろたえている。それが手にとるようにわかるのだ。

　おつなは、加七から目をそらさずに次の言葉を待った。加七は、横を向いて「水──」と言った。

　取付の部屋にころがっていた湯呑みを拾い、台所へ行って水を汲《く》み、盆にのせて加七の前に置く。加七は、ものも言わずに飲み干したが、湯呑みを盆へ返しておつなの視線に気づくと、また横を向いた。

「離縁は俺が不承知だと言ったら……」

　たった今、水を飲んだにもかかわらず、声がかすれていた。

「どうする」

「鎌倉の東慶寺へ駆け込みます」

「俺がそんな真似《まね》をさせると思うか、みっともねえ」

「だから今、三行半《みくだりはん》を書いてもらいたいんです」

「不承知だと、俺は言っているんだよ。離縁なんてえことは、男が言い出すものだ。女から言い出せるものじゃねえ」

「それは承知していましたけど」

「だったら言うな。黙ってろ」

「わかりました」

と、おつなは言って立ち上がった。おつなも口の中がかわききっていて、水を飲んでこようと思っただけなのだが、加七は不安そうな顔でおつなを見て、「どこへ行く気だ」と言った。

おつなは、口許《くちもと》を袂《たもと》でおおって笑った。嫁いできてからはじめて、声を出して笑ったと思った。

十六で加七の女房となった時は、まだ舅《しゅうと》夫婦が生きていた。加七は今の喜市より一つ年上の二十一で、来年には喜市がそうなるように、住込の修業を終えて、鳥越のこの家に戻ってきたばかりだった。

「ぼんやり」とは、姑《しゅうとめ》にはじめて言われた言葉ではない。建具職人《たてぐしょくにん》だった父親も、「お前《めえ》はぼんやりだなあ」と、よく嘆いていたものだった。父親が煙管《きせる》を持った時に、自分の近くにある煙草盆《たばこぼん》をとってやるといったことができないのである。父親の煙管も、自分のそばの煙草盆も見えてはいるのだが、それだけなのだ。

気がきかない女だとは、自分でも思う。「ぼんやり」と言われるのは、やむをえない。が、姑の言う「ぼんやり」には、もう一字ついた。

「薄ぼんやりだねえ、ほんとに」

この「薄」という一字がふえたことで、おつなはどれほど傷ついたことか。傷ついて、気持も軀《からだ》も縮んだことか。

部屋の隅にわずかでも埃《ほこり》が残っていれば、「薄ぼんやりだねえ」と姑は言う。箒《ほうき》で掃いて、そのあとを雑巾で拭《ふ》いて、舐《な》めたようにきれいにしたつもりでも、軒下に蜘《く》蛛《も》が巣を張ってしまうこともある。熱い味噌汁《みそしる》はいやだと言われ、煮立てまいと注意していれば、煮ている筍《たけのこ》が焦《こ》げついた。姑の目を気にすればするほど、おつなの軀は動かなくなった。

その姑も、おつなが嫁いできてから三年目に逝《い》き、割合におとなしかった舅も、すぐにそのあとを追った。加七の乱暴は、その頃からはじまった。

今のおつななら、がっしりとした軀つきとはうらはらに子供じみた部分の残っている男が、母親を亡《な》くした苛立《いらだ》たしさから女房に当り散らしたのだろうと見当がつく。姑が他界した時、おつなはみごもっていた。つわりがひどく、精いっぱい加七の面倒はみていたつもりだが、加七にしてみれば足らぬことばかりだったのかもしれない。喜市が生れ、その翌々年には利助が生れて、加七の世話が二の次になったことも事実だった。加七は、母親が生きていればかゆいところに手が届いていたとなお苛立ち、おどおどと加七を避けるようになったおつなに、なお腹を立てていたにちがいなかった。

加七は今、湯呑みから飛び出した茶殻を拾ってみたり、俯いて耳のあたりをかいてみたりして、おつなと目を合わせまいと苦労していた。こんなに気の弱い男だとわかっていれば、もう少しそばに寄って面倒をみてやったのにと、おつなは笑いたくなった。が、もう面倒をみようとは思わない。加七が江ノ島へ出かけるまで、おつなは、加七がこわくてならなかった。仲間達と肩をならべ、まだ明けきらぬ町を歩いて行く後姿を見送りながら、加七が江ノ島で若い女とねんごろになり、江戸へ帰るのを忘れるようにと必死で祈ったものだった。

祈って、両脇《りょうわき》に立っていた伜達《せがれ》に支えられるようにして家の中へ入って、離縁をすすめられて気がついたのである。

別れてしまえば、加七はいないのだ。――

そして、もう一つ、気がついた。

別れても、わたしは困らない。――

加七は、針を持たせてもろくな仕事はできないと嘲《あざけ》るが、出来上がりは遅いものの他人の袷《あわせ》を縫ったこともある。仕立物の内職ができぬわけではないのである。その上、建具職人だった実父が残してくれた多少の金もあった。

別れても、わたしは困らない。困るのは、加七の方だ。

気のきく母親に育てられた加七は、火をおこしたこともない。火種《ひだね》をどこへのせればいいのか、竈も庖丁《ほうちょう》も握ったことはない。手桶《ておけ》や米櫃《こめびつ》のある場所も、茶碗《ちゃわん》や箸《はし》のしまわれているところも知らないのではあるまいか。

棟梁《とうりょう》と呼ばれてはいるが、加七は、すでに所帯をもっている弟子が二人いるだけで、三河町の棟梁のように住込の若者がいるわけではない。おつなが家を出て行けば、茶を飲むのにも、急須《きゅうす》はどこか茶筒はどこかと苦労する筈《はず》であった。

でも、わたしの知ったことじゃない。この人――いや、この男とわたしは、赤の他人になるのだもの。

「女の方から別れてくれだなんざ、不心得もいいところだ」

と、加七が言っていた。言いたい科白《せりふ》がようやく見つかったようだった。

「今度だけは大目に見てやるが、二度、同じことを吐《ぬ》かしたら承知しねえぞ」

おつなは、黙って加七を見た。

「何だ、その目は」

これ以上一緒にいては危険だった。酒は入っていないが、加七は、自分が見下されていることに気がついている。優位を保つため、手当り次第にものを放り投げるにちがいなかった。

おつなは台所へ逃げ、裏口から外へ飛び出した。火箸や鉄瓶や、盆が投げつけられたらしい物音が追いかけてきた。

裸足《はだし》だったが、やむをえなかった。おつなは、加七が追ってこないのを確かめてから、阿部《あべ》川町《かわまち》の木戸番小屋の前で足をとめた。

番小屋では、草鞋《わらじ》を売っている。根岸まで、裸足では行けなかった。

のどがかわいていた。

が、家の中は静まりかえっていた。水——と言えば、それの入った湯呑《ゆの》みが目の前に出されることは、少なくとも今日はないのだった。

加七は、重い腰を上げて台所へ出た。自分が投げつけた火箸や鉄瓶、盆などのほかに、鉄瓶が棚に当って落ちたらしい塩と味噌の甕《かめ》が、土間で割れていた。

「ばかやろう——」

　加七は、鉄瓶も土間へ蹴《け》り落とした。

「手前《てめえ》がとんでもねえことを言い出すから、こんなことになるんじゃねえか、くそ」

　棚も蹴飛ばして、それでも土間へ落ちなかった鍋《なべ》やざるは、手にとって力まかせに叩《たた》きつけた。それでも腹立ちはおさまらなかった。

「ばかやろう、たった四日だぞ。それも、四十《しじゆう》を越えてはじめて遊びに行ったんだぞ。そのどこがわるい。何で、俺がこんなめに遭わにゃならねえ」

　手桶の中に入っていた茶碗も投げつけようとして、ふと気がついた。

　この土間は、誰が片付けるのか。

「くそ――」

　茶碗を投げつけたい。いや、障子も思いきり投げつけたい。が、それを片付ける女がいないのだ。

　板の間にあぐらをかいて思い出した。辰吉は、捨身になった女はこわいと言っていたではないか。

　いや、おつなが東慶寺へ駆け込むわけがない。駆け込んで離縁が成立しても、そのあとのことを考えれば思いとどまるにちがいない。第一、あの女の懐《ふところ》には、わずかな銭しか入っていない筈だ。

「でも、捨身になれば――」

離縁したあとのことは、あとのことと開き直るかもしれない。懐にわずかな銭しか入っていなくても、旅籠《はたご》の女将《おかみ》に事情を話し、情けにすがって鎌倉へ辿《たど》りつくことを考えるかもしれぬ。

残された加七は、とりあえず鍋やざるを棚へ戻し、割れた甕のかけらを拾って、味噌と塩をごみためへ捨てに行かなければならなかった。

「冗談じゃねえ」

味噌はともかく、塩は四方へ飛び散っている。そんなものを片付けていたら日が暮れてしまうし、後片付けなど、加七のすることではない。

三河町へ行こうと思った。三河町の棟梁の家には、喜市と利助がいる。喜市には所帯をもつことがきまった娘がいるし、利助にも、一人立ちした時には――と約束している娘がいるらしい。おつなが出て行ったことを話せば、伜達は、その娘達が交替で面倒をみにきてくれるよう、はからってくれるだろう。

出かけようとしたが、着ているのは、寝間着がわりの浴衣《ゆかた》だった。

着物が簞笥《たんす》に入っているくらいはわかる。一番下の引出を開け、一枚を摑《つか》み出したが、ひろげてみるとおつなの一張羅《いっちょうら》だった。

その上の引出に、加七の着物は入れてあった。見覚えのある一枚をひきずり出したものの、袷だった。五月の衣替えのあとは、麻の着物になる。今頃なぜ袷が入っているのかと、おつなを罵《ののし》ったが、麻の着物は一番上の引出に入っていた。浴衣を脱いで麻の着物を羽織ったが、帯が見当らない。

くそ。――

箪笥を蹴ると、その上にのせてあったらしい箱が落ちてきた。丹念に千代紙を貼《は》った、紙の小箱だった。おつながつくったようだった。

踏み潰《つぶ》してやろうかと思ったが、それを見た喜市の許嫁《いいなずけ》に、何と乱暴な男かと思われるかもしれぬ。潰した箱を喜市の許嫁が見ぬようにするには、どこかへ捨てに行かねばならない。

面倒くさくなってきて、加七は一番上の引出を閉め、もう一度次の引出を開けた。絽《ろ》の羽織やら襦袢《じゆばん》やらを放り出すと、帯は、その下に入っていた。

が、おつなの渡す帯を受け取っていた加七には、どれを締めればよいのかわからない。脳裡《のうり》に浮かびつづけているおつなに罵声《ばせい》を浴びせて、幾度か締めた覚えのあるものを選んだ。

ようやく身支度が整って、表口の踏石の上に揃《そろ》えられていた雪踏《せった》をはき、外へ出たところで足がとまった。

この晴天であった。喜市も利助も、仕事に出ている筈であった。棟梁の女房に、仕事場はどこかと尋ねなくてはならないが、江ノ島から帰ってきたばかりの加七が、鳥越から伜の仕事場を探しにきたのである。棟梁の女房は、何事が起こったのかと思うだろう。「つまらねえ用事で」の一言で、その場はごまかせたとしても、喜市の許嫁や利助と恋仲の娘が加七の世話に通うことを、いつまでも隠していられるわけがない。加七が女房に逃げられたという噂《うわさ》は、たちまちひろまるにちがいなかった。

「みっともねえ」

加七がおつなを追い出したという噂ならいい。が、台所の隅で干からびていたような女に逃げられたという噂がたったのでは、顔を上げて江戸の町を歩けなかった。

ふいに、稲妻のような光が脳裡を走り、こびりついていたおつなの顔を消していった。

伜を頼らなくとも、加七には女がいるではないか。岡場所の女や、年下の男と深い仲になっていた女を除いても、おれんがいた。

おれんは、蔵前《くらまえ》の札差《ふだざし》にかこわれていた女だった。色香の漂う肉づきのよい女で、女房の嫉妬《しっと》深さに悲鳴をあげた札差が、未練を残しながら暇を出したらしい。「棟梁のおかみさんにはなれないんだね」と、溜息《ためいき》をついたこともある女だった。

あわてることはないのだと、加七は、衿《えり》もとを合わせなおして歩き出した。

草鞋の緒がなじまず、足の甲に血がにじんできたが、喜市が目印にと教えてくれた柿《かき》の木の門も見えてきた。曲がりくねった柿の柱に柿の板の扉がついていて、しゃれた門構えではあるのだが、おつなの目には、大きな木槌《きづち》一つで毀《こわ》せる不用心な門に見える。

おつなは、立ちどまってあたりを見廻した。桜の葉が生い茂っている隣家にも人の気配があるが、ゆったりと曲がってゆく細い道に人通りはなかった。

おつなは、柿の門の前に腰をおろした。森口慶次郎という、もと定町廻《じょうまちまわ》り同心をたずねる前に、足の甲の血を拭《ふ》いておこうと思った。

三河町の棟梁が、霊岸島《れいがんじま》にある酒問屋のものだというこの寮の修理を請け負ったのは、去年の暮のことだった。囲炉裏《いろり》がきってある板の間を、もう少し広くしてくれと頼まれたらしい。

棟梁は、喜市を連れて行った。そこだけが新しい感じにならないようにと、むずかしい注文がついていたそうだが、何でも覚えたい喜市は、いい修業になったと喜んでいた。

しかも、寮番のもと同心と友達になってきたという。さばけたお人だよと喜市は真顔で言っていたが、おつなは、笑って聞き流していた。四十の坂も終りだという同心が、若い喜市の話を、面白がって聞いていただけだろうと思っていたのである。

が、おつなに加七と別れる覚悟をさせたあと、喜市は根岸へ行った。逆上した加七がおつなに乱暴を働くようなことがあった時はよろしくと、頼みに行ったのだった。会ったこともないお人に、うちの中のことを話すなんて――と、おつなは、出過ぎたように思えた喜市の行動を叱《しか》ったが、喜市はかぶりを振って言った。

「俺だって、誰にも話したかないさ。でも、おっ母さんが離縁の話を切り出せば、お父つぁんは頭に血がのぼる。酔っ払った時の暴れ方もひどいけど、血がのぼった時は、もっとすごいかもしれないよ。この間だって、煮立った湯の入った鉄瓶を投げたんだ、今度はその上に庖丁を投げるかもしれない。どっちが当っても、おっ母さんは大怪我《おおけが》をするよ」

おつなの悲鳴を聞けば、近所の人達が駆けつける。血を流して倒れているおつなを見れば、医者を呼びに行くなどの大騒ぎになるだろう。大騒ぎになれば、岡っ引がくる。

「気のきく岡っ引で、夫婦喧嘩《げんか》の怪我ってことにしてくれりゃいいけどさ。——まったく困った親父《おやじ》だが、嘘《うそ》はつかないからね。変に正直なことを言って、岡っ引に妙な疑いをかけられるといけないから」

岡っ引は、加七に女房を殺す気持があったと言いかねない。そうならぬように、加七の顔色が変わったなら一目散に逃げてくれと、喜市は言うのである。ただ、逃げて行く先が、三河町や、おつなのいとこの家ではすぐわかってしまう。それで、仏の慶次郎と渾名《あだな》のあった寮番に頼んできたのだと、喜市は、子供に言い含めるような口調になった。

いつの間にか、あんな口をきくようになって。——

辛抱してきた甲斐《かい》があったと思った。

加七が女の家へ行き、酔って戻ってきてはおつなの気のきかなさや容姿に難癖をつけ、乱暴を働くたびに、明日こそは家を出ようと考えたものだった。大仰に言えば、東慶寺という寺の名前が頭の中から消えた時はない。

が、喜市と利助を置いてはゆけなかった。赤子の時は自分の乳を飲ませ、自分の手で襁褓《むつき》をかえてやりたかったし、三、四歳になれば、子供がおつなの傷を心配してくれた。加七に殴られた痣《あざ》を、小さな二つの手が撫《な》でてくれたことを思い出せば、今でも涙がにじんでくる。

「別れておしまいよ、おっ母さん。茶碗一つ洗ったことのないお父つぁんだが、心配することあない。すぐに、どこかの女が後添いにくるよ」

それに父子《おやこ》の縁は切れないから——とも言っていた。年老いた加七の面倒は、子供達がみるつもりらしかった。

「そりゃおっ母さんのように、何から何までお父つぁんの気に入るようにはできないけど」

ことによると、おつなも加七の気に入るようにと努めない方がよかったのかもしれなかった。気のきく姑《しゅうとめ》を見習うなど、おつなにできるわけがなかったのである。そう考えると、手のろで気のきかぬ女を女房にした加七も気の毒な男だった。

おつなは、草鞋を下げて立ち上がった。草鞋をはけばまた、擦傷に緒が触れる。ここまではその痛みを我慢してはいてきたものの、一度草鞋を脱いで痛みの原因をとってしまったあと、ふたたびそこへ足を入れる気にはなれなかった。

裸足のまま、おつなはくぐり戸を押そうとした。その目の前を、季節には少し遅い蝶《ちょう》が飛んで行った。

おつなは、黄色の蝶へ手を伸ばした。つかまえる気はなかった。

根岸へきて、忘れていた風景にどれほど出会ったことか。田圃《たんぼ》も草叢《くさむら》も、小さな林をつくっている木立も、祠《ほこら》の周囲にめぐらされた水の流れも、記憶には残っているのだが、鳥越へきてからは思い出すこともなかったものだった。

蝶は、おつなの指の先を飛んでいる。柿の木の門の風情《ふぜい》や、前を流れる小川の音を、のんびりと楽しんでいるにちがいなかった。その蝶をつかまえて箱に入れたいと、誰が思うだろう。

おつなは、蝶を追って存分に手を伸ばし、大きく息を吸って吐いた。

おれんの家は、猿屋町《さるやちよう》にある。

加七は見馴《みな》れた格子戸《こうしど》の前で、いつの間にか急いでいた足をとめ、衿首に浮かんでいる汗を拭いた。おれんは、汗ばんだ肌の嫌いな女だった。

格子戸を開け、おれんを呼んだが返事はない。加七は、雪踏を脱いで座敷へ上がった。

裏通りの仕舞屋《しもたや》だが狭い庭があって、札差が買ったという石燈籠《いしどうろう》が置かれている。

新しいのを買ってやると加七が言っても、気に入っているのだからと、頑として売りに出さない燈籠だった。

「おい、いねえのか。不用心だぞ」

言いながら、加七は二階へ上がって行った。それにも返事はなく、かすかな風に揺れている風鈴の音が聞えてくるだけだったが、おれんはいた。うちわを片手に、うたたねをしていたのである。

揺り起こすと、さすがにはっとしたように目を開いたが、加七とわかって顔中に笑みをひろげた。白粉《おしろい》気のない顔だったが、色香には変わりのない顔だった。

「いつ、江ノ島から帰ってきなすったんですか」

「今朝」

「もう昼過ぎですよ」

おれんは、起き上がって浴衣の衿もとをかき合わせ、唇を尖《とが》らせて加七に背を向けた。いつもの通りの拗《す》ね方だったが、それでも、「待っていたのに」と言外に言ってくれているのである。加七は、そっと胸を撫でおろした。

「旅の垢《あか》くれえ落としてえじゃねえか」と加七は言って、女中はどうしたのだと尋ねた。

「それなんですよ」

おれんは、大仰な身ぶりで答えた。母親が病いに倒れたという知らせがあって、故郷へ帰ったのだという。

「だから、わたしゃ心細くてしょうがなかったんですよ」

ちょうどいい――と、加七は言った。

「俺のうちへこねえか」

すぐには答えずに、おれんは加七を見た。事情を知らぬおれんにしてみれば、当然のことかもしれなかった。

おつなはもういないと、加七は言った。

なぜ――と、おれんは首をかしげる。

三行半を叩《たた》きつけたのだと言いたかったが、それでは嘘になる。

「わけがあってね」

と、加七は、おれんから視線をそらせた。

「もう帰っちゃこねえんだよ」

「大変じゃありませんか」

「たいしたことはねえさ」

嘘ではなかった。加七は、そう思いたいのだった。

「たいしたこたあねえどころか、さっきも言ったが、ちょうどいい機《おり》じゃねえか」

ちょっと口ごもってから、「一緒に暮らせるぜ」と加七は言った。「嬉《うれ》しいねえ」と、おれんも艶《つや》やかな目で加七を見た。話はきまったと、加七は思った。

「でもさ、いつだったか、俺のうちは狭いと言いなすったことがあるでしょう」

「ああ、言ったかもしれない」

「覚えてるんですよ、わたし。下は四畳半と台所、二階は六畳と二畳で、正月に伜達《せがれ》が帰ってくると息がつまりそうだって、そう言ってなすった」

と、おれんは言って、指で畳の上へ間取りを書いてみせた。

「これじゃ、女中のいるところがないじゃありませんか」

「女中?」

「おさちですよ。当分、帰ってこられないだろうけど、帰ってくりゃうちへきます。そういう約束ですもの」

女中連れで所帯をもつ気かと思ったが、甕《かめ》が割れ、味噌《みそ》が落ちて塩が散っている勝手口を思うと、是が非でも女手が欲しかった。

加七は、おさちが帰ってくるまでには広い家を探すと言った。が、おれんは、かぶりを振った。

「だめですよ。おさちが帰ってくるまで誰か寄越してくれって、口入れ屋に頼みましたもの。明日か明後日《あさって》には、一人、くる筈《はず》です」

「俺は、所帯をもとうと言ってるんだぜ」

つい、声が高くなった。おれんと向いあっている時には、めずらしいことだった。

「断っておくが、俺はお前《めえ》と遊んで暮らそうと言っているのじゃねえ。大工の女房になってくれと言っているんだ」

「わかってますよ、そんなこと」

「それで女中がどうのこうのたあ、どういうわけだ。大工の女房なら、手前《てめえ》でめしを炊《た》いて、手前《てめえ》で拭き掃除をして、手前《てめえ》で洗濯をしろってんだ」

「どうしてです？」

それが当り前だろうという言葉が、のどの奥でまるまってしまったような気がした。

加七は、痰《たん》がつかえたようにむせた。

「大工の女房は自分で何でもしなければならないなんて、お前さんが思っているだけですよ」

「そりゃ大勢の弟子がいるところにゃ、女中がいねえでもねえが」

三河町の家には、三十がらみの女が住み込んでいる。

「が、俺んところは、俺一人だ」

「それじゃ、わたしにお前さんの面倒をみろと言いなさるんですかえ」

当り前だろうという言葉がまた、のどの奥でまるまった。

「冗談じゃない。何だってわたしがお前さんの面倒をみなけりゃならないんですよ」

「そりゃお前《めえ》、所帯をもてば……」

「雇える女中も雇わずに、亭主の面倒をみるのが当り前だてんですかえ。できませんよ、わたしにゃ」

「が、俺あ、お前《めえ》を真っ先に思い浮かべて……」

「だったら、このままでいいじゃありませんか。わたしは、今のままで何の不平もないんです」

俺の方があると言いそうになったが、かろうじて飲み込んだ。

加七は何も言わずに立ち上がり、黙って階段を降りた。「江ノ島のおみやげは?」という、おれんの声が追いかけてきた。

雪踏《せった》をはいて、格子戸の外へ出る。鳥越の家の踏石に、この雪踏を揃《そろ》えておいてくれたのは、おつなだった。品川で遊んで帰ってきたとわかっていても、黙って茶をいれてくれたのも、おつなだった。昼寝の床をとってくれたのも、浴衣を出してくれたのも、寝つくまでうちわの風を送ってくれたのもみな、おつなだった。

そのおつなが、家を出て行った。今頃は一人で茶を飲み、菓子を食べて、さて晩めしは何にしようかなどと考えているかもしれなかった。

稼ぐあてさえあれば、おつなは困らない。が、加七は、おつなが帰ってきてくれなければ困る。二度と加七の顔など見たくないとおつなが言うなら、加七が仕事に出ている間だけ、家にきてくれてもいい。

足は、ひとりでに天王町へ向っていた。辰吉の住んでいる町だった。

辰吉は独り身で、岡っ引であった。よい知恵を貸してくれるかもしれないし、おつなを探すのに手を貸してもくれるだろう。

だが、辰吉は多分、おつなが見つかった時はあやまれと言う。おつなもその尻馬《しりうま》に乗って、あやまらなければ帰らないと言い出す。

冗談じゃねえと、加七は言った。おつなに手をついて詫《わ》びる自分を想像するだけで虫酸《むしず》が走る。男が女に頭を下げられるかと、腹が立ってくる。腹が立ってくるが、天王町へ向う足は早くなっていた。

「おつなにゃ帰ってもれえてえ。帰れねえというなら、俺が仕事に出ている間だけでも——」

それみたことかと、おつなはいい気になるだろう。不愉快だが、おつなのような女はめったにいない。

陽は傾きはじめていた。

金縛り

「坐《すわ》れ」と、横尾主水《よこおもんど》がわめいた。

鉄瓶の湯のなくなったのを口実に台所へ立って行き、できれば裏口から逃げ出そうと考えていたお町は、その声にはじき飛ばされたように壁際《かべぎわ》へ腰をおろした。

ただださえ赤ら顔の主水は、怒りになお顔を赤くしてお町を見据えている。いつも充血して濁っている目も、今は殺気をはらんでいるように見えた。

「取り替える、取り替えると言いながら、いったいいつになったら取り替えるのだ」

「ですからね、横尾様」

と、お町は、自分でも覚えていられないほど繰返した言葉をまた繰返した。

「殿様にはご迷惑をおかけしてしまいましたから、そのお詫《わ》びのしるしにも、今度こそは目を見張るような掘出物をと思っているんでございますよ」

「聞き飽きたわ、その言葉は」

「でも、事実そうなんでございます。荒木屋さんにも、どうあっても本物の織部《おりべ》の茶《ちゃ》碗《わん》を見つけて、何があっても安くゆずってくれと頼んでいるんでございます。そりゃね、これだけお待たせしているんでございますから、わたしも気になりまして、この間も荒木屋さんへ行ってまいりました。早く何とかならないかと催促したのでございますけれども、掘出物がすぐに見つかるようなら古道具屋も苦労はしないって……」

喋《しゃべ》りながら、油紙のお町という渾名《あだな》をつけた男がいるのを思い出した。お町が呉須《ごす》の赤絵だと言った絵皿を、半信半疑ながら買って行った男だった。

「いい加減に黙れ」

と、主水もわめいた。血走った目でねめつけられて、お町の背筋に悪寒《おかん》が走った。

「わしが、なぜここへきたと思うておる。いつきても荒木屋が、荒木屋がという言訳を聞かされて、いっこうに埒《らち》が明かぬから、先刻、行ってみたのだ。番頭は、お町など忘れた、ここ数ヶ月顔も出したことがないと言うておったわ」

お町は、坐ったままあとじさりした。道理で尋常ではない怒りようだと思った。

「わしを、たばかる気か」

斬《き》られるのではないかと思った。「とんでもない」と言う声が、かすれて消えた。

家には誰もいない。

荒木屋杢右衛門《もくえもん》にかこわれていた時は女中を一人おいていたのだが、暇を出された時に故郷《くに》へ帰したし、母親のおくには、隣りの家で茶を飲んでいる。嫁が出かけたから——と隣りの姑《しゅうとめ》が呼びにきたので、その嫁の悪口が終るまで、帰ってこないだろう。

悲鳴をあげてやろうかと思ったが、主水は、お町を見据えたまま茶碗に手をのばし、ぬるくなった茶を飲み干した。痩《や》せても枯れても知行二百石の旗本が、偽物《にせもの》の織部焼をつかまされたからといって、逆上してはまずいと思ったのかもしれなかった。

そう気づけば、胸の動悸《どうき》もおさまってくる。だいたい、主水が刀に手をかけられるわけがなかったのだ。

斬捨御免《きりすてごめん》の世の中とはいえ、武家が町人を斬れば、面倒な調べが待っている。武家の方に正当な理由があっても、面倒を起こした者として、出世の道からはずされることもあるらしい。出世などはとうの昔に諦《あきら》めたにちがいない主水も、江戸市中の古道具屋を歩きまわって由緒《ゆいしょ》ありげなものを探し出し、時には偽物と承知で大身《たいしん》の旗本や裕福な商人に高く売りつける内職は、あまり人に知られたくないだろう。

気持が落着くと、舌も滑らかにまわりはじめた。

「こわい顔をなさらないで下さいましな、殿様。ええ、わたしがわるいとは、よく承知しているんでございます。だから、何とかしてくれと一所懸命荒木屋さんに頼んでいるんでございますが、それを、荒木屋さんが殿様に言うわけがないじゃありませんか」

「なぜだ」

「殿様は、わたしから古道具を買っていることを内密にしてくれと仰言《おつしや》いました。荒木屋さんも表向き、わたしに商売物は渡していないことになっております。わたしは、殿様と懇意にしていただいていることを荒木屋さんに喋っておりません。殿様が荒木屋さんでわたしのことをお尋ねになっても、知らぬという答えが返ってくるだけでございますよ」

疑わしげに、主水がお町を見た。

「まして、織部の茶碗が偽物だったなど、わたしゃ、主人の杢右衛門さんにしか話しておりませんよ。番頭さんだって知らない筈《はず》でございます」

わかったとは言ってくれなかった。言ってくれなかったが、主水はお町を見据えていた目を庭へ向けた。猫の額ほどの庭では、朝顔が今朝咲かせた花をしぼませている。あと一息だと、お町は思った。

「念のために申し上げますが、うちは三味線の稽古所《けいこじよ》で、殿様はわたしのお弟子でございます。古道具の売買など、していないんじゃございませんか」

主水が苦笑した。不承不承ではあっても、納得したのだろう。

「申訳ございませんねえ、殿様。でも、殿様に決してご損はさせません。掘出物が見つかりましたなら、荒木屋さんにもぎりぎりの値をつけさせますので、どうぞ今少しお待ち下さいまし」

待ちかねていた言葉が主水の口から出た。わかったと言ってくれたのだった。が、その言葉だけで口を閉じてはくれなかった。期限をきらせてくれと言い出したのである。

「いつきても見つからぬ、見つからぬではわしも困る。あの偽物に、いったいいくら払ったと思うておるのだ。今日から一月《ひとつき》たっても本物が見つからぬ時は、払った金を返してもらう」

一瞬、お町の呼吸がとまった。

主水に渡した織部の茶碗は、浅草の古道具屋で売っていたものを、お町が買ってきたものだった。荒木屋とは、まったくかかわりがない。が、お町より多少はましという程度の目しか持ち合わせていない主水は、荒木屋から安くゆずってもらった織部だと言うと、黙って二両を置いて行った。四月《よつき》前のことだった。

近頃、茶道具に凝り出したという者へ売りつけてくれればよいと思っていたのだが、主水は、こともあろうに松江藩の江戸留守居役に見せたらしい。茶道の盛んな松江藩に持って行けば、相手が留守居役でなくても大笑いされただろう。

主水は、怒髪天《どはってん》をつく形相《ぎようそう》でお町の家へきた。お町はひたすら詫びた。古道具の老舗《しにせ》、荒木屋といえども間違いはある、が、その間違いを帳消しにするような本物を必ず探させるから――と言って、頭を下げつづけた。

以来、主水は半月に一度、催促にくる。いや、三味線の稽古にくる。稽古にきて、三味線には手も触れず、いつまで待たせるのだとすごんでゆく。お町は畳に額をすりつけて、「殿様にはご迷惑をかけました。今度は必ず本物を」と繰返しているのである。

本物の織部が手に入るあてはない。金を返せと言われても、四月《よつき》前の二両のあるわけがなかった。

「よいか」

と、主水は、ふたたびお町を見据えて言った。

「一月《ひとつき》たっても本物が手に入らぬ時は、荒木屋から金を返してもらえ。そなたが行きにくいのであれば、わしが行って何もかも話してくる」

「それは……」

やめてくれとは言えなかった。やめてくれと言えば、なぜ行ってはならぬのかと主水は尋ねるだろう。舌と唇のぶつかり放題に言訳をしているうちには、油紙も燃えつきる。あの茶碗が荒木屋から出たものではないとわかれば、主水は、お町の衿髪《えりがみ》をつかんで高利貸の家へひきずって行くにちがいない。二両を返すために、お町はとんでもない高利の金を借りる破目になる。その返済ができず、たった二両の借金が四両になり、すぐ八両になって……。

「帰る」

主水が、刀を摑《つか》んで立ち上がった。

「言うておくが、利休《りきゅう》の茶筅《ちゃせん》も偽物だった。これは値が値であったゆえ、はじめからそれと承知で買うたので黙っておったのだが。織部に払った金だけは、どんなことがあっても返してもらう」

主水は、見送りに出たお町へ血走った目を向けて、外へ出て行った。

頭が痛かった。

主水が帰ってまもなく、母親のおくにが戻ってきたが、横尾の殿様の声が聞えたので、ようすを見にきてやったのだと恩着せがましいことを言ったので、隣りの家でもう少し嫁の悪口を聞いていろと追い出してやった。

もとはといえば、おくにがわるいのだ。少々ようすのよい遊び人に惚《ほ》れて、縹緻《きりょう》のわるい自分によく似た娘を生んで、その娘が十になった時、とうとう亭主に愛想が尽きて、三行半《みくだりはん》を書いてもらった。

苦労をして娘を育ててくれたことには感謝しているが、六つの年から三味線を習いはじめた娘が二十になると、うちの娘は、三味線の腕がよすぎて嫁にゆけなかったと近所へ言って歩くようになった。

その気持もわからないではない。お町に縁談があったのはたった一度、それにかぶりを振ると、あとは言い寄ってくる男さえいなかった。母親としては、娘の名誉のためにもそう言わずにいられなかったのだろう。

噂《うわさ》は噂を呼び、町内に三味線の名人がいると評判になって、お町は、稽古所の看板を出さねばならなくなった。ただ、弟子がくれば、三味線を弾くことになる。お町の三味線を聞いた弟子は一人去り、二人去り——いや、三人去り、四人去って、たちまち誰もいなくなった。

そこへ、荒木屋杢右衛門があらわれた。美人と評判の女房は病いがちで、健康な女と夜を過ごしたかったらしい。

丈夫だけが取柄《とりえ》のお町との仲は、十一年つづいた。が、三年前の秋にその女房が他界、一周忌が過ぎた一昨年の秋、杢右衛門は二十二歳も若い女を後添いに迎えた。

お町は、用のない存在となった。その上、若い後添いの手前もあったのだろう、暇を出されたのだが、杢右衛門もうしろめたかったにちがいない。金のほかに、幾つかの古道具を置いて行った。

おくには、古道具など邪魔になるだけだと言い、差配に頼んで好事家《こうずか》の家へ持って行ってもらった。これが、思いがけず二分に売れたのである。

主水がたずねてきたのは、その数日後だった。表向きの理由は弟子入りだったが、実は掛軸を買った好事家から話を聞いたと言い、ほかのものを売らせてくれと頼みにきたのだった。

「楽ができるね」

と、おくには喜んだ。

「荒木屋の旦那《だんな》に、毎月少しでいいから品物をまわしてくれと言っておいでな。十一年も面倒をみてあげたのだもの、それくらいしてもらったって罰は当らないだろう」

気はすすまなかったが、ほかに暮らしの手段はない。お町は、杢右衛門に会って一部始終を話した。杢右衛門はさすがにいやな顔をしたが、それでも、がらくたでよければ一つや二つは時折くれてやると言った。

但《ただ》し——と、杢右衛門は念を押した。

わたしは、十一年間もわたしの面倒をみてくれたお前への、礼のつもりで品物を渡すんだよ。売って暮らせというんじゃない。そこのところを間違えないようにしておくれ。

なのに、おくには、荒木屋からもらった古道具が、二階で山になっていると言って歩いた。「およしよ」と言っていたのだが、古道具を見にきた客には、つい、これは呉須手の赤絵でひなびた味が何とも言えぬなどとまくしたててしまった。無論、口から出まかせで、お町の言葉を信じて買って行った人には良心の痛みを感じるが、それも、おくにが「うちの二階は宝の山だ」と言いふらしたせいではないか。

いずれにしても、そんな噂がお町の住んでいる平川町から荒木屋のある麴町《こうじまち》二丁目まで、風にのって流れて行ったようだった。先月も、先々月も、杢右衛門からの木箱は届かなかった。お町の商売に巻き込まれぬうちに、縁を切ろうとしているのかもしれなかった。

「だから」と、お町は呟《つぶや》いた。暇を出された時のお金で、絵草紙屋か縄暖簾《なわのれん》でも出しておけばよかったんだ。しくじったら一文なしになるなんておっ母さんが言ったものだから、こんなことになる。

だが、掛軸は二分で売れた。薄汚いと思っていた茶碗は、主水が一両で売ってきてくれた。安過ぎるのではないかと言うと、次の茶碗は、二両で売ってきた。その時はおくにもお町も有頂天になって、高価な着物を買い、銀の簪《かんざし》を買って、芝居を見に行った。呉服屋からは始終手代がたずねてきたし、芝居茶屋からも挨拶《あいさつ》がきた。

愉快で賑《にぎ》やかな暮らしだったが、金の尽きるのは早かった。が、おくには、「荒木屋の旦那に、少しいいものをまわしてくれるように言っておいでよ」と、のんきなことを言っている。先月などは、金がないと言っているのに、紗《しゃ》の着物を誂《あつら》えてきた。

お町は、長火鉢の猫板へ肘《ひじ》をついて、こめかみを押えた。痛みは、まるでおさまらない。血がすべて頭へのぼってきて、目や耳や鼻の穴から噴き出すのではないかと思った。

「おっ母さん」

お町は、隣りへ聞えるように、大声で叫んだ。

「どうしてくれるんだよ、この金喰い虫」

そんなこと言ったって――と、おくにはお町の顔色を窺《うかが》いながら言訳をするにちがいない。お前だってこの間、鼈甲《べっこう》の簪を誂えたただろ？

お町の大声が聞えなかったらしい隣りからは、手を打って笑う声が聞えてくる。お町は、猫板を力まかせに叩《たた》いて立ち上がった。

仏壇の下の戸棚を開け、銭箱《ぜにばこ》がわりの木の箱をひきずり出す。おくにが亭主からたった一つもらったもので、鍵《かぎ》もかかるのだが、今はその必要もなかった。二朱銀が二つ、一分金が一つ、大きな箱の隅で光っていた。

それを空《から》の財布に入れ、まだ二、三百文はあるにちがいない銭《ぜに》を別の袋に入れて、お町は絽《ろ》の着物に着替えた。帰りは日暮れになるだろうが、おくにも、一朱くらいの金は隠しているだろう。お町が帰ってくる前に湯屋へ行き、空腹であれば鰻屋《うなぎや》へ入るくらいのことはできる筈《はず》だ。

日傘を持って表へ出て、垣根越しにおくにを呼ぶ。おくには、煎餅《せんべい》でも食べているらしい口を動かしながら、縁側へあらわれた。留守にすると言うと、あわてて隣りの姑《しゅうとめ》に挨拶をして、表口から飛び出してくる。近所に空巣が入り、一張羅《いっちょうら》の着物と銀《ぎん》足《あし》の簪が盗まれたようで、まだ手を通してない紗の着物や銀簪が心配になったのかもしれなかった。

お町は、日傘をさして歩き出した。お町の住んでいる山の手の平川町から、できれば浅草の阿部川町あたりまで歩いて行くつもりだった。

炎天下のその道程を考えると、溜息《ためいき》が出る。が、平川町から浅草はずれの今戸《いまど》まで駕籠《かご》に乗って行けば、駄賃は高くなるし、酒手《さかて》もはずまねばならない。今戸の粂吉《くめきち》という男には駕籠に乗ってきたように見せねばならないが、駄賃も酒手も安くすませたいのである。

歯をくいしばってでも歩いて行くつもりだったが、下谷広小路《ひろこうじ》で、暑さをこらえきれなくなった。お町は、汗みずくの姿を初対面の男に見せたくないからと自分に言訳をして、辻《つじ》駕籠に乗った。汗は、垂れをはね上げて風に当っているうちにひいていった。

「有難うよ。お前さん達が広小路で客待ちをしていてくれて、ほんとに助かったよ。少ないけど、これはお礼」

今戸へ着いた時には気持よく舌もまわって、お町は駕籠舁《かごかき》に酒手を渡した。駕籠舁は、渡された銭を掌《てのひら》の上で転がしていたが、汚れた布としか見えぬ財布にそれを投げ込んだ。

お町は、隅田川の河原へ降りて行った。今戸へきたのははじめてだった。話に聞いていた通り、岸辺には陶物《すえもの》や瓦《かわら》を焼く窯《かま》が築かれている。が、そのそばにも、職人達が寝泊りする小屋にも人影はなかった。今は窯に火が入っていないようだった。

人の気配がした。ふりかえると、駕籠舁が薄笑いを浮かべて立っていた。お町は女、あたりに人影はなし、酒手が少ないと難癖をつけるのに絶好の機《おり》と考えたのだろう。

「何をするんだよ」

お町は、あとじさりしながらわめいた。精いっぱいの大声だったが、土手の上の家からも人の出てくる気配はない。駕籠舁は、汗のにおいを漂わせながら近づいてきた。

「おかみさん、けちな真似《まね》はよしてくんな。この暑さの中を、下谷から今戸までお連れしたんだ。少ないけど――と断っていなすったが、これっぽっちの酒手じゃ、かわいたのどを湿らせることもできねえ」

お町より、よくまわる舌だった。しかも、抜け目なく先棒がお町の前に立ちはだかり、後棒がうしろへまわっている。お町は、誰も通らぬ土手の上を眺め、陽射《ひざ》しの中に沈んでいるような窯を見つめて、懐《ふところ》へ手を入れた。

「すまねえね、おかみさん」

駕籠舁はわざとらしく頭を下げたが、お町は青くなった。先刻渡した駄賃と酒手で、銭がほとんどなくなっていたのである。

「俺達が広小路の辻で客待ちをしていて助かった、そう言ったんだろう？　え？　おかみさんよ。言ったのなら、ちゃんと礼をしねえな。口先だけの礼ってのは、俺達ゃいらねえんだ」

白い紹の着物にしみがつきそうな汚れた手で、駕籠舁はお町の肩を揺すった。やむをえなかった。お町は、財布を取り出して素早く二朱銀を摑み、地面へ放り投げた。

駕籠舁は先を争って拾い、土手を駆けのぼって行く。お町は、その後姿を見ながら足許《あしもと》へ唾《つば》を吐いた。平川町の駕籠屋から乗っていれば、往復してもお釣りがくる金額だった。

しかも、河原に粂吉という男の姿はない。

粂吉は、呉須《ごす》の絵皿を買って行った男が教えてくれた陶物職人であった。伊万里《いまり》焼の修業をしたことがあるそうで、今戸などにおいておくには惜しい職人であるらしい。が、会ってみろとすすめられた時、お町は即座に断った。呉須の絵皿もお町が神田の古道具屋で見つけてきたものではあったが、二階にはまだ、杢右衛門が届けてくれた茶碗《ちゃわん》や掛軸があった。どれも高価なものではないと断り書がついていたものの、たくみに偽物《にせもの》をつくるという男などに、会う必要はないと思っていたのである。

絵皿を買った男は、そのうち役に立つと笑って、男の住まいのあるあたりを描いていった。それを丸めて捨ててしまったのが、今になれば悔まれた。陽《ひ》の照りつける河原に立っているのも、駕籠舁に二朱もとられてすごすごと帰って行くのも、ご免蒙《こうむ》りたかった。

お町は、懸命に男の描いた絵図を思い出した。確か、山谷《さんや》堀が描かれ、幾つかの寺院の名が書き込まれて、この横丁を入って行くのだと、男は説明していたのではなかったか。

とすれば、粂吉の住まいは新鳥越町《しんとりごえちょう》あたりになる。今戸に近く、ほかにも陶物職人や瓦職人が住んでいる筈で、その界隈《かいわい》で尋ねてみればわかるかもしれなかった。

お町の予測は当っていた。

洗濯物をとりこんでいた女に尋ねると、鬱蒼《うっそう》と木を茂らせている寺院を指さして、その裏に粂吉とか粂三とかいう陶物職人が住んでいると言う。女房は伜《せがれ》を連れて家を出て行ったそうで、今は一人暮らしらしい。

お町は、寺院の屋根や木立が影を落としている横丁を入って行った。突き当りに二軒の家があり、手前の一軒は空家のようだったが、もう一軒の方は、表口も裏口も、縁側の破れ障子も開け放されていた。雑草が生い茂っている庭には、今戸焼のかけらが投げ捨てられている。粂吉の家にちがいなかった。

お町は、その家の前に立った。開け放しの表口から、昼寝をしているらしい男の姿が見えた。

おそるおそる案内を乞《こ》うたが、返事はない。二度めにも返事はなく、声を張り上げた三度めに、ようやく「うるせえな」という答えがあった。お町は自分の名前と、絵皿を買った千蔵という男の名を言った。

条吉は、はだけた胸のあたりをかきむしりながら起き上がった。敷居の外にいるお町まで、酒のにおいが漂ってきた。

「平川町のお町さんかえ」

と、まだ覚めきっていないような目を向ける。

「千蔵さんから話は聞いていたがね。何の音沙汰《おとさた》もないので、俺んとこへなんざ、こねえのかと思った」

大あくびのあとは、さらに強く酒のにおいが漂った。

「ま、中へ入んな」

お町は、すりきれた藁草履《わらぞうり》が何足も脱ぎ捨てたままになっている土間へ入った。たとえ一度でも偽物をつくったことのある男と話をしているところを人に見られるのがいやで、表障子を閉めようかと思ったが、寺院の裏へ人がくることもあるまいと思い直した。妙に粘り気のある条吉の視線が不気味だった。

「俺んところへくるようじゃ、よほど品物に困っているとみえるな」

「いいえ」

上がり口に腰をおろしたお町は、鷹揚《おうよう》に笑ってみせた。

「手許《てもと》にもまだ、いろいろなものがございます。でもね……」

意外なことに、粂吉は不愉快そうな表情を浮かべて横を向いた。

「だったら、それを売りゃあいい。俺あ、稼がせてやるからと、恩着せがましく仕事を頼まれるのは大っ嫌えだ」

お町は、あわてて言葉をつづけた。

「稼がせてやるだなんて、そんなことをわたしが思う筈がないじゃありませんか。千蔵さんからお前様の話を聞いて、すぐにおたずねしなかったのは、お前様のつくりなさるものが、わたしに扱えるような品じゃないと思ったからなんでございますよ。お聞き及びとは存じますが、わたしは三味線を教えて暮らしている女でございます。ただ、古道具の商売をなすっているお方とご縁があって、掘出物が安く手に入るものですから、そういうもののお好きなお方に、ほとんど儲《もう》けなしでお譲りしているんでございます」

「よく喋《しゃべ》る女だな」

粂吉は呆《あき》れたように言った。

「で、何をつくりゃいいんだ」

「織部の茶碗でございます」

「織部か――」

粂吉は腕を組んだ。

「偽物をつくるのは簡単だが、本物に見えるものをつくるのはむずかしい」

「わたしは、これこそ粂吉さんにお頼みする仕事だと思ったのでございますが。実は、是が非でも織部が欲しいと仰言《おつしや》るお方がおいでになるとか、頼まれたお人が、何とかならぬかとわたしに泣きついてこられたのでございます。これも人助けかと……」

「わかったよ」

と、粂吉が言った。

「では、おひきうけ下さる？」

「人助けだろ？」

「で、どれくらい、かかりますかえ」

「俺のつくったものを、どれくらいの値で売るつもりだ」

「え？」

お町は怪訝《けげん》な顔をした。

「どれくらいって、わたしは、いつ頃できあがるかとお尋ねしたんでございます」

「金に糸目はつけねえってわけか」

「いえ、先程も申しましたように、ほとんど儲けなしの道楽商売でございます。ことに間に入っているお人が、その、……何でございます、けちなお人でございまして、一両で何とかしてくれと……」

「一両？」

粂吉は目をむいた。

「一両とは、人をばかにした値段じゃねえか。お前《めえ》が半分とって、俺に二分しかこねえのじゃ間尺に合わねえ」

「さようでございましょうとも。ですから、わたしは、はじめから一両そっくり差し上げるつもりでまいりました」

「いい心がけだ」

粂吉は、唇を曲げて笑った。

「で、手付けの金はどれくらい置いて行くつもりだえ」

「二朱でいかがでございましょう」

「少ねえが、ま、いいだろう。が、そのかわりに、楽茶碗を一つ、買っていってくんな」

口を閉じたお町を見て、粂吉は声をあげて笑いだした。

「お前《めえ》に楽茶碗を扱わせてやろうってんだよ。俺の焼いたものだ、高く売れるぜ」

「でも……」

「いやだってのかえ」

また表情が険悪になった。

「先刻、お前《めえ》は何と言った。俺んところへきたかったが、俺のつくった品を扱えるような者じゃねえからと、そう言ったのじゃなかったかえ。だから、楽茶碗を売ってやるってのに、どこに不足があるんだ」

「いえ、欲しいんです。欲しいんでございますけれど、きっとお高いだろうと」

「手付けでいいよ」

険悪な表情がゆるみ、粂吉は口許に薄い笑いを浮かべた。

「売値は二両だが、手付けは二朱でいい。織部の手付けと合わせて一分、置いてゆきな」

「一分？」

「高かねえだろう。織部の残りの三分二朱は、できあがった時でいい。楽茶碗の一両三分二朱は売れた時でいいと言いてえが、それじゃあお前《めえ》も張り合いがねえだろう。

三月待《みつき》つから、その間に三両でも五両でも、好きな値をつけて売っ払《うぱら》いな」

「あら、粂吉さんのお焼きなすった楽茶碗なら、十両に売れるかもしれませんよ」

笑ってみせた鼻先へ、粂吉が手を差し出した。先に金を払えというのだった。

やむをえなかった。お町は、財布から一分をつまみ出して、その手の上に置いた。開け放しの出入口からわずかに入ってくる陽射しに、一分金がお町に別れを告げるように、一瞬光ったのが情けなかった。


現在、お町の『弟子』は三人いる。一人は主水、もう一人は千蔵で、残る一人が、もとは腕のよい足袋職人だったという男だった。たまたま顔見知りの古道具屋へ立ち寄り、うちにも飾ってみるかと気軽く買った掛軸が目を見張るような値で売れて、一つ一つ足袋を縫っているのが、ばからしくなってしまったのだという。長八という男だった。

が、そんな幸運が、始終まわってくるわけがない。長八は、荷揚げ人足をしながら古道具屋をまわって、あやしげなものを見つけ出していた。驚いたことに、そんな男から古道具を買う者もいるのである。

お町は、粂吉に押しつけられた楽茶碗をかかえて、長八の住む小網町《こあみちょう》の裏長屋へ足を向けた。日は暮れかけていたが、夜になろうが明け方になろうが、茶碗の売れるめどをつけなければならなかった。

金はもう、二朱しかない。おくには、金がないと言っても、「まさか」とお町の顔をのぞき込むだろう。杢右衛門にもらった掛軸が売れて以来、おくには、荒木屋から古道具をまわしてもらっているお町が金に困ることはないと信じている。が、月末に、呉服屋や小間物屋どころか、味噌《みそ》、醬油《しょうゆ》の代金さえ支払えるかどうかわからない状態になってしまったのだ。

その上、来月になれば、主水がくる。織部が見つからぬのなら金を返せと、血相を変えてくる。主水をなだめて帰すには、少なくとも一目では偽物とわからぬものを渡してやらねばならず、そのためには三分二朱の金が必要なのである。

無論、荷揚げ人足をしている長八も、手持ちの金はない筈だった。が、まさか千蔵に、粂吉作の楽茶碗を売りつけるわけにはゆかぬだろう。主水は、織部の一件が片付くまで、仮に楽茶碗を買う気になったとしてもお町には一文の金も渡すまい。

長八は、湯屋へ出かけるところだった。仕事の帰りに『稽古所』へ寄ったのだが、お町が留守だったので、家に戻ってきたのだという。

いやな予感がしたが、長八は、お町のかかえている風呂敷包《ふろしき》を見ると、湯屋をあとまわしにしてくれた。

お町は、長八が万年床を壁に押しつけたあとへ腰をおろし、粂吉がくるんでくれた風呂敷包をといた。

「楽焼ですか」

と、長八が言った。それくらいはわかるようになっていたらしい。

「いいものでしょう」

お町は、長八を見て微笑《ほほえ》んだ。

「風格といい、艶《つや》といい、さすが長次郎ですよねえ」

「ほんものですかえ」

「当り前じゃありませんか。わたしには、荒木屋さんがついていなさるんですよ」

長八の返事はなかった。妙だとは思ったが、お町は喋りつづけた。

「ね、ご覧なさいな。このかたちといい色といい、何かこう、桃山時代を思わせるでしょう？　茶人がこの茶碗をいつくしんでいるようすが、目の前に浮かんでくるじゃありませんか」

「そうですねえ。言われてみると、そんな気がする」

「長さんに、一番はじめに持ってきたんですよ。どうなさる？」

「どうするったって、わたしは文《もん》なしですからね。師匠次第ですよ。実は、先程も、師匠にお貸ししている二朱を返してもらおうと思いまして、お宅へ寄ったのですが」

「二朱？」

「いやだな、忘れてしまいなすったんですかえ。ほら、古伊万里の壺《つぼ》が売れた時に……」

思い出した。

もとでのない長八は、お町から古道具の値段を聞いて借りて行く。その古道具が売れた時に、清算するのである。

一月《ひとつき》ほど前、長八は、古伊万里の壺を借りて行った。お町がつけた値は、一両二分だった。長八がどれくらいの値で売ったのか、お町は知らない。が、つい先日、借金を返しにきたと言って、二両持ってきた。二分の釣りが必要だったが、お町は持ち合わせがなく、おくにの財布を奪い取ってさかさにしても、二朱足りなかった。

「いいですよ」

と、長八は苦笑いをして言った。

「どうせまた、師匠のところから古道具を借りて行くんだ。その時に、この二朱を差《さ》っ引《ぴ》いておくんなさい」

そんな風に言ったじゃないか、楽茶碗が売れた時に差っ引きゃいいだろうと、お町は頬をふくらませて見せた。弟子の中で一番おとなしい長八は、恐縮して頭をかくだろうと思ったのだが、少々気色ばんで言い返してきた。

「そりゃその時は、そう言ったかもしれません。が、わたしだって、師匠んとこだけに出入りしているわけじゃないんだ。金が入《い》り用《よう》になることだって、あるんですよ」

お町は口をつぐんだ。

「どうして今すぐ返してもらえないんですかえ。返してもらえないと、わたしは別の古道具屋から品物を借りることになる。あまり借りたくはないのだが、それはもう、買手がきまっているんでね」

「およしなさいよ」

と、お町は言った。

「そんな目先の欲に振りまわされて。二朱で何をゆずってもらうのか知りませんけれど、そんな値では偽物《にせもの》も偽物、見る人が見れば一目でそれとわかる代物《しろもの》にきまっています。そんなものを売って、あとで困りなさるのは長さんですよ。それより、この楽《らく》茶碗《ちゃわん》を貸してあげるから、そのお客のところへ持って行っておあげなさいな。これは、ほんとにいいものですよ。こんな掘出物は、めったにあるものじゃない」

これも売りますよ――と、長八は、お町の言葉が終るのを待ちかねていたように言った。

「五両か六両で売りますがね」

「冗談じゃない、十両でも惜しい品ですよ」

「でも、懇意にしている古道具屋に、すぐ金を持ってくるから、ほかのやつには売らないでくれと頼んできたものもあるんです。かたい足袋職人だったこともあるわたしを信用して、売らずにいてくれるんだ、こっちも約束を守りたいじゃありませんか」

「がらくたでしょう？　それほどの義理はありゃしませんよ」

「約束は、約束ですよ。師匠が金を返してくれないのなら、そっちの古道具を借りて売ることにしなけりゃならないんです」

「およしなさいったら、そんながらくた」

「師匠んとこからも、がらくたをあずかったことがありますよ」

「今は、見事な楽茶碗があるんですよ。これを断るなんて、もったいない。せっかく、長さんに――と思って持ってきてあげたのに」

「だったら、二朱を返しておくんなさい。わたしだって、これが欲しくないわけじゃないんだ。楽茶碗はないかと言っている人もいることだし。が、古道具屋と師匠の両方から、いっぺんに品物を借りるのはいやだから」

お町は、懐《ふところ》へ手を入れた。とにかく、この茶碗を売ってもらわぬことには、金の入ってくるあてがないのだった。

「すみませんけどね、この茶碗を売りに出した人が、早くお金を欲しいって言ってなさるんですよ。明日でも明後日でも、早けりゃ早いほどいい、五両で売ってきておくんなさいな」

二朱を受け取った長八は、まかせてくれと胸を叩《たた》いた。

お町は虚勢を張りきれず、どうかしたのかと長八が尋ねるほど悄然《しょうぜん》として長屋を出た。

暮六つの鐘が鳴っていた。風は涼しくなっていたが、昼に汗をかいた軀《からだ》はべとついていた。食欲はなかったが、酒は浴びるほど飲みたかった。が、懐には、ほんとうに一文の金もない。

最後の二朱は、長八の手から奪い返して、早く戻っておいでと頬ずりをしてやりたかった。手文庫の中にしまい込む、けちな人のところへ行くんじゃないよと言い聞かせて、抱きしめてやりたかった。頬ずりをして、抱きしめて、そのあとは懐で暖めてやりたかったが、その金を長八に渡さなければ、お町は身動きがとれなくなるのである。世間でいう金縛りの意味は間違いで、ほんとうの金縛りとは、このことをいうのではないかと思った。

お町は、ほとんど泣きながら武家屋敷のならぶ暗い一劃《いっかく》を抜け、夜鷹蕎麦《よたかそば》や麦湯の屋台を横目で見て歩きつづけた。家に辿《たど》り着いたのは、夜の五つに近かった。

おくには、表口に錠をおろしていた。お町は近所の迷惑を考えることもできず、戸を力まかせに叩いた。軀中が火照《ほて》っていて、熱で腐ってゆくのではないかと思った。

「はいよ、はいよ、帰ってきたのはわかったよ、うるさいねえ」

おくには、あまり急いでいるようすではない足音で三和土《たたき》へ降りてきた。錠を開ける音がして、中から戸が開く。お町は、おくにを押しのけるようにして家の中へ入り、板の間へ軀を投げ出した。

「酔っているのかえ」

返事をする気にもなれなかった。

「今頃まで、どこへ行っていたんだよ。昼間、千蔵さんがみえなすってね、一刻《いっとき》あまりもお前の帰りを待っていなすったんだよ」

「何の用事?」

お町は倒れたまま、顔だけをおくにへ向けた。

「千蔵さんに売った赤絵のお皿ね、わたしにゃよくわからないけど、あれは二枚お揃《そろ》いのものなんだって。で、お客様が、何とかもう一枚を見つけてもらいたいって言ってなさるんだって」

「自分で見つけなって、そう言って」

「何を言ってるんだよ」

おくには板の間へ上がり、俯伏《うつぶ》せているお町の肩を揺すった。

「十両だよ。二枚揃えば、十両になるんだってさ。おまけに、もう一枚のあてもあるんだそうだよ。でも、お金がないから、お前に二両出してくれって」

「ありゃしないよ、そんなお金」

「千蔵さんは、お前が二両出さないと、みすみす十両の大損をすることになると言ってなすったよ。出しておやりよ、二両くらい」

「どこから?」

「何とかなるだろう? だって、十両の大損をすると言いなすった時の千蔵さんの目、こわかったよ」

「もう、いや――」

お町は、おくにを突きのけて外へ飛び出した。裸足《はだし》だった。

「というわけでございましてね」

と、晃之助が言った。

根岸の日暮れ、空には夕焼けの茜色《あかねいろ》が残っているが、山口屋の寮には薄闇《うすやみ》がしのび寄っている。佐七はちょうど湯に入ったところで、晃之助がたずねてきたことに気づいていないのか、下手な鼻歌が聞えてきた。

「もう一文もない、助けてくれと、お町がわたしのところへ飛び込んでまいりました。荒木屋から養父上《ちちうえ》のお名前を聞いたことがあるそうで、養父上を頼ってきたようでございます」

晃之助が、慶次郎の目の前で両手を叩いた。蚊が飛んできたのだった。蚊遣《かや》りは二人の間に置いてあるのだが、その煙をかいくぐって、真黒な蚊がうなりを上げ、顔や衿首《えりくび》に近づいてくる。

「俗に、老人には蚊が近寄らぬと申しますが」

ふん――と鼻先で笑って、慶次郎は横を向いてみせた。その目の前にも蚊が飛んでいて、叩き潰《つぶ》すと掌《てのひら》に血がついた。慶次郎の血のようだった。

「で、お町のほか、偽物を売りさばいていた二人と陶物職人は、小伝馬町《こでんまちょう》の牢《ろう》でお裁きを待っております。横尾主水とかいう旗本も、揚座敷《あがりざしき》入りとなったようですが」

「あとは荒木屋か」

「はい」

晃之助はうなずいた。

「お町に渡したものが、絵皿をのぞいて、安物ではあったが偽物ではなかったので、大番屋で油をしぼって、いったん帰しました。当人は、至極神妙にしております」

「ま、呼び出されて、叱《しか》られるだろうな」

「とんだ女にひっかかったと、嘆いておりましたよ。古道具を見る目は確かなのだがと言って――」

「俺は、両方ともない」

「翁屋《おきなや》に聞きましたよ。女を見る目はともかく、古道具の方はまるでだめだとか。養父上を相手に儲《もう》けるのは、わけはないそうです」

「翁屋め、とんだ悪口を言やあがって」

田所町《たどころちょう》の古道具屋、翁屋与市郎は慶次郎の古馴染《なじ》みだった。事情があって、大工だった若者を養子に迎えたが、その養子がなかなか商売上手らしい。会えば、わたしはもう何の心配もないと言っている。その言葉の裏側にあるものに、慶次郎は気づかぬふりをしていた。

下手な鼻歌がやんで、佐七が湯から上がったようだった。暑気払いと称する酒盛に、晃之助もつきあってゆくつもりのようだった。

人攫《ひとさら》い

暑かった。

あぐらをかけば膝《ひざ》の裏に汗がたまり、寝転べば汗で畳がぬれた。のどが渇いて水を飲めば、その分だけ、額や背に汗が噴き出してくる。五十歳を過ぎている痩《や》せた軀《からだ》のどこに、それほどの水分が残っていたのだろうと、益右衛門《ますえもん》はおかしくなった。

が、笑っても暑さが増す。

くそ、何だって暑いんだ——と板壁が揺れて鳴ったのは、賭場《とば》にくる客の使いをひきうけて駄賃をもらっている隣りの富八が、苛立《いらだ》って蹴《け》ったにちがいなかった。

益右衛門は、壁に向って手を合わせた。あまり苛立って、八つ当りをしないでもらいたいと思った。

暑さからは、逃げようがない。ましてこの下谷山伏町《したややまぶしちょう》の長屋は、路地がとびきり狭く、軒の高さもよそより低いと、住人の誰もが言っているのだ。

雨が漏る屋根は、強い陽射《ひざ》しも遠慮なく家の中へこぼすし、二六時中《にろくじちゅう》、戸を開け放しの出入口は、夕立で土間を水びたしにすることはあっても、陽盛りに風を吹き込ませてくれることはない。

富八が苛立つのもわかるのだが、今のところ、益右衛門に収入があるかないかは、富八の機嫌一つにかかっている。おそらく気まぐれだったのだろうが、六日ほど前に、賭場へ連れて行ってくれたのである。

富八と一緒に客の使い走りをつとめたわけだが、白髪《しらが》頭の益右衛門に妙な人気が集まった。一見して遊び人とわかる富八より、律儀《りちぎ》で真面目《まじめ》そうで、少しばかり上品な益右衛門の登場が、面白く思えたのかもしれない。或《ある》いは、よぼよぼになりかけの年寄りに、どんな苦労があったのかと同情してくれたのかもしれなかった。

富八の機嫌は、急にわるくなった。翌日も、翌々日も誘ってくれず、暑いさなかに働かなくともよい絶好の勤め口は、益右衛門から逃げて行ったように見えた。

が、一昨々日《さきおととい》、富八はどう気が変わったのか、「行こうぜ」と声をかけてくれたのである。その駄賃のいくらかを、礼だと言って渡したので、一昨日も誘いにきた。それでたまっていた家賃も払うことができたのだが、昨日はまた、横を向いて益右衛門の前を通り過ぎた。今日も誘ってくれないと、明日の米を買う金がない。富八の機嫌が、なおってくれないと困る。

「暑いけど、お茶漬けくらいお食べよ」

と言う声が、壁の向うから聞えてきた。富八の母親の声だった。

益右衛門は、苦笑いを浮かべて畳へ横になった。

五十四歳の益右衛門には、茶漬けをつくってくれる母親も、妻も娘も、当然のことながら孫もいなかった。


八つの鐘が鳴ったのは、大分、前のことになる。もう八つ半になっているかもしれない。

さすがに腹が空《す》いてきた。

富八に誘われない場合を考えて、残っているめしを夕方食べようと思ったのだが、腹の虫は気まぐれだった。昨日までは食欲がなく、食べずにいては軀に毒だからとむりに茶漬けを流し込んだほどなのに、今日にかぎって鳴きやまぬのである。

益右衛門は、重たい軀を起こした。財布は、たたんで隅に押しつけてある布団《ふとん》の間に入っていた。

引きずり出して底を探ると、まだ多少は銭《ぜに》が残っている。畳へこぼしてかぞえてみると、六十二文あった。

「ままよ」

益右衛門は、板壁に打ちつけた釘《くぎ》から上がり口の柱へ、部屋を斜めに横切って渡してある縄から浴衣《ゆかた》をとった。

六十二文あれば、屏風坂下《びょうぶさかした》にある布袋屋《ほていや》の天麩羅蕎麦《てんぷらそば》を、蕎麦のおかわりつきで食べられる。財布には十文そこそこしか残らないが、明日は明日、今までだって何とかなったではないか。

手早く浴衣を着たが、どぶ板までが陽射しを跳ね返していたような路地の様相が一変して、暗く翳《かげ》っている。開け放しておいても、何の役にもたたなかった出入口から、湿った風も吹き込んできた。夕立がくるのかもしれなかった。

土間を見廻しても傘はない。

一昨々日は、夕暮れ七つの鐘が鳴ると同時に雷鳴が轟《とどろ》いて、大粒の雨が降り出した。ちょうど賭場へ出かけようとしていた時で、富八が一本しかない傘を誰が使うか、母親と争っていたので、持っていたぼろ傘を思わず母親の前へ差し出したのだった。

返してくれと言いに行けば、富八は以後、賭場へ益右衛門を誘ってくれなくなるだろう。新しい傘を買うとすれば一本二百文、二升の米が買える。知らぬ顔をしていればよかったと思ったが、あとの祭りだった。

益右衛門は、両手で裾《すそ》を端折《はしょ》って路地へ出た。遠くで雷が鳴っていた。布袋屋へ着く頃には、土砂降りになっているかもしれなかった。

が、近くの蕎麦屋にしようとは思わなかった。近くの蕎麦屋の油っこい天麩羅や、歯にくっつきそうなやわらかい蕎麦は、益右衛門の口に合わなかった。

益右衛門は浴衣の裾をおろし、衿《えり》もとを軽く合わせてから帯を叩《たた》いた。若い頃、紬《つむぎ》を好んで着ていた頃からの癖であった。

歩く姿も、どこやら品がいいと、富八の母親などは言う。益右衛門は、片方の手を懐《ふところ》へ入れて、ゆっくりと歩いた。その目の前で稲妻が光り、あまり間をおかずに雷が鳴った。

中間《ちゆうげん》らしい男が、武家屋敷の裏木戸を開けて飛び込んで行く。空の荷車が勢いよく走って行って、山崎町から出てきた女の足も早くなった。

雫《しずく》が額に当った。地面に雨の跡ができた。

見ている間もなく武家屋敷や寺院の屋根で雨が音をたてはじめ、大粒のそれが激しい勢いで降り出した。山崎町から出てきた女も、荷車の男も、町家の軒を探して飛び込んだようだった。

益右衛門も、寺院の門の下へ入った。が、布袋屋は、すぐそこの道を左へ曲がり、真直《まっす》ぐに歩いて行った角にある。夕立は半刻《はんとき》もあれば去って行くだろうが、半刻も空腹をかかえて雨宿りをしていたくなかった。

益右衛門は、手拭《てぬぐ》いを頭にかぶっただけで寺院の門から飛び出した。激しい雨が、待っていたように益右衛門の軀を叩いた。手拭いなどは気休めにしかならず、髪までがたちまち濡《ぬ》れて、衿首へ雫を垂らしはじめた。

「幾つになっても、しようのない男だ」

と、自分で思った。近くの蕎麦屋で我慢をすれば、今頃は蕎麦をすすっているだろうし、傘を借りてくることもできたのである。腹の虫を宥《なだ》めるのなら、近くの蕎麦屋で充分だったのだ。

益右衛門は、布袋屋の軒下で浴衣の袖《そで》や裾をしぼった。しぼっても、すぐに肩や背の部分に含んでいる雨がつたわってきて、袖からも裾からも雫が垂れた。

益右衛門は、そっと暖簾《のれん》をかきわけた。布袋屋の蕎麦食べたさに、土砂降りの中を走ってくるような物好きは、自分一人だろうと思った。

が、もう一人いた。

もう一人は、入れ込みの座敷の前に立って、刀を腰から抜き取っていた。益右衛門と同じ年齢か、或いは少し若いかもしれぬ武士であった。

「や、これはいかん」

軒下でしぼった袂《たもと》や裾に、また雫がたまってきたらしい。あわてて外へ出てこようとした武士と、益右衛門は鉢合わせをしそうになった。

「ご無礼《ぶれい》」

武士は、益右衛門より先に頭をさげ、道をゆずるように一歩しりぞいた。

「いえ、私もこの通り、びしょ濡れでございますので」

益右衛門も、武士のために道を開けた。

それではお先に——と言いながら、武士は軒下へ出てきた。大身の武士にしては物腰がくだけすぎているし、小禄《しょうろく》の武士にしては、身につけているものが贅沢《ぜいたく》すぎる。益右衛門の品定めに気づいているのかいないのか、武士は袖をしぼりはじめた。不器用な手つきだった。

「おや、森口の旦那《だんな》は、また外へ出て行かれたのかえ」

蕎麦屋の女将《おかみ》の声がして、店の中から暖簾が開けられた。

武士は、布袋屋の得意客らしかった。追いかけて軒下へ出てきた女将の手には、新しい手拭いが二本も下げられている。

「旦那。いちいちこんなところへお出にならなくたって、店の中でしぼっておくんなさいましな」

「調子のいいことを。びしょ濡れで座敷に上がりゃ怒るくせに」

森口と呼ばれた武士は、益右衛門を見て笑った。女将は、武士の視線を追って益右衛門を見た。

「あら、益さん」

山伏町からわざわざ出かけてきたというのに、女将は、眉間《みけん》に薄く皺《しわ》を寄せた。裸同然で暮らしている長屋の者から見れば、品のいい益右衛門の浴衣姿も、ここでは、赤子の襁褓《むつき》にも使えそうにないぼろを着た姿に見えるのだろう。秋風が吹いても同じ恰好《かっこう》をしている益右衛門は、いくら代金をきちんと払ってくれても、あまりきてもらいたくない客なのかもしれなかった。

「そのまんまで中に入ってきちゃいやですよ。よく拭《ふ》いてからにしておくんなさい」

武士とは雲泥《うんでい》の差のあることを言って、女将は店へ入って行った。

「あいかわらず、きつい女だ」

武士が笑った。

「が、あの気性で、亭主にうまい蕎麦をうたせるのかもしれぬな。実は、ここの蕎麦が目の前にちらついて、途中で雨宿りをしようと思ったのだが、どうにも暖簾をくぐる気がしなかったのさ」

「ご同様でございます」

武士が、益右衛門を見た。身なりに似合わぬ口のきき方を、訝《いぶか》しく思ったのかもしれなかった。

「ま、それぐらいでよいのではないかな」

武士は、しぼった皺がのびぬのではないかと思うほど強く袂をひねっている益右衛門に言った。

「これで座敷に上がるのはわるかろうが、腰かけなら構うまい。今頃、蕎麦を食っているのは、雨宿りの客にきまっている。隣り合わせになっても、皆、どこかしら濡れているさ」

「仰言《おつしや》る通りでございましょうな」

「袖濡れあうも他生《たしよう》の縁だ」

武士は、下手な洒落《しやれ》を言って暖簾をくぐった。それを待っていたように、「こちらへどうぞ」と、女将が手招きをした。

「森口慶次郎と申す。以後、ご昵懇《じっこん》に」

「益右衛門と申します。気楽に世を送っている者でございます」

「それは羨《うらや》ましいな」

森口慶次郎となのった武士は、まんざら世辞でもなさそうな口調で言って、燗《かん》徳利を持った。

益右衛門の前にも猪口《ちょこ》はある。先刻、慶次郎が女将に催促をして、持ってこさせたものだった。

「まず一献《いっこん》」

益右衛門は、猪口をおしいただいてから、慶次郎の酌をうけた。慶次郎は益右衛門の酌を断って、自分で猪口をいっぱいにした。

「わたしも気楽な隠居の身だと言いたいが、浮世のしがらみから、なかなか抜け出せそうにない。始終、ろくでもないことに引っ張り出されるよ」

「いえ、気楽に世を送っていると申しましても、それなりに苦労はございます」

「ほう」

「まず第一に」

と言って、益右衛門は猪口の酒を飲み干した。ひさしぶりに飲む酒で、しかも空き腹だった。のどから胃の腑《ふ》へと熱いものの流れて行くのが、はっきりとわかった。

「腹の虫がうるそうございます」

「そりゃあ、食わせてやらねば鳴きもするさ」

「それが困ります」

益右衛門は真顔だった。

「腹の虫さえ鳴かなければ、一日中天井のしみを眺めていることも、野《の》っ原《ぱら》に寝転んでいることもできます」

「が、飢えて死んでしまうぞ」

慶次郎は、笑いながら益右衛門の猪口に酒をついだ。

「ですから、困るのでございますよ」

益右衛門は、猪口を口にはこんだ。目がまわりそうな気がしたが、うまい酒だった。

「腹の虫が鳴く時は、自分も飢えて苦しい時でございます。その苦しさから逃げ出そう、たとえもり蕎麦の一杯でも食おうと思うものですから、天井のしみを眺めていたいのに、引越の車の後押しをしたり、荷揚げの人足として働かなければなりません。私は腹の虫に仕えているのではないかと、時折、疑いたくなるのでございますよ」

「なるほど」

と、慶次郎は言った。妙にしんみりとした口調だった。

「わたしなども、そのくちかもしれぬな。娘を死なせたあともこうして生きているのは、腹の虫の命じるままに食っていたからにちがいない」

慶次郎はかわいた声で笑い、気分を変えるように徳利を持った。

益右衛門の猪口に酒をつぎ、自分のそれにもついで、徳利が軽くなったのだろう、天麩羅と蕎麦をはこんできた女将に人差指を立てて見せた。もう一合くれと頼んだのだった。

女将は益右衛門の方へあごをしゃくり、小さくかぶりを振ってみせた。こんな男におごるのはよせと言ったのかもしれないが、慶次郎は知らぬふりをした。

「近頃、しがらみが一つふえた」

「それはまた、何でございます」

少々ろれつがまわらなくなっているような気がした。これ以上酒を飲む前に、天麩羅を食べておいた方がよいと思ったが、箸《はし》をとろうとして腰を浮かせた軀《からだ》が傾いた。思いのほかに酔いがまわっているようだった。

「孫だよ。孫が生れたのさ」

慶次郎が、とろけそうな顔になった。

「これは可愛《かわい》い――」

　益右衛門は、つゆをたらしながら天麩羅を口へはこんだ。

「うちの天麩羅は、そんじょそこらのとは、わけがちがうんですからね」と女将が言うだけあって、いつきても、からりと揚がったころもがうまい。熱いころもに蕎麦つゆをちょっとつけて、前歯で噛《か》むと、つゆを含んだころもと、身がしまっているのにやわらかい海老《えび》が舌の上に転げ落ちる。極楽だ――と思うのだが、慶次郎は、「孫は可愛い」と繰返していた。

「賢いものだよ。もう、わたしが祖父《じい》さんであるとわかっているらしい。隣りの男が抱こうとすると泣き出すくせに、わたしが手を出すと声を出して笑う」

「へええ」

「わたしだって来年は五十だ。いつまでも抱いていりゃあ、腕が痛くなってね。こんな小さな布団《ふとん》に寝かせてやるのだが、そうするとまた泣き出すのさ」

「赤ん坊は、泣くのが商売でございますからね」

「それが、父親が抱いてやっても泣きやまぬのだよ。わたしが抱いてやらなければ、おさまらない――」

　そういえば――と、益右衛門は思った。

息子の大次郎も、益右衛門が抱いてやると喜んだものだった。四、五歳までは益右衛門のあとを追って泣き、気楽な寄り合いには、大次郎を連れて行ったこともある。

それが十八、九になると、一人で成長したような顔をして、母親のかたをもつようになった。

お父《とっ》つぁん、少しはおっ母《か》さんの身にもなってあげて下さいまし。おっ母さんが陰でどんな苦労をしなすっているか、お父つぁんはご存じなのですか――。

女房の苦労を知らないわけではなかった。が、道楽者であると承知で、女房も、女房の両親も、益右衛門を聟《むこ》に迎えたのではなかったか。

益右衛門は、日本橋通《とおり》油《あぶら》町《ちょう》にある地本問屋《じほんどんや》の三男だった。

道楽者であることに於《おい》てはひけをとらない戯作《げさく》者や浮世絵師達が始終遊びにきていたし、なかには幼い益右衛門を、女の家に連れて行った者もいる。女房の悋気《りんき》を滑稽《こっけい》なほどこわがっていたその戯作者が、なぜ女と二階へ上がって行ったまま降りてこないのか、当時の益右衛門にわかる筈《はず》もなく、玩具《おもちゃ》を買ってくれるという約束にひかれて、よくついて行ったものだった。

そんな育ち方をした男が、茶道具を扱うかたい商売に向いているわけがないと、益右衛門は思う。

が、清古堂《せいこどう》の娘、おふゆは、茶会で出会った益右衛門に一目惚《ぼ》れをした。惚れて、三度のめしものどへ通らなくなった娘を見て、おふゆの両親も、「商売のことなどわからなくともよいから」「戯作を書きつづけていてもよいから」と、聟入りを懇願した。益右衛門の両親も乗気になった。兄達も、「一生、居候《いそうろう》をする」と言っていた益右衛門を早く追い出したかったのかもしれない。清古堂からの縁談《はなし》を聞いて、考えてみるなどと益右衛門が曖昧《あいまい》な返事をしているうちに聟入りの準備がすすみ、気がついてみると祝言《しゅうげん》の日になっていた。

益右衛門は、清古堂の聟となった。「これで食うに困らず、戯作を書いていられる」といったくらいの気持だった。

益右衛門はそれくらいの気持でも、聟にする方はちがう。三月《みつき》もたたぬうちに、「商売のことなどわからなくともよい」という条件は、「多少わかってくれなくては困る」に変わり、実家へ売り込むつもりの合巻本《ごうかんぼん》を書いていても、寄り合いへ顔を出してくれと言われるようになった。

三行半《みくだりはん》を書いてくれと言おうと思ったこともあった。黙って家を出てしまおうかと思ったこともあった。

が、三行半を渡されても、黙って家を出ても、行くところがなかった。奉公人にまでいやな顔をされながら生家へ戻るのはいやだったし、深いつきあいは野暮だからと、次から次へと遊び相手を変えていたのがたたって、面倒をみてくれそうな女の心当りもなかった。聟入り前に、ただで地本問屋の居候となるよりましだろうと、父親にむりやり開板《かいはん》させた合巻本はまるで売れず、戯作者として一人立ちするのもむずかしかった。

ようすをみるか――と、益右衛門は思った。そう思って、しばらくの間は舅《しゆうと》の言うことを聞いて、おとなしく寄り合いに顔を出し、茶道具を鑑定する目を養うことにも努めた。

そのうちに二人の息子が生れた。これで大丈夫だとおふゆも思っただろうし、益右衛門も、茶道具屋の主人として一生を終えることを覚悟した。

その覚悟が揺らぎはじめたのは、長男が十五歳になった時だった。掘出物があると知らせてきた骨董屋《こつとうや》の店で、かつての遊び友達に出会ったのである。遊び友達は、生家の商売敵である地本問屋の主人になっていた。

「もう一遍、合巻本を書いてみたいよ」

冗談のつもりだった。遊び友達も、

「書く暇があるのなら、わたしのところで開板してもいいよ」

と笑った。

益右衛門は面白半分に、桃太郎と光源氏を混ぜ合わせたような男を主人公にして、荒唐無稽《こうとうむけい》な冒険譚《たん》を書いた。遊び友達も、大損をしそうだと苦笑しながら筆耕《ひっこう》の職人に草稿をまわした。そこまでは、遊び半分だった。

ところが、その冒険譚が売れたのである。益右衛門を厄介者にしていた実家の兄までが、手土産を下げ、商売もいそがしいだろうが、何か一つ書いてくれと、頼みにくるほどであった。

その翌年に開板された化《ば》け物断《ものばなし》も売れた。その次の年の化け物断はさほどではなかったが、それでも並の戯作者よりましであると、遊び友達は言った。

遊びに行こうという誘いがきはじめた。遊びに行けば、かたい商売とは無縁の人ばかりが目についた。一年分の稼ぎを一夜で使いはたしてゆく者、遊女の達引《たてひき》で妓楼《ぎろう》に入りびたりとなっている者、嘘《うそ》とわかっている遊女の言葉に命をかけようとする者など、商売に明け暮れていては出会えないような人達が、益右衛門にはまぶしく見えた。

やっぱり、わたしは商売に向いていない。そう思った。

地本問屋に誘われて吉原へくるのさえ、女房の顔色を窺《うかが》い、生意気盛りの息子にいやみを言われ、姑《しゅうとめ》にはそっぽを向かれるのである。

益右衛門が出かけたあとで、女房のおふゆは、何であんな男に惚れたのだろうと泣いているにちがいなかった。つまらぬ化け物噺を夜明かしで書き、翌日の算盤《そろばん》を間違えて、得意先から苦情を言われるような男のどこがよかったのだろうと、息子や母親に愚痴をこぼしているにちがいなかった。

息子も母親も、おふゆの言うことはもっともだと思うだろう。息子や母親ばかりではない。親戚《しんせき》も奉公人も、近所の人達も、あれではおふゆが可哀《かわい》そうだと言いあう筈だ。

そのうちに、いい加減で目を覚ませと、益右衛門に意見をする親戚もあらわれる。万事丸くおさめるためには、わたしがわるうございましたと親戚に頭を下げ、それ以後は、女房の言いなりになり、息子の言い分に耳を傾けてやらなければならない。言いかえれば、どこからも文句の出ない清古堂の主人となるには、女房にしばられ、息子にしばられて生きてゆくほかはないのだった。

いやだ、わたしは――。

舅は、その前年に他界していた。冒険譚や化け物噺を書けという依頼は、ひきつづきあった。潤筆料《じゆんぴつりよう》だけではとても暮らしてゆけないが、何の気兼ねもない長屋に住み、夜鷹蕎麦《よたかそば》の屋台でもひけば、腹の虫の一匹くらい何とか養えるだろう。

家を出たい——と、益右衛門は言った。

女房は目に涙をにじませて横を向き、息子達はばかなことを言うなと声を張り上げて、姑は、呆《あき》れはてたと言いたげに席を立って行った。

五十両の金をもらって家を出たのは、その翌年のことだった。考え直せと、毎晩のように益右衛門の心得違いを説いていた息子達を、おふゆが宥《なだ》めたようだった。しっかり者の息子がいれば、算盤を間違えてばかりいる亭主など、いなくてもよいと思いはじめていたのかもしれない。

もと清古堂の主人が、みっともないことをしてくれるなという意味で渡されたらしい五十両で、益右衛門は、夜鷹蕎麦の屋台を買った。蕎麦好きの益右衛門は、道楽で蕎麦の打ち方やだしのとり方を習ったことがあり、繁昌《はんじょう》させる自信はあった。

見込み通り、益右衛門の夜鷹蕎麦は、順番待ちの行列ができるほど繁昌した。が、半年もたたぬうちにもとでがなくなった。益右衛門の舌を満足させるような蕎麦を安い値で売っていて、儲《もう》けの出るわけがなかったのである。

清古堂に金を貸してくれとは言えなかった。実家の兄達も、借金の申し込みにはいい顔をしなかった。冒険譚を開板してくれた遊び友達に金を貸してくれと頼むのは、益右衛門がいやだった。女房にしばられるのがいやで家を飛び出したのに、金を借りて友達にしばられるなど真平《まっぴら》ご免だった。

以来、金になることなら何でもやった。樽《たる》買いをしたことも、古釘《ふるくぎ》を拾って歩いたこともある。その間に、三十文しか稼げなかった銭で安酒を飲んでしまっても、翌日は何とかなることを覚えた。腹の虫を我慢させるより、今、満足させてやる方がいい、明日は明日、風向きはどう変わるかわからない。

みっともない真似《まね》をしてくれるな、戻ってくれと、清古堂からは幾度も使いがきた。息子がたずねてきたこともあった。それでも益右衛門は、帰る気になれなかった。


――


「いや、孫というものは可愛い」

と、隣りの武士はまだ言っている。

「気楽に一人暮らしをしていたいのだが、帰る時に泣き出されると、明日もまた行ってやろうかと思ってしまうのさ。まったく、孫にはふりまわされるよ」

益右衛門にも孫はいる。三年前に息子がたずねてきて、女の子が生れたと言っていたから、今年はかぞえの四つになる。

あの時、なぜ、会いに行こうと思わなかったのだろう。息子の顔を見て、もう強情を張る年齢《とし》でもないとは思ったのだが、薄暗い清古堂の店と、皺《しわ》だらけになったおふゆの顔を思い出すと、帰るのがいやになった。孫の笑顔など、想像もしなかったのだが、隣りの武士の言う通り、孫は可愛い筈だ。

「とにかく、孫はいい」

隣りの武士は、まだ言いつづけるつもりらしい。

雨は、小降りになってきたようだ。益右衛門は、蕎麦へ手を伸ばした。

虹《にじ》が出た——と言う声が聞えた。屛風坂下と山崎町一丁目の間には、かなり広い空地があり、そこで子供達が騒いでいるらしい。
二丁目の近くまできていた益右衛門は、足をとめてふりかえった。空地は見えなかったが、夕立の間中、家にひきこもっていなければならなかった腕白達の駆けて行く姿が見えた。
「もうじき日が暮れるからね」という母親の声が、子供達を追いかけて行く。子供達は、そんな母親の注意など右から左へ聞き流して、「ご飯だよ」というお迎えがくるまで、遊び呆《ほう》けているにちがいなかった。
息子も——と、益右衛門は思った。

息子も、裏通りの子達と日の暮れるまで遊び、着物を汚してはおふゆに叱《しか》られていたものだ。今頃は、孫が子守の手を振り払い、裏通りへよちよちと駆けて行っていることだろう。

益右衛門は、歩き出しながら首をもとへ戻した。赤い布きれをまとった小さなものが、懸命に走ってくるのが見えた。四つか五つの女の子だった。

「あぶない――」

うまく避けたつもりだったが、女の子も、幼いなりに益右衛門を避けて走るつもりだったらしい。右の足にやわらかな軀が突き当って、女の子は、雨あがりのぬかるみに両手をついて倒れた。

「ごめんよ。お爺《じい》ちゃんがわるかった」

益右衛門は、あわてて女の子を抱き上げようとした。

倒れていた女の子が顔を上げた。泣き出すのではないかと思ったが、益右衛門を見上げ、泥だらけの顔で笑った。外でよく遊ぶらしい日焼けした頬に、小さな笑靨《えくぼ》ができた。

「泣かないのかえ。偉いね」

「うん。みいちゃんね、あんちゃんより強いの」

　ぬかるみから一人で立ち上がろうとする女の子に、益右衛門は手を貸してやった。枯木のような益右衛門の腕に、女の子は両手でつかまって、声を上げて笑った。お兄ちゃんのお下がりかも知れぬ腹掛に、赤い袖《そで》なし羽織を着て、これは買ってもらったばかりらしい赤い鼻緒の下駄をはいていた。

「どこへ行くんだえ？」

「あそこ」

　背伸びをして、空地のあたりを指さす。虹を見に行くつもりだったのだろう。

「が、泥だらけになっちまったねえ」

「いいの。みいちゃん、あそこのおうちで洗うの」

「どこのうち？」

「そこ」

　一丁目の仕舞屋《しもたや》だった。親どうしが懇意にしているのだろうが、あいにく、その家に人の気配はない。

「井戸は、そのおうちの裏にあるのかえ」

　小さな顔がうなずいた。

「じゃ、お爺ちゃんが一緒に行ってやろう。みいちゃんにゃ、つるべで水は汲《く》めないよ」

「うん」

女の子はうなずいて、両手を差し出した。抱いてくれというのだった。

益右衛門は、顔中に笑みをひろげて女の子を抱いた。女の子のやわらかな尻《しり》が腕に触れ、手首がくびれているほど太った小さな手が、益右衛門の首にまわされた。

わたしの孫も、これくらいの年齢《とし》になる。

こんなに可愛《かわい》いものに、なぜ会いに行かなかったのだろう。会って、なぜ頰ずりをしてやらなかったのだろう。

仕舞屋の住人は、やはり留守だった。益右衛門は、女の子の指さす通り裏庭へ入って行って、井戸端におろしてやった。

女の子は、じっとしていずに、庭の隅へ駆けて行く。

「あぶないよ。滑って転ぶよ」

「大丈夫」

女の子は、干してあった桶《おけ》を庭の隅から持ってきて、袖なし羽織を脱いだ。一人前に、洗濯をするつもりのようだった。

「だめだよ、みいちゃん。今、洗ったら、おべべがつめたくなっちまうよ」

「みいちゃん、平気」

女の子は、丸い大きな目で益右衛門を見た。

「泥はね、早く落とちゃないとね、落ちなくなっちゃうの」

常日頃、母親からそう言われているのだろう。桶に汲んでやった水の中に、袖なし羽織をつけてしまう。

「風邪ひいても、お爺ちゃん、知らないぞ」

「風邪？　あんちゃんがひいてる」

女の子は、何がおかしいのか、また声を上げて笑った。

「つけちまったんだから、しょうがない。お爺ちゃんが洗ってやるよ」

「うん」

「そのあとで、みいちゃんも、顔とお手々とあんよを洗うんだよ」

「うん」

益右衛門が井戸端に蹲《うずくま》り、赤い袖なし羽織をすすぎはじめると、女の子は、その背中に手を置いた。顔や手足を洗ってもらうのを、待っているようだった。

益右衛門は、女の子をふりかえった。視線が合うだけで他愛なく笑い出す丸いあごが可愛らしく、腹掛の裸《はだか》ん坊《ぼう》も、背中に置かれた手の感触も、何もかも可愛らしかった。

顔と手足を洗い、手拭《てぬぐ》いで雫《しずく》を拭ってやって、まだ鼻緒がきついらしい下駄を押えてやる。女の子は、益右衛門の肩であろうと腕であろうと遠慮なくつかまって、よろけながら下駄をはき、すすいだばかりの袖なし羽織に手を通そうとした。

「みいちゃん、それはだめだよ。そんなの着ると、ぽんぽんが痛くなるよ」

「ほんと?」

女の子が目を見張った。

「みいちゃんね、この間、先生に診《み》てもらったけどね、泣かなかったの」

「ぽんぽんを痛くしてかえ」

「うん」

「だったら、よけいにこんなのを着てはだめだよ」

「あのね、みいちゃん、原っぱへ行くの」

「金太郎さんだけじゃ、原っぱへ行けないのか。女の子だねえ」

「うん」

益右衛門は、濡れている袖なし羽織を懐《ふところ》へ入れて、女の子を抱き上げた。

「原っぱへ行けないのなら、お爺ちゃんとこへくるかえ」

「うん」

布袋屋で会った武士は、とにかく孫は可愛いと繰返していた。

あの気まぐれな富八にも女房がくる。同じ長屋に住んでいる古傘買いの娘で、富八の稼ぎが父親のそれよりも多いところにひかれたらしい。四畳半一間に母親がいて、富八が気まぐれで、喧嘩《けんか》は絶えないだろうが、それでも子供は生れてくる。子供が生れれば、孫にも恵まれる筈《はず》だ。あの富八ですら、家族にかこまれる。

益右衛門だって一夜くらい、この子を抱いて寝て、お祖父《じい》ちゃんになった気持を味わってもよいではないか。

その時の益右衛門の頭には、女の子の親が心配するだろうなどという考えは、まるで浮かんでこなかった。

お腹《なか》が痛いと女の子が泣き出したのは、暮六つの鐘が鳴ってまもない時だった。山伏町まで帰る途中、せがまれるままに水を買って飲ませてやったのが、いけなかったらしい。

「おっ母ちゃん――」

と、女の子は大声を上げて泣き出した。

「おっ母ちゃんって言ったって……。ほら、お爺ちゃんがいるじゃないか」

「みいちゃんのお祖父ちゃんじゃないもん。いや、おうちへ帰る――」

「お待ちよ。ぽんぽんが痛いんだろう？　先生のとこへ行って、痛いのを治してからおうちへ帰ろ。な？」

「いや。おっ母ちゃん――」

昼間の機嫌のよさが嘘《うそ》のようだった。

向いの家の戸が開いて、「どこの子だよ、泣いてるのは」と言う声がした。一人暮らしで近所づきあいもわるく、変わり者と思われている益右衛門の家から聞えてくるのを、不審に思ったようだった。

「ほら、お爺ちゃんのこれを着て」

袖なし羽織はまだ湿っている。益右衛門は、布団《ふとん》の上の風呂敷《ふろしき》包の中から、一枚しかない肌襦袢《はだじゅばん》を取り出して、汗をかきながら女の子に着せた。

「さ、先生のとこへ行こ」

「いやあ。おうちに帰る――」

泣き叫ぶのを抱き上げて、土間へ降りると、路地に立っている女達と目が合った。

向いの女房もいれば、富八の母親もいた。

「なに、その、知り合いの子をあずかったのでね」

女達は、黙って益右衛門を見つめている。今の益右衛門の言葉を疑っているようだった。益右衛門は、あわてて言葉をつづけた。

「それが、急に腹痛《はらいた》をおこしちまって。——医者へ連れて行くところなんだが、富さんのおふくろさん、明日は賭場《とば》へ連れて行ってくれるよう、富さんに頼んでおくんなさいよ。でないと、この子の医者代が払えない」

富八の母親がうなずいたかどうか、益右衛門は見ていなかった。母親を呼び、益右衛門の腕の中でもがいている女の子を抱きしめて、路地を飛び出した。泣き叫ぶ女の子を抱いて走っている男を、すれちがう人達がどんな目でみているかなど、考えもしなかった。

腕のたつ医者は、山伏町にいない。益右衛門は、御切手町《ごきってまち》へ向って走った。あいつだ——と言う声が聞え、数人が「待て」と叫んだことには気づいていたが、自分のことだとは思わなかった。

尻を端折《はしよ》り、片肌を脱いだ男が二人、益右衛門を追い抜いて行って、ふいに踵《きびす》を返した。

「待て、この人攫《ひとさら》い野郎《やろう》」

「え?」

「とぼけるな」

右側にいた若い男が、持っていた棒を低く構え、左側の鉢巻をした男が、やはり棒を構えながら近づいてきた。

益右衛門は、山伏町へ引き返そうと思った。医者は、御切手町だけにいるのではない。下谷町《したやちよう》の方にもいるだろう。

が、うしろにも棒を構えた男達がいた。男達は、「逃げる気か」とわめき、持っている棒で通せんぼをした。

わけがわからぬうちに、益右衛門は背後から肩をつかまれて、前にいた一人に女の子を奪われた。早く医者へ連れて行かなければならないのに、女の子を抱きとった男は、「もう大丈夫だ」と見当違いなことを言った。

「返しておくれ。その子は医者へ……」

「うるせえ」

誰の持っていた棒かわからなかった。益右衛門はいきなり脛《すね》を払われて、仰向けに倒れた。そこへ男達が、容赦なくのしかかってきた。

「待っておくれ。わたしが何をしたと……」

懸命に尋ねているのに誰も答えてくれず、益右衛門は、髷《まげ》をつかまれて引き起こされ、腕をうしろにまわされて、縄をかけられた。

「立て」

男の一人が、益右衛門の腰を蹴《け》った。

「待って下さいよ。わたしが何をしたというんです。――なあ、みいちゃん、お爺ちゃんと遊んでいただけだよな。そう言っておくれよ」

が、女の子は、うしろを向いた。医者へ連れて行こうとした益右衛門を、うちへ帰してくれないいじわるなお爺さんだと思っているのかもしれなかった。

そうだった、孫ではないのだ、この子は。――

胸のうちを、夏とは思えぬ寒々とした風が吹いて行った。

「おや？」

男達のうしろから、聞き覚えのある声が言った。

「益右衛門さんじゃないか」

顔を上げると、布袋屋《ほていや》の提燈《ちょうちん》を下げた男が近づいてきた。昼間、その店であった森口慶次郎だった。

「人攫いがつかまったというから、どんなやつかと思ったら……」

「旦那《だんな》のお知り合いで？」

尻端折りをした男の一人が尋ね、慶次郎は苦笑しながらうなずいた。

「うむ。まあ、知り合いと言えば、知り合いだがね」

「すみません、人違いをしたようで。でも、この男がおみよを抱いていたもので」

「道に迷って泣いていたのを、うちへ連れて帰ってやろうとしたのかもしれないよ。なあ、益右衛門さん」

事情はよくわからなかったが、慶次郎の言葉にうなずいた方がよさそうだった。

縄は、たちまちとかれた。男達は、地面に両手をついて益右衛門に詫《わ》び、金らしい包を慶次郎に渡して、早々に引き上げて行った。

慶次郎は、ひねりあげられた手首を揉《も》んでいる益右衛門の前へ蹲り、その膝《ひざ》の上へ金包を置いた。

「おおよその見当は、ついているつもりだがね」

と言う。暗くなってきた御切手町の道の上で、慶次郎の置いた提燈の火が揺れた。

「黙って女の子を連れて行くのはよくないよ」

益右衛門は目を伏せた。呼びかけにうしろを向いた女の子の姿が、その目の前を通り過ぎて行った。

「益右衛門さんにも、しがらみの一つや二つはあるのだろうに」

益右衛門は答えなかった。

「鬱陶《うっとう》しいかもしれないが、見知らぬ女の子を抱いて逃げまわるよりはいいよ」

どっこいしょと、慶次郎は年寄りくさいかけ声と一緒に腰を上げた。

「また、布袋屋で会おうや」

うなずいたのかどうか、益右衛門自身にもわからなかった。

が、慶次郎は、懐手の袖《そで》を揺らせながら歩き出した。布袋屋にいる間中、孫が、孫がと言っていたその男が、かつて『仏の慶次郎』と言われた南町奉行所の定町廻り同心であったと益右衛門が知ったのは、その三日後、もらった金で布袋屋の蕎麦《そば》を食べに行った時だった。

女難の相

市中の見廻りを終え、数寄屋橋御門《すきやばしごもん》内の南町奉行所へ戻ってくると、小者が意味ありげな笑みを浮かべて懐《ふところ》へ手を入れた。

旦那《だんな》の身代わりになりまして――と言う。

懐から出てきたのは、天地紅《てんちべに》の結び文だった。しかも、二通ある。見廻りの最中《さいちゅう》に、喧嘩《けんか》だとか怪しい者を見かけたなどという知らせがあり、森口晃之助は米沢町《よねざわちょう》と平右衛門町《へいえもんちょう》の自身番屋で足をとめた。その間に、小者へ文をあずけた女がいるらしい。

「断ってくれりゃいいに」

「そう仰言《おつしや》るとは思ったのですがね」

小者は結び文をのせた掌《てのひら》を突き出して、晃之助が受け取るのを辛抱強く待った。

「旦那に惚《ほ》れたってどうしようもないが、せめて、読むくらいのことはしてやっておくんなさいまし。二人ともこのつめたい風が吹く中で、旦那の見廻りをじっと待っていて、ただでさえ赤くなっている顔を恥ずかしそうにもっと赤くして、あっしに手を合わせてこれを渡すんですぜ。どうも、可哀《かわい》そうになっちまって」

晃之助は、苦笑して結び文を受け取った。

着物をたたんでいた皐月《さつき》が、あら――と言った。袂《たもと》から、例の結び文が出てきたのだった。屋敷へ戻る途中で捨てるつもりだったのだが、奉行所へ戻り、まだ下手人がわからない事件について、先輩同心達と話し合っているうちに忘れてしまったのだ。

今年の夏に、江戸橋際《ぎわ》の料理屋、三桝屋《みますや》の娘が屋形舟の中で息絶えていた事件だった。あわてて皐月の手から取り上げて、屑籠《くずかご》へ放り込もうとすると、皐月がためらいがちに口を開いた。

「あの、それを書かれた娘さんのお一人は、痩《や》せて、背の高いお人じゃございません？」

晃之助は、あらためて結び文を見た。その一つに、名前が書かれていた。

晃之助様まいる　こよ。

蔵前《くらまえ》の札差《ふださし》、大黒屋の娘であった。

視線を感じて顔を上げると、皐月があわてて目をそらせた。やきもちを焼いた自分が恥ずかしいのか、耳朶《みみたぶ》まで赤く染めている。

「おこよか――」

と、晃之助は、皐月にも聞えるように呟《つぶや》いた。

それほど背の高い娘ではないが、皐月の言う通り痩せているので、ちらと見かけただけならば間違えることもあるかもしれない。

「が、なぜ、おこよを知っているのだ」

「ここへおいでになりましたから」

「いつ？」

「三日ほど前に」

「そんなことを、なぜ……」

黙っていたのだと言おうとしてつい高くなった声を、晃之助は途中で飲み込んだ。唐紙の向う側で、八千代が眠っていたのだった。

幸い、八千代が目を覚まして泣き出すことはなかったが、気がつくと、皐月も、晃之助の不機嫌な顔より八千代が気になるようすで唐紙を見つめている。耳をすましているらしい顔も、着物をたたむ手をとめている姿も、すべて八千代の母親のものになっていた。

晃之助は、声をひそめて「なぜ黙っていたのだ」と尋ねた。近頃の八千代は晃之助に抱かれるのを喜ぶので、目を覚ましてくれた方が嬉《うれ》しいのだが、大声を出せば、妻の部分が消えて母親だけになっている皐月が、父親の晃之助を怒るだろう。

「お話しするほどのこともないと思いましたので」

と、皐月も小さな声で答えた。妻の顔が戻ってきた。

三日前、案内を乞《こ》う声を聞いて、飯炊《めした》きの男が表へ出て行ったのだが、すぐに怪訝《けげん》な顔をして戻ってきた。十六、七の若い娘が、奥様にご相談したいことがあると、思いつめた顔で言っているという。

同心の屋敷へは、見知らぬ人がたずねてくることもある。知人への疑いを消しきれずに悩んでいたり、争い事の重みに耐えられなかったりする人達だった。

今のご時世を考えて、皐月は、若い娘が母親の密通を知ってしまったのではないかと思ったそうだ。が、飯炊きの男にかわって出て行った皐月に、娘はいきなり「大黒屋のこよをご存じですか」と尋ね、皐月がかぶりを振ると、逃げるように帰って行った。

「おそらく――」

と、皐月は、たたんでいる着物から目を離さずに言った。

「お役目とはかかわりのないことだと思いました。それで黙っていたのでございますが」

「すまぬ。よけいな心配をかけた」

　そう言うほかはなかった。

　おことは、幾度も顔を合わせている。というより、顔を合わせてしまっている。晃之助が見廻りに出るのを、自身番屋の陰や横丁で待っているのである。供の女中がおことの味方をして言いつくろっているらしく、両親にそれとなく注意をしても、「琴の稽古《けいこ》に出かけていた筈《はず》でございますが」と半信半疑であったし、当人を叱《しか》っても、「ご迷惑はかけておりません」という強情な答えが返ってくるだけだった。

「近頃の女にゃかないませんね」

　と、辰吉《たつきち》は首をすくめていた。

　女の気性が荒くなったとは、ここ数年、言われつづけていることだった。女が淫《みだ》らな言葉を口にして若い男を赤面させるなどはめずらしくなく、浮気をする女もふえている。若い女がたずねてきたと聞いて、皐月が咄嗟《とっさ》に母親の密通を想像したというのも不思議ではないのである。

　原因は、文政八年、滝沢馬琴《たきざわばきん》が通油町《とおりあぶらちょう》の地本問屋《じほんどんや》、鶴屋《つるや》から開板《かいはん》した合巻本《ごうかんぼん》『傾城水滸伝《けいせいすいこでん》』だろうといわれている。唐土《もろこし》――今は清《しん》の国の奇書、『水滸伝』の豪傑を女に変えて書かれたもので、これが板木《はんぎ》を摺《す》りつぶすほどの大当りとなったのである。

以来、凧《たこ》や刺青《いれずみ》に水滸伝の豪傑が描かれぬことはなく、暖簾《のれん》や出入口の障子に彼等の姿を描いた髪結床なども続出した。絵師歌川国芳《うたがわくによし》の出世作は『通俗水滸伝豪傑百八人』と題した武者絵であり、合巻本も、趣向を変えてかかれたものが開板されつづけている。女達が髪型や着物を伝法《でんぽう》なものに変え、言葉遣いも乱暴になったのは事実だった。

が、そればかりが原因ではない筈だった。江戸に住む人の割合は、男が極端に多いということもある。女房の浮気を知っても、迂闊《うかつ》に腹を立てれば女房が家を飛び出すかもしれず、飛び出されれば、なにせ女の数が少ないのだ、一生やもめのまま暮らすことになりかねない。

武家の世界では、妻の内職に頼っている家が少なくなかった。先祖からの禄高《ろくだか》では、暮らしがなりたたないのである。

廻り方を例にとれば、俸禄は三十俵二人扶持《ぶち》で、これでは皐月と八千代を養うことすらおぼつかない。しかも、何人かの岡っ引をかかえていなければ、とても役目をまっとうできるものではなかった。が、岡っ引への手当ては、同心が出すのである。言いかえれば、はじめから暮らしがなりたたないようなしくみになっているのだった。

無論、廻り方には、御用頼みと称する大名からの附届《つけとどけ》もあれば、商家からの挨拶《あいさつ》もあって、岡っ引への手当てや褒美《ほうび》に困らないだけの収入がある。が、妻子に内職をさせている武家は、やりきれなくなる時もあるだろう。

女が強くなる筈であった。亭主に死なれた女房が、男達に騒がれて若返る例は枚挙にいとまがないが、女房に先立たれた亭主は、暮らしの疲れをにじませて、ひたすら仕事に精を出している。

嘆かわしいと言う男がいないではない。今の女達を叱る本が開板されたこともあった。が、女達の耳に、それは届いていないのだろう。

大店《おおだな》の娘であるおこよが、横丁で晃之助を待っているというのも、そんな風潮の中だからこそできたことかもしれなかった。一目惚れをしてしまったのだと、娘のおこよの方から言い出すなど、数年前なら考えられなかったことであった。

彼女に言い寄る男がいないわけではない。許婚者《いいなずけ》は数年前に他界したそうだが、札差の娘ではあり、縹緻《きりよう》もよい方なので、縁談は降るようにあるという。そのほかにも大黒屋の小僧に恋文を託す者や、稽古事に出かけるおこよのあとを尾《つ》けてくる者がいるらしく、むしろ親の心配の種が絶えぬ娘なのである。

「心配なんて、かけていません」

と、おこよは晃之助に言った。相談したいことがあると言われ、慶次郎のいる根岸の寮で会ってやった時だった。

「みんな嫌いと、はっきり両親に申しましたもの。わたしを思うと夜も眠れぬなんて、めめしいことを書いてくるお人なんぞに嫁ぐ気はございません。水滸伝、水滸伝と騒いでいるのに、どうしてめめしい人ばかりになってしまったのでしょうか」

だから晃之助が好きになったと、さすがにおこよは口の中で言った。晃之助は聞えなかったふりをして、「そろそろ家へ帰った方がいい」と供の女中を呼んだ。おこよが晃之助の見廻り先にあらわれるようになったのは、それからだった。

おこよとのかかわりは、男に乱暴されかかったのを助けてやったことからはじまる。根岸で聞いたおこよの話によると、森田町《もりたちよう》にある紙問屋の伜《せがれ》の仕打ちに落胆し、女中も連れずに隅田川の河原に立っていたのだという。

その伜とは幼馴染《おさななじ》みで――と、おこよの話は延々とつづいたが、煎《せん》じつめればおこよがふられたのだった。許婚者の死後、きまりかけた縁談の相手が気に入らず、幼馴染みで気心の知れている紙問屋の伜の方がいいとだだをこねたあげく、直談判《じかだんぱん》におよんだらしい。紙問屋の伜が、おこよの願うような返事をするわけがなかった。

「せめて、幼馴染みのおかみさんになりたかったのに」

と、おこよは肩をふるわせて泣いた。

「縁談がきまりかけているのは、両替屋のお人なんです。ちらと見かけただけですけど、何だかべたべたするような感じがして……。いやだって言っているのに、お世話してくれたお方の顔をつぶすような真似《まね》はできないとか、両替屋さんとは浅からぬ縁があるのだとか、父も母も、わたしにはかかわりのないことばっかり言うんですもの」

誰も、あの人と一生暮らさなければならないわたしの身になってくれない、それが苛立《いらだ》たしいと、おこよは言うのである。それは、晃之助にもわからないこともない。

頼みの綱は、紙問屋の伜だった。が、その伜も、おこよを女房になる女として見たことは一度もないと、つめたい返事をした。

死んでしまおうと思ったと、おこよは言った。死場所を探すつもりで河原へ降り、川上へ向って歩いて行ったのだそうだ。人けの少ない山之宿町《やまのしゆくまち》あたりで足をとめ、さすがにつめたい水の中へ入って行くのをためらっている時に、男が襲いかかってきたらしい。

おこよの悲鳴を聞きつけて、晃之助は堤を駆け降りたのだが、河原の陽《ひ》だまりでは、男に押し倒されたおこよが白い脛《はぎ》をあらわにしてもがいていた。

男を捕えるのに手間はかからなかった。晃之助は、縛り上げた男をそのままにして、小者をおこよの家へ走らせた。

こういう事件は、誰もが表沙汰《おもてざた》にしたがらない。何もされてはいないのに、乱暴されたという噂《うわさ》がひろまって、その娘の縁談がこわれてしまった例もある。

まもなく、風呂敷《ふろしき》包をかかえた母親が、転がり落ちるように土手を駆け降りてきた。晃之助は娘を母親にあずけ、男は大番屋へ送った。

入牢証文《じゆろうしようもん》を取って小伝馬町《こでんまちよう》の牢獄へ送ったが、予測した通り、男はまもなく解き放ちとなり、その足で大黒屋へ向った。河原での一件を内緒にしたければ――と、強請《ゆす》りに行ったのである。これも予測していたことで、男は大黒屋を見張っていた辰吉に捕えられ、まだ牢獄にいる。

相談したいことがあるという、おこよからのことづけが届いたのは、男を捕えてから半月ほどもたっていただろうか。河原での一件がどこかから洩《も》れたのではないかと心配になった晃之助は、根岸の寮へきてくれという返事を出した。その話の内容が、男に襲われるまでの経緯であり、晃之助を好きになってしまったという告白だったのである。

妻子持ちだと断ったのだが、近頃では、子守りでもよいから屋敷においてくれと言っているらしい。おこよ付きの女中にたずねてこられた辰吉は、わけがわからずに閉口したと言っていた。「女に好かれるというのも大変だな」と、おこよが帰ったあとで慶次郎が笑ったが、笑いごとではすまなくなりそうだった。

「私も昔、剣術の稽古に行かれるあなたをそっと見ておりましたから……」

「よしてくれ」

自分でも思いがけぬほどの大声だった。

唐紙の向うで八千代が泣き出した。

皐月が、ちらと晃之助を見て立ち上がった。母親の顔はしていなかったが、妻の顔でもなかった。

晃之助は、鉄瓶の湯を急須《きゅうす》に入れた。苦い茶になった。


翌日、晃之助は、いつもより半刻《はんとき》ほど早く屋敷を出た。三枡屋の娘の一件に見落としはないか、隠密《おんみつ》廻りや臨時廻りの同心も集まって、もう一度それぞれの意見を検討することになっていたのだった。

人通りはまだ少なかった。身を切るようにつめたい風の中を、弾正橋《だんじょうばし》の近くまで歩いてくると、「くそ――」という大声が聞えてきた。晃之助は、俯《うつむ》きがちになっていた顔を上げた。南町の同役、佐々木勇助が、苛立ちを抑えかねたように足許《あしもと》の小石を川へ蹴込《けこ》んでいた。

　勇助の前には、彦蔵という五十がらみの岡っ引がいる。彦蔵は苦笑いを浮かべて、南の定町廻りの中では晃之助に次いで若い勇助を眺めていた。

　晃之助は、足を早めた。

　彦蔵には勇助が息子のように見えるのかもしれなかったが、晃之助にとっては年齢が近いだけに話しやすい先輩である。勇助の方も、与力や隠密廻り同心などの言動が古くさくて困ると話し合うには、晃之助が格好の相手であると思っているようだった。

　晃之助の足音が聞えたのだろう、勇助がふりかえって、「晃さんか」と笑いかけた。

「あいかわらず、早いお出ましだな」

「佐々木さんこそ」

「勇んで出かけるつもりだったのに、まいったよ」

　勇助は、思いきり顔をしかめてみせた。

「三桝屋の一件さ。間違いなしと思ったのが、大はずれでね。腹が立ってならない」

　そう言いながら、勇助は歩き出した。彦蔵が、苦笑いを浮かべながらついて行く。

　晃之助もあとを追いかけた。

　三桝屋の娘おかやは、一人で船宿へあらわれたという。約束をした人がいるのでと屋形舟を仕立て、首尾《しゆび》の松あたりへつけてくれと頼んだそうだ。船頭は頼み通りに舟をつけ、一刻ほどで戻ると言って陸《おか》に上がった。

ところが戻ってくると、おかやは首に赤い紐《ひも》を巻かれて息絶えていた。紐は誰のものかわからず、約束をしているという、おそらくは男の名前もわからなかった。

しかも、おかやは身持がわるかった。おかやとの間柄を噂された男は、ゆうに二十人をこえている。その割に評判はよく、「おかやちゃんは人がよいから男に騙《だま》される」と、かばう者も何人かいた。

が、おかやは、男に騙されていたのではなさそうだった。一人の男に心を寄せ、頼りにしていたくとも、不安になってしまうのだと友人に打ち明けていたのである。この男こそと思っても、すぐに一生を託してもよいのだろうかと迷ってしまう、そう言っていたらしい。「それはただの言訳だ」と、おかやをあしざまに言う者も、かばう者と同じくらいいた。

いずれにしても、おかやと噂になった男の多さが、調べをむずかしくしていることは間違いなかった。間違いなかったが、勇助は、一人だけ他とはちがう男を見つけたというのである。

「羽島屋《はじまや》という足袋問屋の倅なのだがね」

「羽島屋？　浅草東仲町《ひがしなかまち》のですか？」

「知ってるのか」

「父親の方を」

と、晃之助は答えた。

突然の雷鳴とすさまじい雨に、思わず羽島屋の軒下へ駆け込んだ時、店の中へ招じ入れてくれて、泥まみれとなった足袋を新しいそれに替えてくれたことがある。以来、顔を合わせれば挨拶《あいさつ》をするようになった。見るからに真面目《まじめ》そうな男で、あのあたりで顔をきかせている辰吉に尋ねても、わるい評判を耳にしたことはないと言っていた。

「伜の方も、いたっておとなしい男だよ」

と、勇助は言う。

「豊太郎というんだが、おかやと出合茶屋へ行ったようすもない。そこが、これまで調べた男達とちがうところさ」

だが、豊太郎は、おかやと会っていた。これだけ男を調べても手がかりが得られないのは、それが間違いだったからではないかと気づいた勇助は、彦蔵に女友達を調べさせ、おかやの従姉《いとこ》がいとなんでいる料理屋に、豊太郎が出入りしていたことをつきとめたのだった。おかやの従姉は彦蔵に脅されて、豊太郎と前後して、おかやもきていたと白状した。

「こいつだ――と思ったね」

「わたしも、そう思いますが」

「ところが、大はずれだったのさ」

勇助は、舌打ちをした。

「親戚《しんせき》は、晃さんも調べただろう。が、おかやの男友達を聞き出そうとしただけではないのかえ。自慢するわけではないが、俺は、おかやの女友達や親戚の家に、出入りしていた男を調べたんだよ」

「さすがだな」

と、晃之助は素直に言った。

「いいところへ目をつけられたものだ」

「ところがさ。おかやが殺された日、豊太郎は両国の料理屋にいた。何日も前から、その日に得意先を招くことになっていたのだそうだ。料理屋の女将《おかみ》が帳面を出してきて、間違いないと言ったと、たった今、彦蔵から知らされたよ」

くそ――と、勇助はまた小石を蹴った。

「面白くねえんだよ、晃さん。黙っていりゃよいものを、昨日、今度こそ手柄をたてるなんぞと島中さんに言っちまうし。このところ、どうも思うようにならない」

みんな同じですよと晃之助は言ったが、返事はなかった。勇助は、唇を噛《か》んで歩いていた。反対側から歩いてきた男が、すれちがいにうっかり肩でも触れようものなら、大声で罵《ののし》られそうだった。

京橋川沿いの道が、お濠《ほり》に突き当った。三人は黙って左へ折れ、やがて数寄屋橋御門が見えてきた。


弓町《ゆみちょう》の太兵衛《たへえ》が駆け込んできたのは、その夜、抱き癖がついてしまったらしい八千代が晃之助の腕の中で眠っている時だった。

いやな予感がした。おかや殺しの下手人がわかったというだけで、太兵衛が駆けつけることはない筈《はず》だった。

が、皐月は、酒盛の相手が欲しくなった島中賢吾が、太兵衛を使いに寄越したとでも思ったのかもしれない。八千代を抱いている晃之助へ目で合図をして、微笑を浮かべながら部屋を出て行った。

「ま、どちらから？」

と言う、皐月の声が聞えた。

「大変な汗――」

ということは、かなりの道程《みちのり》を走ってきたことになる。晃之助は、八千代を抱いたまま板の間へ出て行った。

「旦那《だんな》、一大事で。実は……」

太兵衛は皐月と八千代を交互に見て、そのあとの言葉を飲み込んだ。

皐月が八千代を抱き取って、足早に居間へ戻って行った。八千代の泣声が聞えてきたのは、寝床へ寝かされたからだろう。皐月は、出かけるにちがいない晃之助のために、支度をはじめたようだった。

「何があった」

と、晃之助は太兵衛に尋ねた。八千代の泣声で、ごく普通に喋《しゃべ》っても、皐月に聞える気遣いはない。

「おこよってえ娘をご存じで?」

やはり、そっちか――と思った。うなずくと、太兵衛は聞きとりにくいほど声をひそめて言った。

「実は、京橋の材木問屋の引き合いを抜いてやった礼に、島中の旦那ばかりではなく、あっしまで呼ばれて柳島妙見《やなぎしまみようけん》のそばの料理屋へ出かけたのですが」

引き合いを抜くとは、事件とのかかわりをなくしてやることをいう。

盗むところを見ていた、人殺しを目撃したなど、重要な証人は言うまでもないが、時には下手人が逃走中に立ち寄った店の者までが、奉行所へ呼び出されることがある。これを引き合いに出されると言い、出頭する時は、町役《ちようやく》と家主に付き添ってもらうことになっていた。それだけではない。呼び出された者は、奉行所からの帰りに町役達を料理屋に招き、日当を支払うことが慣例となっていたのである。

丸一日がつぶれる上、大変な散財になるので、当然、誰もが迷惑がる。そこで、吟味に支障のない場合にかぎり、下手人が立ち寄らなかったことにしてやるのである。もっとも吉次などは、下手人の立ち寄り先を勝手にふやし、引き合いを抜いてやると言っては、いくらかの金をもらっているようだった。

「酔鼓《すいこ》という店なんですがね」

と、太兵衛が言っていた。

「水滸伝をもじったらしい不粋な名前の店ですが、離座敷《はなれ》なんぞもありやしてね、なかなかしゃれた店らしいのですが、その離座敷に、おこよってえ娘が血まみれになって転がっていたそうで」

「すぐに行く」

着替えに行こうとして、晃之助は太兵衛をふりかえった。

「死んでいたのか」

「いえ、生きていやした。島中の旦那とあっしが酔鼓へ着いた時はもう、上を下への大騒ぎでしたが、おこよが生きていたので、もう一騒動起きやした」

支度ができたと、皐月が遠慮がちに声をかけた。晃之助は、手早く着替えをすませて外へ飛び出した。凍りつくような月が、青みがかった夜空に浮かんでいた。

「びっくりなさらないでおくんなさい」

と、ほとんど走っている晃之助を追いかけてきながら、太兵衛が言う。

「駆けつけた医者と岡っ引に、おこよは、こうのすけ様に刺されたと言ったそうで」

さすがに足がとまった。自分宛《あ》ての遺書くらいはあるかもしれぬと思っていたが、下手人に仕立てられるとは考えてもみなかった。自分を思ってくれる気持もここまでくると、迷惑の一語につきた。

「とにかく行ってみよう」

晃之助は、自分に言い聞かせるように呟《つぶや》いて、ふたたび歩き出した。

酔鼓という料理屋は、柳島妙見をかこむ林の向う側にあるらしい。月明りで小石まで見える細い道へ入って行くと、林から黒い影があらわれた。

懐手《ふところで》らしい姿で、「晃さんかえ」と言う。島中賢吾だった。

「料理屋にゃ、本所《ほんじょ》の鎌五郎《かまごろう》親分がいるんでね」

鎌五郎は、近頃、佐々木勇助から十手をあずかった岡っ引であった。若い頃は博奕《ばくち》で暮らしていたと言い、女房をもらってからは、揚屋をいとなんでいるという。が、弟分とか子分とか呼ばれていた男達が今も出入りしているようで、勇助は、彼等に入ってくるさまざまな知らせを手に入れようと、鎌五郎に十手をあずけたようだった。

「わるい男ではなさそうだが、下っ引だという男が多過ぎるよ。昔の弟分や子分だそうだが、あれじゃ内密の話もどこかから洩《も》れる」

と、賢吾は言った。鎌五郎のいないところで晃之助の話を聞き、場合によっては屋敷へ帰らせてしまおうと考えて、妙見の林が川風を遮ってくれるだけの寒さの中で、待っていてくれたようだった。

とんだ迷惑をかけたと詫《わ》びる晃之助に、賢吾はかぶりを振って言った。

「こんなお役目についていりゃあ、とうに背中へあかぎれがきれていらあな。で、まず尋ねたいのだが、こうのすけ様ってなあ……」

「わたしです。血まみれで倒れていたのが、札差の娘のおこよならば」

「娘を探しにきた女中が、大黒屋の者だと言っていたよ」

晃之助は、賢吾を押しのけて料理屋の中へ入ろうとした。が、賢吾の手が晃之助を押えた。

「どこへ行く」

「おこよに会いに行くんです。いい加減、ばかな真似《まね》はよせと言ってやりたい」

「よしなよ。口の軽そうな下っ引が何人もいると言っただろうが。このすけ様が南の同心とわかれば、刺されたというのがおこよの狂言であろうと、瓦版屋《かわらばんや》は面白おかしく書きたてるぜ」

「だからと言って……」

「もう少し、娘の気持が鎮《しず》まるのを待った方がいい。その間に、このすけ様を尾張か大坂の人間にしておくよ」

「やめて下さい。妙な細工をするより、おこよが嘘《うそ》をついていると、はっきりさせたいんです。太兵衛親分がくるまで、わたしは八丁堀の屋敷で八千代を抱いていたんだ」

「それを知っているのは、皐月さんと飯炊《めした》きだけだろう?」

そうだった。今日にかぎって庄野玄庵《げんあん》の家から帰ってくる病人にも、賢吾の子供達にも出会わなかった。

賢吾は、女将から聞いたと前置きをして、一昨日、若い男が離座敷を借りたいと頼みにきたと言った。日時は、一昨日の言葉で明後日の夕暮れ七つから一刻ほど、客は二人、『もりぐち』となのって帰ったという。女将に口止めをしておいたと、賢吾はつけくわえた。

その言葉通り、おこよは駕籠《かご》に乗って七つに到着した。酔鼓の女中は疑いもせずに、妙見の林の影が濃い離座敷へ、おこよを案内したそうだ。

おこよの悲鳴が聞えたのは、七つ半頃だった。女将と板前が駆けつけると、おこよが胸から血を流して倒れていて、そばに出刃庖丁《ぼうちょう》が転がっていた。

まず医者が呼ばれ、騒ぎをどこで聞きつけたのか、鎌五郎も下っ引を連れてあらわれた。手当てをうけながら、おこよは、こうのすけ様に刺されたと言って泣いた。別れろ別れぬの争いとなり、おこよが心中するつもりで持ってきた庖丁をこうのすけが取り上げて、胸を刺したというのである。

「すぐに嘘だとわかったさ」

と、賢吾は言った。

「まず第一に、こうのすけ様が酔鼓にお着きなすったのを誰も見ちゃいない。離座敷に案内した者もいないんだよ。それに、庭はかなり広いが、酔鼓の人間はこうのすけ様が逃げて行く姿も見ていない。おこよの胸の傷は、よくもまあそこまで刺したと思うが、森口晃之助がおこよを殺そうとしたのなら、仕損じはしないだろう」

「刺す前に、大黒屋へひきずって行きますよ」

「そう怒るなよ。こうのすけ様と鉢合わせをしたという女が出てきて、少し話が厄介になっているんだ」

女は、おこよを探しにきたという大黒屋の女中だった。若い男が離座敷を借りにきたというのは、おそらく女中の細工だろうが、彼女もおこよが胸を刺すとは思っていなかったらしい。酔鼓の女中や板前が大騒ぎをしているのを見て、驚いて飛んできたようだった。

彼女は、半狂乱となって血まみれのおこよにすがりついた。が、命には別状なく、おこよが「こうのすけ様に刺された」と医者や鎌五郎に訴えるのを聞いて、そういえば——と言い出したという。血相を変えて飛び出してきた男と、酔鼓の門前で突き当ったというのである。男は二十四、五、長身で水もしたたるような美男だったそうだ。

「おこよに会ってきます」

晃之助は、賢吾の手を振りはらった。

「冗談じゃない。女が元気なご時世に、自分ばかり好きでもない男のもとへ嫁がされそうだと、勝手に不満をためてしまったのかもしれないが、何もかもそう思い通りにゆくわけがない。どうしても好きな男と一緒になりたいというのなら、金《かね》の草鞋《わらじ》をはいて探しまわれ、自分で自分の胸を刺すくらいの気持があるなら、江戸中を歩きまわるくらい簡単だろう、そう言ってやります」

それじゃなおさら惚《ほ》れられるぜと賢吾が言ったが、晃之助は背を向けて歩き出した。

事は、案外に早く片付いた。晃之助の顔を見るなり、おこよが「ごめんなさい」と言って泣き出したのである。

晃之助と密会を繰返しているという噂《うわさ》がたてば、必ず怒ってたずねてくる、それが女中の入れ知恵だった。が、おこよは噂が立つまで待っていられなかった。我が身を傷つけて晃之助のしわざだと言えば、今月が南町の月番でもあり、醜聞を隠すためにも晃之助が飛んでくる、そう考えたのだという。

知らせをうけた佐々木勇助も駆けつけたが、鎌五郎は興醒《きょうざ》めのした顔で事情を説明し、下っ引を従えて帰って行った。

少し飲んでゆこうと賢吾が誘ったが、目の前に皐月の顔が浮かんだ。屋敷までたずねてきた娘にかかわることだと、皐月は気づいているにちがいなかった。

「では、少しだけ」と歯切れのわるいことを言った晃之助の胸のうちに、賢吾も気がついたのだろう。「帰れ、帰れ」と手を振って叫んで、「そのかわり、下谷の花ごろもに連れて行けよ」と笑った。花ごろものお登世《とせ》と慶次郎の仲に勘づいたらしく、会ってみたいと言いつづけているのだった。

酔鼓の門を出ると、勇助が追いかけてきた。用事があるので、賢吾の誘いを断ったのだという。

「寒いな」

と、勇助は、川風に首をすくめながら言った。

「あと半月もすれば年が明けるが、来年も今年のように、江戸は穏やかなのかな」

「結構なことじゃありませんか」

と、晃之助は言った。

「我々は暇な方がいい」

しばらくたってから、勇助の返事が聞えてきた。

「暇な方がいいが、――出世するきっかけがないよ」

晃之助は口を閉じた。勇助の言う通りだった。

世の中が穏やかで凶悪な事件がなければ、廻り方が大手柄をたてる機会はない。大手柄をたてれば奉行から褒美《ほうび》が出て、与力への出世の道もひらけるが、その手柄のたてようがないのである。

禄高《ろくだか》の低い旗本や御家人の中には、いっそ戦国の昔へ戻ってくれと言っている者がいると聞く。戦国の昔へ戻れば、豊臣秀吉の例をあげるまでもなく、槍《やり》一本で出世することもできるのだ。

「晃さんだから話すが、三桝屋《みますや》の娘の一件なんざ、願ってもない機《おり》だと思ったよ。が、豊太郎が両国にいたんじゃあ、どうしようもない。俺は、頭から蓋《ふた》をされ、押しつけられたような気がした」

その憂《う》さ晴らしに、川へ小石を蹴込《けこ》んでいたのだろう。

「先が見えちまったものなあ」

「いえ、待って下さい」

晃之助は足をとめた。

おこよの嘘は、すぐに見抜かれた。が、もし、おこよが晃之助に似た男と離座敷に入っていたとしたらどうだろう。賢吾も、おこよの言葉を嘘ときめつけられただろうか。身代わりの男が酔鼓の女将や女中の視線をたくみに避けていたら、おこよが駆けつけた晃之助を指さして「この人です」と叫んでいたら、女将や女中は何と答えただろうか。晃之助を見て、「多分——」と言ったにちがいないのだ。

身代わりは、その場にいない男をいるように見せるだけとはかぎらない。別の場所にいる男にかわって、その男が葬《ほうむ》り去りたい人間の息をとめる役目をひきうけることもできるのである。

おかやと豊太郎が、どこで知り合ったのかはわからない。わからないが、おかやに誘われるまま一夜をともにした豊太郎は、すぐにそのことを後悔したのではないか。

が、おかやには、豊太郎こそ待ち焦《こ》がれていた男だった。はじめて出会った、真面《まじ》目《め》な信じられる男だった。おかやにとって豊太郎が特別な男であったことは、逢引《あいびき》の場所を貸してくれる従姉《いとこ》のほか、彼の存在を誰にも話していなかったことをみてもわかる。

それにひきかえ、豊太郎にとってのおかやは、誘われたから一夜をともにしただけの女に過ぎなかった。おかやに気持を打ち明けられても、真面目一方の父親が、身持がわるいと評判の女を倅《せがれ》の嫁に選ぶわけがなく、おかやの気持はむしろ迷惑だった。

豊太郎こそこの世に一人の男と思っているおかやは、豊太郎にまとわりつく。羽島屋の得意先を調べ、商用でたずねてくる豊太郎を待っていたことも、羽島屋の裏木戸の前に佇《たたず》んでいたこともある筈《はず》だった。

鬱陶《うっとう》しさに負けて、豊太郎は、おかやの従姉の家へ行く。おかやは豊太郎の胸のうちを誤解して、それまで以上につきまとうようになる。好きではない女につきまとわれる息苦しさは、経験した者でなければわからないだろう。

もう会えないよと、豊太郎は言う。だからもう、つきまとうのはやめてくれ。

どうして？――と、首をかしげておかやが言う。わたし、豊太郎さんをそっと見ているだけでもいいの。わたしがお嫌いになったのかもしれないけれど、それくらいは、させておくんなさいな。ねえ、お願い。

そこで豊太郎が、「だめだ」ときっぱり断れたかどうか。おとなしい男には、むりな相談だろう。

今日かぎりで会えないと言いながら従姉の家での逢瀬《おうせ》を繰返し、おかやなどこの世から消えてもらいたいと思うようになって、自分の身代わりをつとめてくれる男を探すようになったのではあるまいか。

「佐々木さん。豊太郎の知り合いに、どんな男がいるか探ってみませんか。とんでもない男が浮かんでくるかもしれない」

勇助の返事はない。

「以前から得意先と約束があって、豊太郎が両国へ出かけていた日におかやが殺されたというのも、意味のあることかもしれない」

だが、ややしばらくたってから、「晃さんがやれよ」という、思いがけない答えが返ってきた。

「俺は、もういいよ。今朝は無性に腹が立ったが、そのあとで、与力に出世しても、吟味方へまわれるとはかぎらないと気がついたんだ」

わかるだろう？――と、勇助は暗い川面《かわも》へ目をやった。

「つまらない場所へまわされたら、今度は貧乏に追いかけられるよ。それならば、実入りのいい廻り方の方がましだと思うと、――何だか気が重くなってきたんだ」

「よして下さい、佐々木さんらしくもない」

勇助は、ちらと晃之助を見て笑った。

「とにかく、豊太郎の周辺を調べさせましょう」

吾妻橋《あづまばし》を渡りきれば材木町で、浅草寺の風雷神門前《ふうらいじんもんまえ》から蔵前へ向って行けば、やがて天王町《てんのうちょう》へ出る。天王町には辰吉が住んでいて、羽島屋がある東仲町は、辰吉の顔がきくところであった。

「水滸伝の流行《はや》るわけが、わかるような気がするな」

と、ふいに勇助が言った。

「水中を自在に動きまわることができたり、つぶてを投げれば百発百中だったり、水滸伝の豪傑にできないことはなさそうだもの。出世のできそうもない同心の妻となった女なんぞも、合巻本の絵を眺めて鬱憤《うつぷん》を晴らしていたよ」

あそこです――と、晃之助は辰吉の家を指さした。「どういう風の吹きまわしか、近頃は草双紙を読んでいるんです」と、先日、辰吉はてれくさそうに言っていたが、たてつけのわるい戸の隙間《すきま》から、かすかに明りが洩《も》れている。貸本屋から借りて、『国字水滸伝《かながきすいこでん》』でも読んでいるのかもしれなかった。

「晃さんに惚《ほ》れたという、さっきの娘の気持もわかるような気がするよ」

晃之助は、聞えぬふりをして戸を叩いた。

どなた様で？――と言いながら、辰吉が土間へ降りてくる気配がする。

「わたしだ。すまないが、調べてもらいたいことがあるんだよ」

勇助は晃之助のうしろに立って、凍《い》てつく夜空を眺めていた。

お荷物

旦那《だんな》――。

遠慮がちな声にふりかえると、弓町《ゆみちょう》の岡っ引、太兵衛《たへえ》の顔が、柴《しば》を結いまわした垣根の上からのぞいていた。

「よう、ひさしぶりだな」

入ってこいと言おうとして気がつくと、門に閂《かんぬき》がかかっている。近くの寮に二度も空巣が入ったとかで、これまでは勝手口の錠をおろすのさえ面倒だと言っていた佐七が急に用心深くなったのだった。

森口慶次郎は、庭を掃いていた高箒《たかぼうき》を戸袋にたてかけて、閂をはずしに行った。が、門を開けても、太兵衛は中へ入ってこようとしない。「そこまできたついでに寄っただけですから」とか、「お元気な顔さえ見りゃあいいんで」などと言って、逆に踵《きびす》を返そうとする。「遠慮をするな」と、慶次郎は笑った。言い出しにくい頼みがあって、根岸まできたにちがいなかった。

「長いつきあいじゃねえか。ここまできてくれたってのに、茶も出さずに帰《けえ》したとあっちゃ、俺が賢さんに叱《しか》られるよ」

家の前を流れている小川の石橋まで降りて行くと、太兵衛は、こめかみのあたりをかきながら近づいてきた。慶次郎に下手な言訳は通じないと思ったのかもしれなかった。

佐七が沸かした湯と、彼の秘蔵品である谷中の煎餅《せんべい》を横取りして、慶次郎は太兵衛を縁側へ誘った。佐七も急須《きゆうす》と茶筒をのせた盆を持ってついてきて、敷居際《ぎわ》に腰をおろした。太兵衛の話を聞きたいのと、菓子鉢の煎餅を全部食べてしまわれないための見張りと、その両方なのだろう。

ついこの間まで座敷の奥まで射《さ》し込んできた陽射しは、三月の声を聞いてから、少し短くなった。それでも佐七のいるあたりまでは眩《まぶ》しいくらいの陽だまりとなっていて、佐七のいれた妙に薄い茶を、さらに薄く透きとおらせてしまう。

「実は」

と、太兵衛が言った。根岸までの道を急いだからだけではないらしい汗を、額にものどのあたりにも浮かべていた。

「あっしの伜《せがれ》のことで、ちょいとお頼みしたくって……いえ、むりは承知でやす。だめだと言いなさると、わかっていやす。それを覚悟で参りやしたから、どうぞ遠慮なく断っておくんなさい」

「断るにも何も、まだ親分の話を聞いちゃいねえよ」

太兵衛は懐《ふところ》から手拭《てぬぐ》いを出して、額とのどは無論のこと、衿首《えりくび》も胸も拭った。すぐに懐へ押し込んだが、あの汗を拭《ふ》いた手拭いでは、襦袢《じゆばん》まで濡《ぬ》れてしまいそうだった。が、額には、次の汗が吹き出している。太兵衛は、それを手の甲で拭ってから話しはじめた。

言葉に詰まったり、まわりくどい言い方をしたりして、かなりの長話になったが、煎《せん》じつめれば、一番下の倅、三男の十三吉《とみきち》を山口屋に奉公させてもらえまいかということだった。上の二人はそれぞれ縁があって、袋物問屋で働かせてもらったり煙管《きせる》職人の弟子になったりしているが、三男坊の奉公先がどうしてもきまらない、島中賢吾が声をかけてくれた傘問屋も、人手はあまっていると断ってきたというのである。父親が人に嫌われる十手持だからだと、太兵衛の女房は泣いたそうだ。太兵衛もそう思っているようだが、それればかりではあるまいと慶次郎は思った。

江戸の人口、ことに男の人数は、何年も前からふえつづけている。ことに、ここ数年はそれが目立っていた。綿など特産品の売買をめぐる争いや、その争いが大きくなっての国訴、新田開発にかかわる騒動、凶作が原因での打ち壊し等々、さまざまな理由

ていたのである。

で故郷にいられなくなった者や、暮らしがたちゆかなくなった者が、江戸へ流れてき

ているのである。

神田や日本橋の目抜き通りにならぶ、大店《おおだな》への奉公を望んだわけではないと、太兵衛は言った。大店になればなるほど、奉公人の素性にうるさくなる。親類縁者や暖簾《のれん》分けをした者の子弟以外は、雇わぬところもあった。賢吾もそのあたりはよく承知していて、小僧も手代も番頭も、それぞれ一人ずつしか置いていない傘問屋や、十八になった手代がいるだけの小売りの米屋に、もう一人くらい――と頼んだらしい。が、どこの店からも、「知り合いの子をあずからねばならない」という答えが返ってきた。実際、知り合いの親戚《しんせき》の子であるとか、親戚の知り合いが嫁にいった先の子であるとかが、四月に出てくることになっている店もあった。凶作に悩む農家が、食うに困ることはないという江戸で我が子を働かせてやろうと、つてからつてを頼っているのであった。

「先方にしてみりゃ、十手持の伜より農家の伜の方がいいにちげえねえ。でも、それじゃ、あっしの伜の行先がなくなっちまう。あっしは伜を、十手持だけにはしたくねえんで」

それで――と、太兵衛は立ち上がって縁側へ両手をついた。

「山口屋さんは大店だ。滅多な者を奉公させねえとは、わかっていやす。が、旦那は、番頭夫婦の恩人だと聞きやした。旦那の口ききならば何とかなるんじゃねえかと、図々《ずうずう》しいのを承知で出かけてきたんでさ」

たった今、むりは承知、遠慮なく断ってくれと言ったことも、幾つもの店へ声をかけてくれた島中賢吾への不義理も忘れたように、太兵衛は縁側に額をすりつけた。

慶次郎は、返事をせずに腕を組んだ。骨を折ってやれと口をはさむだろうと思った佐七も、黙って茶をすすっている。

慶次郎に「頼む」と言われた山口屋の主人も、番頭の文五郎も返事に困るにちがいなかった。山口屋の奉公人は、初代山口屋太郎右衛門の出身地である摂津《せっつ》からきている者が多い。文五郎のように、かつて山口屋の番頭をつとめた者の伜である者もいるが、ほとんどが二十くらいまで他人の家の飯を食べ、商売のこつを覚えて、生家のある摂津へ帰って行くのである。

そこへ、十手持の伜が混じるのだ。受け入れた方も戸惑うだろうし、奉公した方も苦労するだろう。その上、大店の常で、主人の縁者か主人と深いかかわりのある者でなければ、番頭となるのはむずかしい。

「いいえ、番頭だなんて滅相《めっそう》もねえ。山口屋さんに奉公していたってえ看板を背負わせてもらえりゃあ、それでいいんでさ。あとは、親のあっしや女房が、爪《つめ》に火をともすようにして銭をためて、裏通りに小さな店でも持たせてやりやす。それでいいんで。それで、あの世の親父《おやじ》にも、女房の親父にも、お前《めえ》さんの孫は堅気の商人《あきんど》になったと自慢できまさ」

あてにするなと断った上で、文五郎に話しておくと答えるほかはなかった。太兵衛は、もう一度縁側に額をすりつけて、立ち上がった。薄い茶の入った茶碗《ちゃわん》にも、煎餅をいれた菓子鉢にも手をのばさなかった。

「子供ってのは、かすがいにもなるが、重い荷物になる時もあるようで」

ふっと、三千代の笑顔が目の前を通り過ぎた。太兵衛の言うような重荷ならば、いくらでも背負ってやりたいと思ったが、それは子供を亡《な》くした者の身勝手な考えなのかもしれなかった。

佐七にもていねいに挨拶《あいさつ》をして、太兵衛が部屋を出て行った。引き止めずに、慶次郎は太兵衛のあとを追った。傾きはじめた陽が、出入口に射し込んでいる。西陽に暖められた下駄をはいて、慶次郎も門の外へ出た。

見送ってもらうなどとんでもないと、太兵衛は肩をすぼめて恐縮していたが、小川の石橋を渡ったところで背伸びをした。曲がりくねっている道の木立の陰に入ってしまった女の姿を、確かめようとしたらしかった。

「知り合いかえ」

「いえ。ついこの間、留守番のいねえうちをのぞき込んでいた女と、着物の柄が同じだったので」

「空巣かえ」

「当人は、道に迷って足をとめただけだと言っていやしたが。ま、言葉に訛《なま》りがあったので、嘘《うそ》じゃなかったのかもしれません」

太兵衛は、苦笑しながら腰をかがめた。

そのまま、いつまでも頭を下げている。伜をよろしく頼むという意味が九割、あとの一割が詰将棋の時間を奪ってすまなかったという詫《わ》びかもしれなかった。

慶次郎にもちらりと見えた女の姿は、もう消えている。


急ぐことはないのだが、それが癖になっているのかもしれない。夕闇《ゆうやみ》と、干物を焼く煙にかすんでいる長屋の路地に入ると、おまさの足はひとりでに早くなった。うちわで七輪の火をあおいだり、子供に味噌汁《みそしる》の鍋《なべ》をはこばせたりしながら、「お帰り」

にちがいなかった。

と声をかけてくれた長屋の住人達は、おまさの亭主思いに、またあらためて感心した

愛想よく笑って見せ、味噌汁の鍋を提げている子を「よく働くねえ」などと褒めて

やって、おまさは、紙が薄茶色に変色している表障子の前に立った。

亭主の定二《さだじ》が、土間へ降りてきたらしい物音が聞えてきた。

定二が戸を開けるのを待っていようかとも思ったが、定二は戸に手をかけるのも億《おっ》

劫《くう》なのか、たてつけのわるい表障子は、いっこうに動く気配がない。

待ちきれずに戸を開けると、案の定、定二は懐手のまま土間に立っていた。

「どこへ?」

「湯屋」

定二には今朝、五十文の銭《ぜに》を渡していった。その銭が残っているわけがない。昼に

蕎麦屋《そばや》へ行って、五十文をそっくり蕎麦屋の亭主に渡し、「もり一枚と、あとは酒」

と頼んでいる筈《はず》だった。

おまさは、懐に押し込んできた財布を取り出した。

定二は、顔をそむけて手を差し出した。が、その手は手拭いを摑《つか》んでいる。

「それじゃ銭が落ちるよ」

定二は、黙って手拭いをひろげた。そこへ銭を落とせというのだった。

気取ったって、その銭を使うんだろうとなじりたかったが、やめにした。おまさは、へっついの横にある棚から米上げざるを取った。財布にたっぷり入っている銭で、米と干物を買ってくるつもりだった。

ふりかえると、定二がおまさの手許《てもと》を見つめていた。もう少しくれと言いたかったのかもしれないが、視線が合うと、逃げるように外へ出て行った。

どぶ板の上を走って行く足音が聞えてきた。肝心な時になると「俺は何も知らない」と言うが、江戸へきてからもおまさが何をしているのか、定二は承知している。承知していながら、おまさが得てくる銭で蕎麦を食べ、湯屋へ通っているのだ。

おまさは、財布の銭を畳へあけ、二、三百文を古い財布へ移した。残りの銭は、別の布袋へ入れて、戸棚の奥へ押し込んだ。

躯《からだ》を洗うのが面倒くさいと、いつも烏《からす》の行水以上の早さで湯屋を出てくる定二が、自分より先に帰ってきて見つけはしないかと、一瞬、思った。が、金が欲しい気持より、戸棚の奥を探しまわる面倒くささを嫌う気持の方が強い筈であった。

下総《しもうさ》の佐原《さわら》で所帯をもって以来、おまさは定二から米代を渡してもらったことがない。船頭という仕事を持っていたのだが、腰が痛いと言っては休み、腕が腫《は》れたと言っては寝床にもぐっていて、呆《あき》れはてた問屋は、「二度と顔を見せるな」と定二に言い渡した。おまさが、定二の優柔不断な性格をやさしさと勘違いしたのと、遊女達が身《み》銭《ぜに》をきって遊ばせたという容貌《ようぼう》に惹《ひ》かれたのとで、押しかけ女房となってからまもない時だった。

あんな男に嫁ぐのはよせと、両親も姉弟も女友達も言った。おまさも、定二に怠け癖のあることを知らないではなかった。

が、言い争うのが面倒で「いいよ」と答えていたとは気がつかず、言うことは何でもきいてくれるやさしい男だと信じていた上、女友達の「およしよ、あんな男」という言葉の裏に、「よしておくれ、お前があんないい男の女房になるなんて」という意味があることに気がついていた。おまさは、「わたしが定二を食わせてやりゃあいいだろう」と啖呵《たんか》をきって、所帯をもったのだった。

それなのに――と、おまさは、たてつけのわるい表障子を器用に後手で閉めた。

それなのに、定二は、おまさに養われるのが重荷になってきたと言い出した。

いまさら、何が重荷だよ。

向いの女房が、燃えさかる薪《まき》を七輪から出し、水をかけていた。隣家の女房も、湯を沸かしたらしい薪に水をかけている。路地は煙の海だった。

「ちょいとの間、出かけます」

「行っておいでなさい。一日働いたあとのご飯の支度で、おまささんも大変だねえ」

「いえ、慣れてますから」

と答えたものの、去年あたりから疲れを感じるようになった。おまさは今年三十四、二十がついていた頃は、一日中歩きまわっても、一晩眠れば躯が軽くなったものだった。

「慣れていると言ったって」

と、向いの女房が、足許の煙に目をこすりながら言う。

「おまささんの仕事は、そら、丁半《ちょうはん》のご開帳をしている旗本屋敷のさ、中間部屋《ちゅうげんべや》をまわって、洗濯をひきうけるんだろう？　はじめのうちは、よくそんな仕事を見つけたものだと亭主と感心していたんだけど、今じゃ、くたびれて倒れやしないかって心配しているんだよ」

有難うございますと頭を下げたが、これ以上女達と話していると、どこでどんな隙《すき》を見せてしまうかしれなかった。おまさは、ざるをかかえて路地を飛び出した。

米屋の亭主が、店の周辺を片付けながら、いつも夕暮れの七つ半を過ぎた頃に店へ駆けて行くおまさを待っていた。

「すみません、今行きます」と大声をあげたおまさを、低い声が呼びとめた。しわがれた声は、間違いなく種吉だった。博奕《ばくち》ではなく、商売で中間部屋にも出入りしている羅宇屋《らおや》で、洗濯の仕事をおまさにまわしてくれた男でもある。

「ちょっと待っておくんなさいな。お米と、売れ残りの干物でも買ってきますから」

と、おまさは、ふりかえりもせずに言った。

定二は、まだ帰っていなかった。

おまさは、米を入れたざるを部屋の上がり口に置き、干物を擂鉢《すりばち》に入れて、何とはなしに家の中を見廻した。

種吉は、ここ木挽町《こびきちょう》から少し離れた弓町で待っていると言っていた。弓町にはいやな岡っ引がいるので、あまり行きたくないのだが、種吉の知り合いが縄暖簾《なわのれん》をいとなんでいるらしい。そこなら二階を借りられて、ゆっくりと話ができるというのである。まだ、夕飯の支度ができていないのだと、おまさは断った。が、種吉は、「あんな男、放っておきなよ」と苦笑した。

どうしようか。

すぐに定二が帰ってくるとわかっているのに、米と干物を置いて出かけてゆくのは妙にうしろめたい。戸棚の布袋も心配だったが、種吉には、行くと答えてしまった。

おまさは、種吉のいかつい顔を思い描きながら表障子を開けた。一歩、足を外へ出すまでに間があったが、そのあとは早かった。後手に障子を閉めて路地を飛び出し、もう戸をおろした米屋の角を曲がり、紀伊国《きのくに》橋を渡って、三拾間堀《さんじつけんぼり》一丁目と二丁目の間と、俗に銀座という新両替町一丁目と二丁目の間を駆け抜けた。弓町だった。

種吉が教えてくれた縄暖簾は、北横丁と呼ばれている一劃《いっかく》にあった。『あたりや』と、夜鷹《よたか》蕎麦の提燈《ちょうちん》に書かれているような屋号の店で、風に揺れている縄暖簾も薄汚れて見えた。

が、店の中はいっぱいだった。針売り、油売り、塩売りなどなど、さまざまな品物を商って歩く独り身の男達が、残らず集まって夕飯を兼ねた酒を飲んでいるように見えた。

入口で立ちすくんだおまさを見て、女房らしい女が裏口へまわれと言ってくれた。裏口から調理場へ入り、客の目に触れずに二階へ上がって行けるようだった。

種吉は、茶を飲みながらおまさを待っていた。おまさは、待たせた詫びを言いながら、そっと溜息《ためいき》をついた。

あごが張り、肩幅がひろく、顔も軀つきも角ばっている男だった。太い眉毛《まゆげ》も、横に大きな鼻も、どうかすると四角に見える。年齢は四十五、女房とは早くに死に別れたと自分では言っているが、女房が男をつくって家を飛び出したというもっぱらの噂《うわさ》だった。

おまさは、横を向いて溜息をついた。こんなに疲れが汚れとなってしみついている男と、どうして向い合っているのだろうと思った。

仕事を探しに行った口入所《くちいれ》で出会い、中間部屋での仕事の世話をしてもらった時には、幾つかの旗本屋敷へ一緒に行ってもらった。その時は、ほんとうに頼もしく見えた。それからもしばしば中間部屋で出会い、それほど頼もしい容姿だとよく承知している筈の顔なのだが、おまさの脳裡《のうり》にあるのは、四角くて鼻の大きな顔ながら若々しく、どこかひきしまっているのである。

「呼び出して、すまなかったね」

と種吉は言って、おまさを向い側へ坐《すわ》らせた。

「あんまり定さんを待たせちゃいけねえから、すぐ話をするがね。おまささん、お前《めえ》は今日、どこの中間部屋へも行かなかったそうじゃねえか」

すみません――と、おまさは蚊の鳴くような声で詫びた。

「怒っているわけじゃねえんだよ。俺あ、心配しているんだ。あちこちから江戸へ人が流れてきてさ、手に職があったってなかなか仕事の見つからねえご時世だ。お前《めえ》さんのご亭主だって、船頭をしてたってのに、いまだに雇ってくれるところが見つからねえんだろ。あれから二年になるってのにさ」

定二は仕事が見つからないのではない、見つけないのだと思ったが黙っていた。長屋の女房達の話でも、江戸へ出てきたものの定職を見つけられずにいる者が、かなりいるらしい。

「ほかにいい仕事が見つかりそうだってんなら、何も言わねえよ。が、そうでねえのなら、ちゃんと行ってやってくんな。梶本《かじもと》様んとこの中間部屋は夜明かしのご開帳でね、襦袢《じゅばん》や褌《ふんどし》を洗ってもらいたかった奴《やつ》が、何人もいたんだよ」

「すみません」

おまさは、もう一度低声《こごえ》であやまった。

「行こうと思ったんですけど……」

今日は、別の方向へ足が向いた。

「何だかわたし、頭がおかしくなっていたようで」

「定さんのことで――かえ」

「ええ」

と、おまさはうなずいた。

「思いきって言うと、下総にいる時からあの通りなんです。ええ、わたしが惚《ほ》れて一緒になったんですから、わたしが好きで背負《しょ》い込んだんですけど。近頃、少し重荷になってきて……」

少し、嘘が混じっていた。定二をお荷物だと感じはじめたのは、近頃のことではなかった。佐原にいられなくなって江戸へ逃げてきた頃から、この男と一緒にさえならなければと思うようになっていたのだった。

働き者のおまさなら雇ってもいいと言う店は、佐原にも何軒かあった。が、朝寝の癖がついている亭主を叩《たた》き起こし、遅い朝食を食べさせてから駆け付けるなどという女をいつまでも雇っている店は、一軒もなかった。

おまさは、仕事を選ばずに働いた。縄暖簾の女中は言うに及ばず、子守り、留守番、女だてらに舟への積荷を手伝ったこともある。

はじめのうちは、つらいと思わなかった。惚れた男に尽くしているという満足感もあった。よほどのことがなければ縄暖簾で働こうとしなかったのも、客である船頭達が、必ずといってよいほど軀に手を触れてくるからだった。舟に荷を積み込む仕事にくらべれば、縄暖簾の仕事は楽で賃金もよかったが、できることならば定二以外の男に、たとえ着物の上からでも軀に手を触れてもらいたくなかったのである。

が、おまさの場合、その思いが長つづきしなかった。

まず、もう少し楽をしたいと思うようになった。縄暖簾は縹緻《きりよう》のよいおまさを喜んで雇ってくれるし、その気になりさえすれば、いくらかの金を握らせてくれる男もいる。

惚れた男を養うためだと、おまさは自分に言訳をして、縄暖簾の客の一人と一夜をともにした。こんなことをするのはお前さんだけ、決して誰にも喋《しやべ》ってくれるなと頼んだのだが、それが男の優越感を妙にくすぐったのかもしれない。俺はおまさと寝た――と男が自慢をするのか、それならば俺にもと言ってくる客が多くなった。

断りきれなくなった客と枕《まくら》をかわしたあとは、坂道を転げ落ちるようなものだった。気がつくと、客のほとんどの相手をしていて、さすがに縄暖簾の主人がいやな顔をするようになった。

しかも、佐原の町は狭い。定二がその噂を聞きつけて、おまさに当りちらすようになった。焦《こ》げたご飯に醬油《しょうゆ》をかけ、うまいと言って食べていたのが、焦げくさいと言って茶碗《ちゃわん》を投げつけるようになったのだ。

非難はおまさに集中した。定二に惚れて所帯を持っておきながら、何人もの男と浮かれて遊んでいるというのである。定二の怠け癖は、「ま、ごろごろしている亭主もわるいけど」と、ついでに指摘されるくらいだった。

縄暖簾の主人は、「うちは遊女屋じゃないから」と、おまさに言った。おまさは別の仕事を探す破目になったが、子守りに雇ってくれる者も、留守番を頼む者もいなくなった。

それでも、定二は働こうとしない。いや、積荷や荷揚げの手伝いをして働くようなふりはするのだが、どこの店にも定二に同情している女中がいて、そっとにぎりめしを食べさせてくれたり、菓子をくれたりするので、空腹になる時がないのだった。定二の稼ぐ銭は、仲間とのつきあいで行くという縄暖簾で消えた。

おまさが、独り身の男の洗濯や掃除をひきうけるようになったのは、その頃からだった。無論、妙な噂はついてまわったが、無視しなければ飢えて死にそうだった。

その上、おまさが働き出すと、定二は積荷や荷揚げの仕事をやめた。女中達の定二への好意が仲間の反感を買い、縄暖簾で賃金以上の金を払わねばならなくなったのは事実だったが、それよりもごろ寝が恋しくなったのではないかと、今でもおまさは思っている。

こんな男と一緒にならなければ――。

そんな思いが、頭をかすめはじめた。洗濯や飯炊《めした》きで駄賃をはずんでもらって、米が充分に買えた日はいい。が、雨で船頭も仕事を休むことがある。そんな日はおまさの洗濯を断る者が多く、わずかな銭を握りしめて家へ帰ってきた時に、当然のような顔をして夕飯の箸《はし》をとる定二を見ると、殴りつけてやりたくなった。この男さえいなければ、昨日買った米で今日も腹いっぱい食べられたと思うと情けなくなった。

別れようと思ったこともある。幾度もそう思ったのだが、それを言い出そうとすると、きまって別れたあとの不安で胸がいっぱいになった。

これだけわるい噂のまとわりついている女を、女房にしてくれる男は定二以外にいないだろう。独り身の男をたずねて行っても、今は洗濯や掃除に精を出すだけで、色気の方のかかわりはないのだからね――というおまさの言葉に、素直にうなずいてくれるのも定二のほかにはいないにちがいなかった。もっとも、おまさを疑うのも面倒なのかもしれなかったが。

だから――と、おまさは胸のうちで呟《つぶや》いた。江戸へも一緒に逃げてきた。逃げてきてからも、ずっと一緒に暮らしてきた。人には言えないことまでして。

「なあ、おまささん」

種吉の声が聞えた。

「お前《めえ》、定二さんと別れる気はねえのかえ」

咄嗟《とつさ》に答えが出ず、おまさは、種吉を見た。色の黒い種吉の顔が赤くなった。

「俺は、その、前々からお前《めえ》を気の毒だと思っていたが、その、何だ、俺のその気持は、お前《めえ》にも伝わっていると思って……」

伝わっていた。

種吉の親切は身にしみていた。九十七文しか稼げず、米屋の亭主に三文貸してくれと頼んでいるおまさに十五、六文の銭を握らせてくれたこともあれば、ごみためから拾ってきたような下駄をはいているのを見て、出入りしている旗本屋敷の中間に、新しい下駄をあずけておいてくれたこともあった。

男はみかけで選ぶものではないと、おまさは、しみじみ思ったものだった。定二もおまさの下駄を見て、「汚いのをはいているんだなあ」と気の毒そうに言いはした。言いはしたが、それだけだった。下駄を買ってくれる金を稼ぐ、てだてを持っていないのである。

おまさのそんな気持も、種吉へ伝わっているにちがいなかった。まして今のおまさは、空《す》き腹をかかえているにちがいない定二を家に残し、縄暖簾の二階で種吉と向いあっているのである。

「でも、捨てられねえのかえ」

「わたしがいなくなったら、あの人、死んじまうかもしれません」

「なるほどね。仮にも亭主と名のついた男が、ぼろきれのように死んでゆくのを見るのはいやだってわけか」

おそらく、そんなことになりはすまい。おまさが家を出て行けば、物好きな女が定二の面倒をみる。世の中には、おまさのようにばかな女が多いのだ。

「だがね、おまささん」

種吉は、もったいぶった言い方をした。

「ここが思案のしどころだよ」

おまさだって、もう若くはない。いつまでも今のように働いてはいられない。働けなくなった時に、定二という荷物は重過ぎる。その重さに押しつぶされてしまうのは目に見えている――と、種吉はそんな意味のことを言った。

「自分の口から言いたかねえが、黙っていてはわからねえから、思いきって言うよ。俺あ女房と死に別れてからこっち、一人でずっと暮らしてきた。それなりに遊びはしたが、分相応、ほどほどの遊びで、蓄えもある。まだ当分は働けるし、俺と所帯を持とうという気になってくれた人に、暮らし向きの心配はさせねえよ」

だからさ——と、そこで種吉は言葉を切った。

「だからさ、……その、わかってくんなよ」

「有難うございます」

やはり、男はみかけではないと思った。蓄えもある、まだ当分は働ける、暮らし向きの心配はさせないと言う種吉は、先刻より少し頼もしく見えた。

もう定二はいい。わたしが定二のように寝転んで暮らしたい、そう思って気がついた。

種吉は、おまさと定二が佐原から逃げてきた理由を知らない。

「今すぐ返事をしろとは言わねえよ。でも、俺あ、別れた方がいいと思う」

雨のつづいた年だった。船頭は舟が出せず、おまさは仕事がなくなって飢えていた。

辛抱しきれずに他人の家の台所に入り、飯櫃《めしびつ》のご飯を盗んだのがはじまりだった。戸を開け放しにしている家を見つけては、食べ物ばかりではなく、銭まで盗むようになったのである。江戸へ逃げてきたのは、土地の岡っ引にあやしまれたからだった。

空巣は軀《からだ》が楽だった。しかも、運さえよければ、一分とか二分とか、まとまった金が手に入るのである。

先日、門も出入口も開け放しになっていた根岸の寮では、二両もの金を手にすることができた。味をしめて出かけた今日は、空巣の噂がひろまったのか、門を開けている家がなく、苦労してしのび込んだ家にも、二朱銀一枚と数十文の銭が置いてあるだけだった。盗みばかりしていてはいけないという天罰と思い、駆足で帰ってきたのだが。

定二と別れ、種吉と所帯をもてば、こんな思いをせずにすむ。だが、口を拭《ぬぐ》ったまま種吉の女房となって、罰は当らないだろうか。

「よけいなことを言うようだが、定二さんにゃ女がいるよ」

「何ですって?」

ひとりでに腰が浮いた。

「知らなかったのかえ。おまささんが一所懸命働いている間にさ、三拾間堀二丁目の裏通りに一人住まいをしている材木屋の後家と……」

「材木屋の後家って、おいせさんのことですかえ」

「知り合いかえ」

知り合いというほどでもないが、おいせが我が子同様に可愛《かわい》がっている女中の実家が木挽町にあるとかで、幾度か顔を合わせたことがあり、挨拶《あいさつ》くらいはするようになっている。

「で、定二はそのおいせさんと」

「始終、往《い》き来をしているよ」

血が一時にのぼってきたのかもしれない。頭がふくれあがったような気がした。

「だからさ、別れた方が……」

「誰が別れるものですか」

おまさは、挨拶もせずに部屋を飛び出した。

階段を駆け降りて、調理場にいた主人と女房を突き飛ばし、裏口から北横丁へ出た。

種吉がくれた下駄をはき忘れてきたことに気づいたのは、三拾間堀二丁目に入ってからだった。

おいせの家の二階から、明りがこぼれていた。

格子戸《こうしど》に手をかけると、軽い音をたてて開いた。

取付《とりつき》の二畳には、衝立《ついたて》が置かれているらしい。薄暗いのでよくわからないが、四季の花々が描かれているようだった。一段低くつくられている上がり口には竹が使われていて、その手前に沓脱《くつぬぎ》の石がある。

座敷へ上がって行こうとして、おまさは、沓脱のうしろに草履が隠されていることに気がついた。女物でも、上等のものでもないことは、沓脱のうしろの闇《やみ》の中に置かれていてもよくわかる。

頭が熱くなり、目の前が白くなったような気がして、おまさは、衝立のうしろの唐紙を開けた。

「おきくかえ」

おいせの声だった。

「お湯屋さんで、ゆっくり暖まっておいでと言ったのに、もう帰ってきたのかえ」

二階にいるようだった。定二がたずねてきたので、女中のおきくは、湯屋へ追い払われたのかもしれなかった。

「呼ぶまでお茶はいいよ」

おまさは、足音をしのばせて居間の四畳半を横切った。

台所はこぎれいに片付いていて、出刃庖丁《ぼうちょう》は壁に取りつけた板の間《あいだ》にさしてあった。おいせと取っ組み合いの喧嘩《けんか》になり、定二が相手の味方をする場合を考えて、おまさは庖丁を借りることにした。定二がおいせをかばうような素振りを少しでも見せたならば、定二を刺して、自分も死のうと思った。

足音をしのばせて階段をのぼる。

二人で寝床に入っているにちがいないと思った二階から、定二の声が聞えてきた。

「でもさ、俺は今のまんまでいいんだよ」

おまさの足がとまった。

「そりゃ、うんざりすることも多いけど」

「今更何をお言いだよ。おまささんに養われているのが重荷でしょうがない、世間は俺がおまさのお荷物だと思っているだろうが、実はおまさが俺のお荷物だって、いつもそうお言いだったじゃないか」

「そりゃそうだけれども」

「だから、わたしは倅《せがれ》に頭を下げ、番頭にゃ両手を合わせて、親戚《しんせき》中に両手をついて頼んでまわったんですよ。わたしゃ亀戸村《かめいどむら》あたりへ引っ込むから、どうぞ死んだものと思って下さいまし、亭主を助けて店を大きくしたご褒美《ほうび》に、これからは好きなことをさせて下さいましって。苦労した甲斐《かい》があって、やっと、うなずいてもらえたんですよ」

「そう言われてもなあ」

額に手を当てて、弱りはてている定二の姿が目に見えるようだった。

「俺あ、おまさにとんだ迷惑をかけているんだよ。そうとわかっちゃいるんだが、俺あ、だめなんだ。働こうと思って仕事を見つけても、すぐいやになっちまうんだ」

「だから、何度も言ってるじゃないか」

おいせは苛立《いらだ》たしげだった。

「わたしは働きはしない。隠居したわたしにお店から届けてくれるお金で、お前さんと二人、充分に食べてゆける。それなら気兼ねなしに暮らせるでしょうって」

「うん——」

定二は、あいかわらず煮えきらなかった。

「ま、おいせさんが亀戸村へ引越してえのなら、そうするがいいさ」

「よかった。暦を見たら、明後日《あさって》がいい日なの。でも、いくら何でも明後日じゃ支度ができないから、お鍋《なべ》の一つも持って行って、かたちだけはつけておこうと思って」

「俺は行かねえよ」

おまさですらはじめて聞く、定二のきっぱりとした言葉だった。

「背負ってる荷物を放り出すとなったら、一騒動だよ。それを考えると億劫《おっくう》だ」

「騒動が起きないよう、わたしがおまささんと話をつけますよ」

階段を駆け上がろうとしたおまさの足が、ふたたびとまった。「話なんざ、つけなくっていいよ」と言う、定二の声が聞えてきたのだった。

「俺は、おまさと木挽町にいる。腹がへるとお前《めえ》にめしを食わせてもらって、こんなことの言えた義理じゃねえが、俺あ、一度背負っちまった荷物をおろすのも面倒なんだよ」

「だから……」

「待ってくんなよ。俺だって、俺が働きさえすれば、おまさが重荷だの何のと言わずにすむことくらい、わかってるんだ。でも、働くったって、船頭の仕事はねえし、むりして慣れねえ仕事はしたかねえし、どうしようもねえ」

「虫のいいことばっかり」

そうだった。定二は昔から、勝手なことばかり言っていた。おまさが稼いでくる金をあてにしながら、養ってもらうのが重荷だなどというのは、その最たるものだった。

「いっそ逃げ出そうと思ったこともあるが、まさか、そんなことはできねえじゃねえか」

「どうして」

「おまさは、俺を背負っていると思ってるんだ。俺の方から放り出すわけにはゆかねえ」

ばかやろう、放り出してくれ。

そう思った。定二がおまさから逃げ出していれば、おまさは種吉と所帯を持って、何不自由なく暮らせたかもしれないのである。多分、軽重の差はあっても別の荷物を背負い、捨てた重荷のなくなったことを、胸の底で淋《さみ》しいと思いつづけているだろうけれども。

太兵衛がふたたび根岸の寮をたずねてきたのは、あれから五日めのことだった。暖かい日がつづいて、隣りの寮の桜がいっせいに開いたのだが、今日は一転して寒い日となった。花曇りとは言えない厚い雲がひろがって、風も強い。どうかすると、霙《みぞれ》か雪になるかもしれなかった。

「妙な具合ですねえ」

と、太兵衛もまず天候を話題にした。障子は閉めてあるのだが、どこからまぎれ込んだのか、桜の花びらがひとひらふたひら、隙間《すきま》風《かぜ》に縁側を滑って行く。

「実は、先日お願いした一件ですが」

文五郎には話しておいたと、慶次郎は言った。八千代の顔を見に行ったついでに霊《れい》岸島《がんじま》へ足をのばし、山口屋へ寄ってきたのだった。

「それが……」

と、太兵衛は頭をかいた。

「それがその、伜が大工になると言い出しやして」

「大工になる？　あのやんちゃ坊主《ぼうず》がかえ」

「へえ。まだ小せえし、甘やかして育っちまったもので、ころっと変わるものでもねえんですが。大工になりてえから、島中の旦那《だんな》に頼んで、どこかの棟梁《とうりよう》に弟子入りさせてもらえねえか、なんぞと言い出しやして」

慶次郎は笑い出した。口だけは一人前になって——と言いながら、太兵衛も嬉《うれ》しそうに笑っている。話を聞いた島中賢吾も、しっかりした子になったじゃねえかと言い、太兵衛を神田三河町《みかわちよう》の棟梁に会わせてくれたそうだ。

「お蔭《かげ》様で棟梁に、もう一年たって伜の気が変わらなければあずかると言ってもらえやして。親があせって、とんだ大騒ぎをいたしやした。面目次第もございやせん。ご迷惑をおかけいたしやした」

「あやまるこたあ、ねえやな。棟梁にそう言ってもらえたなら、何よりじゃねえか」

「そう仰言《おつしや》っていただけると助かりやす」

太兵衛は、懐《ふところ》から手拭いを出して額の汗を拭《ふ》いた。ほっとして、にじみ出てきた汗かもしれなかった。

「が、親の出番がなくなったな。ちょいと淋しいだろう」

「とんでもない。これで楽ができると、女房と話しあっているところで」

太兵衛は、負け惜しみを言って腰を浮かせた。降り出さぬうちに帰るという。

「祝い酒をと言いてえが、この空模様じゃなあ」

慶次郎は、縁側を行ったりきたりしている花びらを見た。

「そう言やあ……」

立ち上がりかけた太兵衛が、また腰をおろした。

「先日お伺いした時に見かけた女ね、自訴してきやしたよ」

「自訴ってえと、この辺の空巣は、その女だったってえわけか」

「さようで。ぐうたら亭主をかかえて苦労していたようですが、どういう風の吹きまわしか、弓町の自身番屋へ出てきやした。木挽町に住んでいた女なんですが、近所の女に自訴する顔を見られるのがいやさに弓町へきたってのはわかりやすが、つきそってきたってのが、そのぐうたら亭主ですからね。近頃の空模様のようにわからねえ話で」

ふうん――と、慶次郎は言った。

「女はお裁きの日まで小伝馬町《こでんまちよう》の牢屋敷《ろうやしき》、男はいやでも働くことになって、めでたしめでたしか」

「そんな風にうまくゆきやすかどうか」

「ともかく、今夜から錠をおろさずに寝られるだろう」

「錠ぐらい、おろしておくんなさい。世の中、物騒になってきているんだから」

「去年も一昨年《おととし》も、いや、ずっと前から同じことを言ってきたような気がするな」

世の中、物騒になっているんだから。――

物騒にしてゆくのは、人の心に棲《す》む鬼だ。そうわかってはいるのだが、慶次郎の心のうちにも鬼がいる。その鬼を、まだ追い出せずにいるのである。

「とうとう、降ってきたよ」

裏口で、佐七の声がした。よろず屋まで火口《ほくち》を買いに行っていた佐七が戻ってきたのだった。太兵衛を見れば、雪を理由に泊ってゆけと言うかもしれなかった。

三分の一

四年ぶりの江戸だった。

母に手をひかれて、この南伝馬町《みなみでんまちょう》を出て行った時のおゆきは十三歳、なぜ日暮れてから人目を避けて家を出なければならないのかよくわからなかったし、なぜ近所への挨拶《あいさつ》もなしに住み慣れた町をあとにしなければならないのか、なおさらわからなかった。

京橋のたもとに立って眺めると、表通りのたたずまいはほとんど変わっていない。薬問屋の建看板があり、菓子屋の蒸籠《せいろう》をかたどった看板が路上に出され、打物問屋や紙問屋の看板がならんでいて、それぞれの屋号にも記憶があった。

が、さすがに裏通りは変わっていた。おゆき母娘《おやこ》が煙草屋《たばこや》をいとなんでいた家には、当然のことながら見知らぬ夫婦が住んでいて豆腐屋になっていたし、一軒置いた隣りの八百屋は代がわりしていた。おゆきを可愛《かわい》がってくれた八百屋夫婦に子供はいなかった筈《はず》で、おそらく、店を引き継ぎたいという者があらわれて、家主も彼等に貸すことを承知したのだろう。

それでも、蕎麦屋《そばや》の夫婦は少し白髪がふえただけで、聞き覚えのある威勢のいい声で客と話をしていた。乾物屋の隠居が、出入口で万年青《おもと》の葉を丹念に拭《ふ》いているのも四年前と同じだった。表具師の仕事場では、幼な顔の残る若者が、見覚えのある職人と一緒に働いていた。他人のめしを食べさせにやったという伜《せがれ》が、父親の仕事を引き継ぐため、帰ってきたにちがいなかった。

おゆきは踵《きびす》を返した。草加宿から到着したばかりで疲れていたが、本八丁堀二丁目へ行ってみなければならなかった。

四辻《よつつじ》を曲がり、具足町《ぐそくちよう》を通って、弾正橋《だんじようばし》を渡る。煙草の葉をきざむ職人としておゆきの家で働いていた儀助の住まいは、本八丁堀二丁目にあった。四十を過ぎても独り者だった中蔵という男が差配をつとめている長屋で、娘のおわかと暮らしている筈であった。

おわかには、小意地がわるいとか、欲張りだとかいう噂《うわさ》があった。おゆきの母も、あの娘は嫁《ゆ》き遅れるよなどと陰口をきいていたものだが、今年は二十一、多分、聟《むこ》をとっているだろう。

中蔵はいまだに独り身で差配をつとめていた。が、長屋の右側三軒めの表障子には、儀の字のかわりに、取上婆《とりあげばば》の三文字が書かれていた。

儀助の行方がわからなければ、草加から出てきた甲斐《かい》がない。引越先を差配の中蔵に尋ねたものか、長屋の住人に聞いたものか迷っていると、その気配を察したのか、取上婆と書かれた障子が勢いよく開けられて、白髪混じりの女が顔を出した。

「何かご用？」

そこに立っていることをなじるような口調だった。思わずおゆきはかぶりを振り、ごみための横を通って木戸口の反対側、京橋川沿いの道に飛び出した。

額にも胸にも汗がにじんできたが、そのかわり、儀助の居所がわかった。長屋住いとしか頭になかったので、弾正橋から道を急いできた時は、川沿いの家並の中に煙草屋の看板があることに気がつかず、一丁目と二丁目の角を曲がってしまったのだった。

看板は、おそらく儀助が拵《こしら》えたのだろう。煙管《きせる》のかたちが歪《ゆが》んでいる上に、『儀助の煙草』と書かれた文字も、看板の大きさにくらべると小さく、かすれている。

それにしても儀助が店を持ったのだと思った。が、考えてみれば、驚くほどのことではなかった。当時から、儀助父娘《おやこ》が爪《つめ》に火をともすようにして金をためているという噂はあったのだ。おゆき達が江戸を出て行く頃には、おそらく、かなりの金を持っていたにちがいない。

ふいに、店から恰幅《かっぷく》のよい男が出てきた。おゆきは、あわてて川岸に蹲《うずくま》った。男は、弓町《ゆみちょう》の太兵衛《たへえ》という岡っ引だった。

大根河岸《だいこんがし》の吉次という嫌われ者の岡っ引とはちがい、おゆき達が親類を頼って千住へ行くと言った時も、江戸から出て行くことはない、出て行けばきっと後悔すると言って、ひきとめてくれた男であった。千住から草加へ移り、時折、太兵衛の忠告を聞き入れた方がよかったのかもしれないと思ったが、今は顔を合わせたい男ではない。

太兵衛は、川岸に蹲っている旅姿の娘を一瞥《いちべつ》したものの、まさかそれがおゆきであるとは思わなかったのだろう。買い求めた煙草の袋を袂《たもと》へ入れて、足早に歩いて行った。八丁堀の町方組屋敷へ向ったようだった。

おゆきは、笠《かさ》をかぶりなおして立ち上がった。十三の子供と十七の娘の軀《からだ》つきは、まるでちがう。顔さえ見られなければ、店をのぞき込んでも、儀助におゆきと気づかれる心配はないと思った。

店番をしていたのは、おわかだった。得意客だったのか、ちょうど通りかかった職人風の男に笑みを浮かべて挨拶をしたが、白歯だった。母が言っていた通り、嫁き遅れたらしい。

しかも、おゆきの着ているものより派手なものを身につけて、口紅も赤く塗っている。おゆきの目には、それが逆に、おわかが老《ふ》けて見える原因になっているように思えた。

おわかは、道に迷ったような旅姿の娘に気をとめることもなく、家の中をふりかえって「お父《とつ》つぁん」と言った。

「お父つぁん、国分《こくぶ》が足りなくなりそうだよ。早いところ、きざんでおくれ」

ということは、職人をかかえずに、儀助自身が煙草の葉をきざんでいるのだろう。女客が好む、ごく細くきざんだものをこすりといい、儀助はそのこすりが得意だった。おゆき母娘の店も女客が多かったが、今も、三十がらみの女が二人、一斤《いっきん》くらいの包を買って行った。

そこまで見れば充分だった。

おゆきは、弾正橋に向って歩き出した。一足先に草加から江戸へ出てきた友達が、旅籠町《はたごちょう》二丁目の旅籠、松鐘屋《まつかねや》で待っていてくれる筈だった。

奉行所からの帰りに、下手人を捕えてからずっと気にかかっていたその家族の家へ寄ってみた。

恨まれているのではないかと思ったが、三つになる娘を抱いてあらわれた女房は、亭主がご厄介をかけた上に、わたしまでがご面倒をおかけすると言って涙をこぼした。が、長屋の住人達の晃之助を見る目はつめたかった。それは、住人達が下手人の女房と娘に同情しているということだった。子供の泣声がうるさいとか、朝早くから長屋の路地でめしの支度をするなとか、何かにつけて住人達に喧嘩《けんか》を売り、困らせていた男の方がわるいと思っているのである。堪忍袋《かんにんぶくろ》の緒を切って男を薪《まき》で殴り、怪我《けが》を負わせた亭主の方に理がある、亭主を捕えた森口晃之助という定町廻り同心の方がわからずやだと、腹を立てているにちがいなかった。

晃之助は、子供へのみやげの中に、いくらかの金を入れてその家を出た。女房と娘が親切にされているのを見て、ほっとする一方でわりきれぬ思いもあった。

大変だ――と血相を変え、一丁目の角にある自身番屋へ飛び込んできたのは、その長屋の人達だった。早朝のことで、奉行所へ行く途中の晃之助が呼びとめられ、晃之助は、喧嘩をとめるつもりで駆けつけたのだった。

駆けつけた時、男は頭から血を流して倒れていた。例によって言いがかりをつけにきた男を見て近所の子供が泣き出し、苛立《いらだ》った男が子供に殴りかかろうとしたので、思わずそばにあった薪を持ってしまったと亭主は言っている。晃之助としては、亭主を大番屋へ送り、吟味与力の調べを待つために入牢証文《じゅろうしょうもん》をとるほかはなかった。

薪を持ってしまった亭主の気持は、よくわかる。もし隣りに子供嫌いの男がいて、八千代の泣く声に腹を立て、八千代に殴りかかろうとしたならば、晃之助も男の胸ぐらを摑《つか》むだろう。男の剣幕次第で、刀に手をかけるかもしれない。

薪で頭を殴られた男は、重傷を負った。庄野玄庵《げんあん》を呼び、亭主を人殺しにさせないでくれと頼んだが、むずかしい注文をつけるなと言われたほどだった。長屋の住人どうしの喧嘩では、すまされない出来事だった。

小伝馬町《こでんまちょう》の牢獄は、罰として永牢を言い渡された者もいるが、裁きを待つ者が入るところである。晃之助が亭主を捕え、入牢させたのはやむをえない措置なのだが、人は晃之助を恨む。晃之助が乱暴者を斬《き》り、島中賢吾が晃之助を捕えれば、皐月《さつき》が賢吾を恨むかもしれなかった。

玄庵の家にいる男の容態が急変すれば、あの亭主は人殺しになる。黙って見ていれば、子供が怪我を負わされたかもしれないと、情のある裁きがおりるとは思うが、無罪放免となることは、まずあるまい。

わりきれない。

しかたがないとは思うが、わりきれない。一を三で割った時に、どこまでも数字がならんでゆくような、きっぱりとしない気持があとに残る。女房が、晃之助の見舞いを心から喜んでくれたのが、唯一《ゆいいつ》の救いだった。

晃之助は、足早に角を曲がった。女のすさまじい悲鳴が聞えたのは、その時だった。

晃之助は、声がしたと思われる二丁目の裏通りへ走った。三丁目に近い縄暖簾《なわのれん》の前で、江戸育ちではないと見える十七、八の娘が、足首を押えて蹲っていた。

「どうした」

声をかけて抱き起こそうとした晃之助に、娘は、縄暖簾を指さした。縄暖簾をかきわけた姿勢のまま呆然《ぼうぜん》と立っている男が一人、それに、悲鳴を聞いてようすを見にきたらしい男二人と女一人が、酒と筆太に書かれた障子の向う側に立っていた。

「あの人――」

娘の指は、縄暖簾をかきわけたままの男をさしている。晃之助の知っている男だった。四年前に本八丁堀三丁目に煙草屋の店を出した、儀助であった。

「あの人が、わたしを突き飛ばしたんです」

「冗談じゃねえ」

ようやく我に返ったらしい儀助がわめいた。

「ぶつかってきたのは、そっちの方だ」

「嘘《うそ》――」

晃之助は、娘の裾《すそ》からはみだしている足を見た。娘の手は足首を押えていたが、転んだ拍子に切れたらしい鼻緒が引っかかっている足の甲の筋が、異様にふくれあがっていた。ひどく捻《ね》じったようだった。

「おかしな因縁をつけるんじゃねえ」

と、儀助が言う。

「何が因縁ですか」

足が痛むのか、儀助の言葉が口惜《くや》しいのか、娘の目に涙がにじんできた。

「わたしは、野良犬《のらいぬ》を避けようとして、道の端へ寄ろうとしたんですよ」

晃之助も、野良犬が通って行ったのは見た。江戸市中ではめずらしくないことだが、言葉に多少訛《なま》りのあるこの娘には、怖かったのかもしれない。

「それを、いきなり突き飛ばしたんじゃありませんか」

「何を言やあがる。いきなり突き当ってきたのは、そっちの方じゃねえか。俺は、掏《す》摸《り》か酔っ払いだろうと思って、懐《ふところ》を押えただけだ。それだけでお前《めえ》が派手な悲鳴を上げ、勝手に転びやがったんだ」

「ひどい――。自分がひきおこした面倒に巻き込まれまいとして、ここから逃げる魂胆なんでしょう」

「ちがうね。俺あ、うちへ帰るんだ」

「ひとでなし」

「何だと」

よせよ——と、晃之助は二人の間に割って入った。娘がぶつかったにせよ、儀助が突き飛ばしたにせよ、娘が足をひねって痛めたことだけは、間違いのない事実だった。

「医者へ連れて行こう。お前《めえ》、歩けるかえ」

娘と晃之助の視線が合った。娘は耳朶《みみたぶ》まで赤くして目をしばたたき、恥ずかしそうに着物の裾を足首にかけた。

「歩けそうか」

娘は、俯《うつむ》いてかぶりを振った。

「しょうがねえ。どうせ道筋だ。玄庵先生のうちまで背負って行くか」

娘の肩が、かすかに震えた。男に背負われるなど、子供の頃、父親に甘えて以来のことなのかもしれなかった。

が、娘は、低い声だがはっきりとした口調で言った。

「すみませんが、お医者様へ行く前に、そこの縄暖簾ででも休ませていただけませんか。足をひやしたいんです」

その方がいいのなら——と、晃之助は答えた。娘は、懐から手拭《てぬぐ》いを出している。縄暖簾の亭主につめたい水でしぼってもらい、ふくれあがった足の甲に当てたなら、確かに痛みはやわらぐだろう。

晃之助が娘に肩を貸そうとすると、道の端で足をとめていた若い職人風の男が駆け寄ってきた。仕事帰りに、この縄暖簾へ寄るつもりだったらしい。

娘は、ためらいながら晃之助と若い職人の肩を借りて立ち上がった。

儀助があとじさった。障子の内側に立っていた三人も、娘のために道を開けた。男二人は、娘が入口近くの樽《たる》に腰をおろすのを見て徳利と猪口《ちょこ》ののっている席へ戻り、女は、娘の手拭いを受け取って調理場へ入って行く。赤城屋《あかぎや》というこの縄暖簾で働いているようだった。

「俺は帰る」

と、儀助が店の中をふりかえって言った。

「待って」

娘が叫ぶ。

「わたしを置いて帰るつもり？」

「当り前だ」

「堪忍してくれの一言もなしに?」

酌をしあっていた男達も、調理場の中の亭主に「いつも通り」と注文をした若い職人も、水でしぼった手拭いを持って調理場から出てきた女も、敷居際《ぎわ》に立っている儀助を見た。あやまりもしなかったのかと言いたげな顔つきだった。

「あやまるよ」

儀助がわめいた。捨鉢とも思える口調だった。

「あやまりゃいいんだろう、あやまりゃ。——勘弁な。ほれ、これで気がすんだかえ」

「ひどい」

娘の顔が歪《ゆが》んだ。泣き出したのだった。

「わたしは、どうすればいいんですか」

話してみな——と、晃之助が口を開くより先に、酒を飲んでいる男の一人が言った。

儀助は首をすくめて帰ろうとしたが、若い職人が憤然と立って行って、店の中へ連れ戻した。

「どうしたんだよ。泣いていちゃわからねえぜ」

客の男達だけではなく、亭主も女中も娘にやさしかった。濡《ぬ》らした手拭いでひやすよりはと、亭主は塗薬を二階へ取りに行き、その間に女中は茶をいれてきた。

「わたし、故郷《くに》へ帰るところだったんです」

と、娘がしゃくりあげながら言った。

「故郷《くに》から手紙が届いたんです、母が風邪をこじらせて、寝込んじまったって。危篤《きとく》というわけではないけれど、年齢《とし》が年齢《とし》だから、わたし、働いていたところから暇をもらって、明日、故郷《くに》へ帰ろうとしていたんです」

「その怪我じゃ帰れねえわなあ」

酒を飲んでいた男達が、娘のかわりに溜息《ためいき》をつく。

「早く帰りたかったのに」

「それなら、さっさと帰りゃいいんだ、こんなところをうろついてないで」

「何てことを言うんだよ、儀助さんは」

「だってそうだろう。どこで働いていたのか知らねえが、このあたりじゃ見かけたことのねえ顔だ。故郷《くに》へ帰る前、江戸見物をしていたとしか思えねえじゃねえか」

「ひどい」

娘は、同じ言葉を繰返した。

「おっ母《か》さんに、薬と飴《あめ》を買って行きたかったんですよ。昔っから、ぜいぜいといやな咳《せき》をしていたんだけど、村にはろくな薬屋も飴屋もない。風邪をこじらせたと聞けば、咳どめの一つや二つは買って行きたくなるじゃありませんか」

「ここにも、ろくな薬屋はないぜ」

「道を間違えちまったんですよ。本町へ行けば、薬種問屋がならんでいるって聞いてきたんだけど」

「親孝行な話じゃねえか」

と、酒を飲んでいる男の一人が言った。

「儀助さんよ。こんな娘さんに怪我をさせておいて、知らぬ顔じゃすむめえがな」

「まったくだ。この怪我じゃ、半月やそこらは歩けねえぜ」

「そんな――」

娘は、台に俯《うつぶ》せて泣きじゃくった。

「半月も歩けないだなんて、そんな――。お店からはお暇をとっちまったし、わたしは、どこへ行けばいいんですか」

俺の屋敷へこいと言いかけたが、晃之助はわざと黙っていた。案の定、客も亭主も女中も、口々に儀助を責めはじめた。

「儀助さん、お前が面倒をみておやりよ」

「ばかなことを。うちは、あの通り狭いんだよ」

「二階に寝かせてやればいいじゃないか。おわかさんとお前は親子なんだ。しばらく下の四畳半で、枕《まくら》をならべて寝たっていいじゃないか」

「たった半月だよ。玄庵先生なら、ていねいに診てくれるし、そんなに高いお金はとらないし」

「医者代もわたしに払えと言うのかえ」

「当り前じゃないか」

「聞いておくんなさいまし、旦那《だんな》」

べそをかいたような顔で、儀助は晃之助を見た。

「あっしは湯屋へ行くついでに、この店の亭主へ煙草《たばこ》を届けにきたんですよ。ええ、酔ってもいなけりゃ、あわててもいません。もらった煙草代を懐へ入れながら、店の外へ出てきたんです。そりゃ確かに野良犬は通りましたよ。通りましたが、尻尾《しっぽ》を垂れて、とぼとぼ歩いていた。この娘に飛びかかるどころか、そばへ行こうとさえしなかったんです。この娘は、ほんとにぶつかってきたんです」

「往生際《おうじょうぎわ》がわるいね」と言う声が聞えた。亭主の声らしかったが、晃之助が目をやると横を向いた。

「儀助さんのことだから」「わずかな金でも惜しいのか」という低い声は、酒を飲んでいる二人の男のものらしい。聞えよがしの内緒話であった。

儀助にも聞えている筈《はず》なのだが、儀助は、怒りに顔を赤くしながら耐《た》えている。江戸生れの江戸育ちを自慢するような男であれば、「ばかにするな」といきりたち、娘をすぐに医者へ連れて行く筈だった。儀助が亭主や客達の悪口に耐えているのは、辛抱強いのではなく、娘を背負い込むのを避けるためのように見えた。吝嗇漢《りんしょくかん》という噂《うわさ》を晃之助も耳にしたことがあるが、噂通りの男なのだろう。

「医者へ行こう」

と、晃之助は娘に言った。

つくりものめいているのは娘の話の方で、事実を言っているのは儀助であるように思える。儀助を強請《ゆす》るつもりで突き当り、怪我《けが》をしたのではないかと思ったのだが、けちで有名な儀助を強請りの相手に選ぶことはあるまい。しかも、娘は素直にうなずいて立ち上がろうとした。

あぶねえ――。

そばにいた若い職人だけではなく、二人の客も亭主も、女中までが娘に駆け寄った。たった一人、動こうとしなかった儀助に、店中の白い眼が向けられた。

「お前、名前は？」

「けいと申します」

「とりあえず、今夜は働いていた店へ帰るかえ」

娘は、しばらく考えてからかぶりを振った。

「松鐘屋という旅籠《はたご》へ帰ります。実は、あわてて暇をとってしまったのですが、関所手形がおりず、昨日今日と旅籠に泊り、明日の朝早く発《た》つつもりだったんです」

「とにかく、玄庵先生のところだ。戸板を貸しましょう」

と、亭主が言う。この分では、戸板の担《にな》い手に不自由することはなさそうだった。


煙草を買いにくる客が減った。

昨日は通りすがりの職人が安煙草を買って行ったが、今日はまもなく夕暮れ七つの鐘が鳴るというのに、一人の客もこない。

理由はわかっていた。赤城屋の亭主の宇兵衛《うへえ》と女中のおうめ、それに貸本屋の粂七《くめしち》、魚売りの太市、まだ一人前になっていない大工の孝太が、儀助の悪口を言ってまわったからだ。宇兵衛はじめ、誰もが何も言っていないと白をきっているが、彼等が揃《そろ》って煙草を買いにこなくなったのが何よりの証拠だった。彼等は、儀助は嘘つきだ、けちだと、半月ほど前の出来事に尾鰭《おひれ》をつけて言い触らしているにちがいなかった。

あの一件は、おけいという娘の嘘だと言おうにも証拠がない。足をひねっている娘を戸板に乗せ、森口晃之助とかいう定町廻り同心と、粂七と太市と孝太が庄野玄庵の家へはこび込んだという事実ばかりが、周辺にひろまっているのである。多分、宇兵衛やおうめ達が言い触らしているであろう悪口、「医者代を払うのがいやなものだから、娘が勝手に転んだと言い張っている」「あんな奴《やつ》と、つきあいたかあねえ」等々を、耳にした人達が信じてしまうのも、しかたがないと言えばしかたがなかった。

が、噂の鎮《しず》まる七十六日めを待ってはいられなかった。娘のおわかに鬱金《うこん》色の財布を見せられた儀助は、背筋が寒くなった。

嫁にやらねば、できれば聟をとらねばと思いながら、おわかにその気のないのをよいことに財布をあずけているのだが、四年前、この店を出した時に、それまでの蓄えを遣いはたしたことはよく覚えている。「お父《とっ》つぁん、どうする気？」と、おわかは眉間《みけん》に皺《しわ》を寄せて怒ったものだ。看板を自分でつくるなどして、倹約はしたのだが、仕舞屋《しもたや》に造り変えてあった家にふたたび手を入れねばならず、大工への賃金が思いのほかにかかったのだった。

そういやああの時――と、儀助はふいに思い出した。

手間取りの孝太もきて、一人前のような顔をして釘《くぎ》を打っていたじゃねえか。孝太のような半人前がきていたのだから、もう少し値切っておけばよかった。あんまり値切ると棘《とげ》のささるような柱を建てられるのじゃないか、釘の数を減らされて、押せば倒れるような店を造られるのじゃないかと、妙な心配をしたのがいけなかったのだ。

しかも、店を出してしばらくの間は客がこなかった。周辺に住む人達も、八丁堀の町方同心達も同心の家に出入りしている岡っ引も皆、松屋町の東西屋へ足をはこんでいた。

たちまち明日の米を買う金にも困るようになった。鬱金色の袋には、一両くらいの金が残っていた筈なのだが、それはおわかが戸棚の奥に仕舞い込んで、決して手をつけさせなかった。

お父つぁんはだらしがないから――と、おわかは言うのである。

だらしがないから、今あるお金に頼っちまう。寝ずに働こうとか、三度のご飯を二度ではなく一度にしてしまおうとか、そんな風には考えない。

冗談じゃねえと、儀助は言い返した。

確かにお前《めえ》はしっかり者だが、やっていることと言えば、金をためるだけじゃねえか。俺が稼いでこなければ、お前《めえ》がどれほど金をためるのがうまくっても、袋ん中へ金を入れるこたあできねえんだぞ。

おわかは、肩をすくめた。

確かに稼いできてくれたけど。時々、働くのに飽きちまうじゃないの。

儀助にとって、一番言われたくない言葉だった。黙りこくった儀助を見て、おわかは、もう一度肩をすくめた。

一両あると思うと、働きたくなくなるでしょ。ないと思って、借金をして下さいな。借金を返そうと夢中で働いているうちに、きっと、お店にもお客がつきますよ。

高い利息を払うのはばかばかしいと思ったが、おわかには頭が上がらない。やむをえず借金をして、けちの儀助が借金をしたと嘲笑《わら》われるのがいやさに近所の家の前を掃くなど、商売以外にも気を遣っているうちに、おわかの言った通り、客がくるようになった。

煙草をきざむ腕はわるくない。「儀助さんのきざんだ煙草は、口当りがやわらかくってねえ」などと言われれば、仕事に飽きるどころか、張りが出た。

借金暮らしはざっと半年、吝嗇が幸いして高額にはならなかったので、その借金も一年あまりで返すことができた。

あとは、順風満帆だった。弾正橋や松幡橋《まつばばし》を渡って、わざわざ本材木町から買いにきてくれる客まであらわれた。おわかの鬱金色の袋には、大分、金がたまった筈なのである。

そんなところへ、あの娘があらわれたのだった。儀助が赤城屋を出るのを待っていたようにぶつかってきて、大仰な悲鳴を上げたのだ。

「ばかやろう」

儀助は、いろいろな種類の煙草が入っている引出を思いきり叩《たた》いた。古道具屋から買ってきたもので、幾つもの小引出がついているのだが、金具のこわれかかっているところもあった。そこへ運わるくこぶしが当って、小指のつけねが擦りむけて、血がにじんできた。

消毒の酒のかわりに傷口へ唾《つば》をつけていると、茶の間からおわかの呼ぶ声が聞えた。このありさまでは明日の米代にも困ると、また文句を言うつもりなのかもしれなかった。

儀助は、店の外へ出て行こうとした。が、その気配を察したのだろう。店と茶の間との間にかけてある暖簾《のれん》が押し上げられた。

「どこへお行きだよ。娘が呼んでるっていうのに」

「どこへも行きゃしねえよ。店の前を通る人を呼びとめて、俺あ、おけいとかいう娘を突き飛ばしちゃいねえという世間話でもしてみようかと思っただけだ」

「そのことだけどさ」

と、おわかは言った。

「今、気がついたことがあるんだよ。ほら、あの時と似ているじゃないか。お父つぁんが……」

と言いかけて、おわかは口を閉じた。粂七が貸本の大きな荷を背負って、店の前を通って行ったのだった。

おわかが、こっちへこいというように茶の間を指さしたが、儀助はその前に立ち上がっていた。忘れることにしていた四年前の出来事が、堰《せき》を切ったように頭の中に浮かんできた。

その頃の儀助は南伝馬町にあった煙草屋の賃粉《ちんこ》切《ぎ》りで、煙草屋は、亭主を三年前に亡《な》くした女、おさわがいとなんでいた。おさわには十三歳になるおゆきという娘がいて、儀助の行動の一部始終を見ていたのはこの娘だった。

儀助は、店においてある金箱へ、また手を入れていた。昼九つの鐘が鳴っていた。おゆきは母親に言いつけられていた通り、何も気づかなかったふりをして台所へ走って行った。台所では、母親のおさわが漬物樽《だる》の蓋《ふた》を開けていた。職人の儀助をまじえて食べる、昼飯の用意をしていたのだった。

「困ったねえ」

と、おさわは言った。金箱へ手を入れている儀助をおゆきが見たのは、二度めであった。

が、その時も、おさわは「人に言うんじゃないよ」とおゆきに口どめをした。儀助に注意をし、それでもわるい癖がおさまらないようならば、儀助をやめさせると考えていたらしい。

おさわは、おゆきを使いに出したあとで儀助に叱言《こごと》を言ったようだった。おゆきが使いから帰った時の儀助は、目を赤くして裏口に立っていた。

それでも翌日はいつもと変わらぬ時刻に店へきたし、煙草《たばこ》の葉をきざむ手際もいつもと変わらず鮮やかだった。万事解決したように見えたのだが、それから六日か七日たった頃に、おゆきは、儀助がおかしな素振りをしているのを見た。

隣家へ行く用事のできたおさわは、物干場から洗濯物をとりこんで降りてきたおゆきに店を指さして、「頼むね」と言った。おゆきは、洗濯物をたたむのをあとまわしにして、店へ出て行った。

儀助は、煙草をきざんでいなかった。金箱へ手を入れてはいなかったが、そのそばにいて、手拭《てぬぐ》いで何かをくるんでいた。

その夜、おさわは幾度も算盤《そろばん》をいれなおしていた。ささやかな商いの中では、かなり——と思える金がなくなっていた。

明日からこないでくれと、おさわは儀助に言い渡した。出来心だと、儀助は泣いて詫《わ》びた。娘のおわかも、今働き口を失っては親子二人が路頭に迷うと泣きついてきたが、おさわは承知しなかった。おゆきが金箱へ手を入れる儀助を見た以上に算盤の合わぬ日があったようで、儀助を働かせていては、こちらが路頭に迷うと怒っていた。

店には新しい職人がきた。客に「こすりを頼む」と言われた時は、おさわが不安な表情を浮かべてしまうような腕前の職人だったが、正直な男だった。

それから一月《ひとつき》がたった頃、儀助は盗みを働いてやめさせられたのだという噂がたちはじめた。

おゆきは、穿鑿《せんさく》好きな近所の女達には無論のこと、仲のよい友達にも、店での出来事については何も喋《しゃべ》らなかった。が、つてを頼って職人を雇い入れる時、腕のよい儀助をなぜやめさせるのか不審がられ、おさわが理由を話したらしい。内緒にしておくと相手は約束してくれたそうだが、一番守られそうにない約束かもしれなかった。

「しょうがないさ」

と、おさわは言った。

「自分のしたことだもの」

だが、それからさらに一月《ひとつき》たった頃、今度は、煙草屋《たばこや》のおさわは薄情者だという噂がひろまりはじめた。おわかが何軒もの煙草屋をまわり、儀助を雇ってくれと頼んだついでに、おさわがどれほどつめたい仕打ちをしたか、涙ながらに訴えたのだった。

お金なんざ、一文も盗んじゃいないんです。

一文も盗んじゃいないんです――と、おわかは言ったそうだ。

だことはあるそうです。だって、あの店のお給金ときたら、雀《すずめ》の涙どころじゃない、みみずの涙なんですから。そうですよ、わたし達だって好きで倹約をしているんじゃありません。倹約をしなけりゃ、親子二人が干乾《ひぼ》しになっちまうようなおあししかいただいてないんですもの。だから、わたしの父親は、思いあまって金箱へ手を突っ込んだんです。でも、これじゃ泥棒になっちまうってんで、すぐに握ったお金を金箱へ戻したそうですけど。

おわかは、そこで言葉を切った。口惜《くや》しさにあふれてきた涙を、抑えきれなくなったように見えたという。

それを、あのこましゃくれた娘が見ていたんですよ。で、わたしの父親が金を盗んだと、母親のおさわに言いつけたんです。

確かにおゆきは、儀助が金箱の金を自分の財布に入れるところは見ていない。

事実は、こういうことなんですよ、旦那《だんな》。わたしの父親は、あんなひどい店にはいたくないと、自分から暇をとりました。が、ほんとうのことが人にわかっちまったら、職人は誰もこなくなっちまう。それで、煙草屋のおさわは嘘《うそ》をついたんです。だけど、いくら職人がこなくなるからって、何の罪もない人間を盗人にしていいものでしょうか。

おわかは、大粒の涙をこぼした。貰《もら》い泣きをする煙草屋も多かったと聞いている。驚いたおさわが、おわかの話こそ嘘だと言っても間に合わなかった。

おゆきに口どめをしていたため、おわかの話が嘘と証明するすべはない。人の目に見える事実は、腕のよい職人である儀助が、ふいにやめさせられたということだけだった。

「薄情者の母に、嘘つきの娘でございます。そんな店にいるのがいやになったのでございましょう。せっかく雇った職人はやめてしまいますし、新しい職人もきてくれません。ご近所も、わたし達とはつきあってくれなくなりました。どこへ行っても後指をさされているような気がすると言って、母は、江戸を出て行くことにしたのです」

と、ゆきとなのった娘が言った。その隣りに足をひねった娘、おけいが神妙な顔で坐《すわ》っている。もっとも、考えていた以上に強くひねってしまったとかで、癒《なお》りきっていない片方の足を横へ出していた。

八丁堀の屋敷であった。

何に機嫌をそこねたのか、先刻まで泣いていた八千代も眠ったようで、皐月が台所へ出て行く気配がした。娘達に、今朝とどけられた菓子を出してやるつもりなのだろう。晃之助や飯炊《めした》きの男には、それがどこにしまわれていたのかもわからない。

「母の遠縁に当るという人を頼って、千住へまいりましたのですけれども」

おゆきという娘の話はつづいている。

儀助にまつわる四年前の噂《うわさ》は、ちらと耳にした覚えがあった。森口慶次郎の養子となった翌年のことで、どうしたものかと島中賢吾に相談したのではなかったか。

「放っておけ」と、賢吾は答えた。儀助が金を盗んだと訴え出ぬのは、些細《ささい》な金でその男の生涯に傷をつけまいとするおさわの思いやりからだというのである。

おゆきも、同じようなことを言った。おさわが彼女に口どめをしたのは、儀助への配慮であった筈《はず》というのである。おわかという女は、その思いやりに付け込んだのだった。

「千住には旅籠《はたご》も茶屋もたくさんあって、女中を探しているというところもあったのです。でも、子供連れの女を住込で働かせてくれるところはありませんでした。母は、わたしを遠縁の人にあずけて、旅籠の女中となりました。でも、遠縁の人はわたしを邪魔にするし、母は慣れぬ仕事で軀《からだ》をこわすし」

思いきって、草加へ行くことにした。あてがあるわけではなかった。千住で遠縁の者を恨みながら病んでいるより、動いてみた方がよいだろうという、それだけの理由で移って行ったのだった。

が、千住と同じことだった。旅籠や茶屋はあっても、子供連れを住まわせてくれるところはなかった。母娘は途方にくれて、道端に蹲《うずくま》った。

「その時に声をかけてくれたのが、おけいちゃん――儀助に突き当ってくれたこの人の父親だったのでございます」

　おけいの父、市兵衛は、近くの村の農夫で、青物を旅籠へ届けにきたところだった。蒼白《そうはく》な顔で震えていたおさわのようすが気になったのか、市兵衛は事情もろくに聞こうとせず、二人を荷車に乗せて自分の家へ連れて行った。おさわは、高熱を出していた。

「市兵衛さんは、わたし達の命の恩人なのでございます」

「いいえ、父はおゆきちゃんのおっ母さんに、もっといろいろなことをしてあげたかったのです。今度のことだって、できることなら自分が引き受けたかったにちがいありません」

　おさわは、まもなく恢復《かいふく》した。市兵衛もおけいも、遠慮をせずに療養してくれと言ったが、おさわは妙な噂がたつのをおそれ、おゆきをあずけて、自分は旅籠の女中となった。どんな勤めをしていたのか、客に祝儀《しゅうぎ》をもらったと言って、おゆきをあずかってもらっている礼を、届けにくることもあった。

　おゆきとおけいは、実の姉妹以上に仲よくなっていた。市兵衛も、おゆきを可愛《かわい》がってくれた。

「父は、おゆきちゃんのおっ母さんと一緒になりたかったのだと思います。でも、小母さんが噂をこわがって。躯をこわすのにくらべたら、噂ぐらい何でもないのに」

おさわが市兵衛の家に戻ってきたのは、今から三月《みつき》ほど前のことだった。別人のように痩《や》せ細り、立って動くこともおぼつかなくなって、旅籠から帰されたのだった。

「わりきれないことばっかり」

と、おさわは、天井を見つめながら呟《つぶや》いていた。

「わたしは、何にもわるいことをしちゃいないのに。でも、職人はやめちまうし、近所の人はつきあってくれなくなっちまった。ほんとに、わりきれないことばっかり」

一月《ひとつき》ほど病床にいて、おさわは息をひきとった。最後の言葉は、「みんなで江戸へ帰りたい」だった。

「それでわたし、母の髪を谷中の菩提寺《ぼだいじ》へあずけにきたんです。でも、それだけで帰りたくはありませんでした」

母の躯をぼろきれのようにしたのは、嘘でかためた噂を撒《ま》き散らしたおわかだった。おわかの嘘をほんとうだと言うようになった儀助であった。

「だから、儀助父娘も、噂で悩ませてやろうと考えたのでございます」

幼な顔の残っているにちがいないおゆきにかわり、儀助を罠《わな》にはめる役は、おけいが引き受けてくれた。

足の怪我《けが》が思いのほかに重傷だったという失敗もあったが、おゆきのもくろみは成功した。とんでもない奴《やつ》という噂がひろまって、このところ、儀助の煙草屋へ足をはこぶ客はほとんどいなくなった。あとは、おけいの足の恢復を待って、草加へ帰るだけだった。

「が、俺のところへきた」

相槌《あいづち》を打つだけだった晃之助が口を開いた。

「なぜだ」

おゆきとおけいは、顔を見合わせて頬を赤く染めた。二人揃《そろ》って俯《うつむ》いて、脇腹《わきばら》を突つきあっているのは、そちらが話せとお互いに押しつけているのだろう。

「なぜだえ」

と、晃之助は繰返した。

「あの――」という、蚊の鳴くような声が聞えた。喋っているのは、おゆきの方だった。

「あの、旦那が駆けつけて下すった時に、あの、こんなにきれいな男の人に嘘をついてもいいのだろうかって、おけいちゃんは思ったのだそうでございます」

あの町方同心にはほんとうのことを言って帰りたいと、おけいは、両手を合わせておゆきに頼んだ。おゆきも、噂をひろめたまま、草加へ帰ってよいものかどうか、迷っていたところだった。そこで駕籠《かご》を仕立てて庄野玄庵の家をたずね、森口晃之助の名を聞き出してきたというのである。

晃之助は苦笑した。が、嬉《うれ》しくもあった。

「お話は終りましたか」

唐紙の向うから、皐月の声がした。菓子と熱い茶を持ってきてくれたようだった。が、同時に門のあたりで騒がしい声がした。俺の言い分に耳を貸してくれなかった定町廻りに文句があると言っているのは煙草屋の儀助で、いい加減にしろとなかば怒っているのは、弓町の太兵衛のようだった。

「あら、今日はお賑《にぎ》やかですこと」

と、皐月が笑う。

その騒がしさに加えてくれとでもいうように、目を覚ました八千代が大声で泣き出した。

解説

村松友視

毒は上澄みとなって表面に浮上するか、澱《おり》となって底に沈むかで、中間には存在しない。したがって毒見の役は、まず上澄みをたしかめるのだということを、どこかで読んだか耳にしたことがあった。なるほど毒は上と底にあり、中間にはない……私は、毒という世界を大きな価値としてとらえながら、そんなふうに呟《つぶ》やいたことがあった。無毒である中ほどの層に一般的で無味乾燥な世界があり、上と底に毒という贅沢《ぜいたく》な価値が存在する、と腑《ふ》に落ちたつもりだったのだ。

その感覚は、つい最近まで私の頭に宿っていた。たしかに、中間の層に毒の気配はなさそうだという思い込みが、私の物を見るモノサシみたいになっていたのだ。ボロ布《きれ》と金ピカの衣にこそ、毒をからめた贅沢があり、中間のやれ紬《つむぎ》だ絽《ろ》だ紗《しゃ》だ何だといったことを取沙汰《とりざた》する領域には、およそ一般的な常識的価値を超えるものはありそうもないと。

ところが、この作品を読んだことから、そんな私の思い込みが微妙にゆらいだ。目を凝らして見るならば、上澄みでも底の沈澱《ちんでん》でもない、明快そうな中間の層あたりに、実は複雑で味わい深く、しかも贅沢な毒の気配がただよっていそうだと、そっと囁《ささ》やかれたように感じたからだった。

そういえば、北原亞以子さんとは何度もお目にかかっているが、そのたびに彼女の眼差《まなざ》しが気になっていた。その場の空気を支配するというのでも、仕切るというのでもなく、いつもやわらかくそこに存在している。だが、微笑をたたえたその眼差しの奥に、そこに流れている空気の芯《しん》を切り取るような色が、時おりふっと浮かんでは消えることがあった。表面上の空気とは別に、浮き沈みしている嗅《か》ぎ取りにくい匂《にお》いを、掌《てのひら》にのせてかるく愉《たの》しんでいる……そんな色だった。

この作品集を読みながら、私は何度もそんなときの北原亞以子さんの貌《かお》を思い出していた。そして、中ほどの層に浮遊する、見届けにくく複雑きわまりない毒のざわめきとうごめき……それこそが市井《しせい》の贅沢で切ない毒の世界だと、思い知らされた。この作品集の『峠』というタイトルには、市井で普通に生きるはずの者たちが、何かの拍子に〝毒〟に出会い、〝毒〟に感染し、〝毒〟にさいなまれながら味わう、人生の〝峠〟という意味合いが込められているはずだ。「峠」という作品の中で、作者は登場人物にとってのっぴきならぬ踏み台となった碓氷峠《うすいとうげ》と、人生の〝峠〟の苦味とを見事に滲《にじ》ませている。

この作品集は、〝慶次郎シリーズ〟の第四弾目であるという。森口慶次郎はもともと定町廻り《じょうまちまわ》の同心だが、今はその役を養子の晃之助に譲っての隠居の身、酒問屋山口屋の寮番……といっても居候《いそうろう》といった趣きの気楽な身分だ。そして慶次郎は型通りの主人公ではない。主人公ではないが、つねに作品のうしろにある風景のごとき存在だ。市井に生きる者の性根や情を知り抜いた元同心の、含蓄ある人間の見方が、全体に風のようにながれている。したがって、その場合に登場するしないはともかく、主人公はやはりいつも慶次郎なのであり、伊達《だて》も粋狂も含み込んだ絶妙のタイトル・ロールとなっている。

人が罪を犯す犯さぬのちがいは、誰が踏んでも不思議でないほど、人生の道筋に無数に埋められている地雷を、つい踏んでしまうか運よく踏まずに先へ進むかといった事柄である……そのことが、表題作の「峠」を初め、ここに収められたすべての作品から伝わってくる。そして、この差が人の運命を大きく左右するという見定めからは、もちろん額面通りの〝人を裁く〟という立場は生じない。だが、地雷を踏むか踏まぬかで、科人《とがにん》、被害者、その先の人生へ進む者という役が決まってしまうのは厳然たる事実なのだ。さて、どうする……この問題を共有するため、作者は慶次郎を隠居の位置に置き、自らの視座とかさねるという方法をとったのだろう。

したがって、事件の結着であざやかに物語が閉じるというケースは、ほとんどない。その結着に溜息《ためいき》や呟やきや屈託をかさね、〝にもかかわらず市井に生きる者はまた次の日を迎える。だが、その次の日にもやはり地雷を踏まぬ用心は必要なのだ〟……という余韻が、終りにからみついていることが多い。このあたり、〝仏の同心〟ではあっても〝仏〟そのものではないという慶次郎像にかさなる心憎い設定だ。

このシリーズは、慶次郎がスーパーマンでない点で、他の時代小説とのちがいを指摘されることが多いようだ。たしかに、慶次郎は一般的な人気時代小説シリーズの主人公のごとき、破格の腕前や才智《さいち》を持ち合わせているわけではない。事件を、超人的に解決することもない。だがその代り、上げ潮のゴミのように慶次郎にまとわりついてきた岡っ引の辰吉や吉次や太兵衛、下っ引の弥五、山口屋寮の飯炊《めした》き佐七などが、したたかな役をこなしてくれている。これらの人間配置は絶妙だ。毒をもって毒を制するための油断ならぬタイプの登場人物として、実に頼もしい連中なのだ。私はいつのまにか岡っ引吉次のひそかなるファンになってしまっていた。

さらに、そういうアクの強そうな男たちを作品にちりばめながら、どこまでも淡彩をくずさぬ作品の肌合いもまた、このシリーズの醍醐味《だいごみ》だろう。単に淡いのではなく淡彩……このあたり、北原文学の髄のようなものにちがいない。

茶碗《ちゃわん》や皿を洗い終えた手を拭《ふ》くと、手拭《てぬぐ》いに血がにじんだ。かなかな蟬《ぜみ》の声が聞えなくなったばかりだというのに、おつぎの手には、あかぎれのような裂け目が幾つも入っている。わざと押してみて、おつぎは顔をしかめた。痛かった。が、押しつづけていると、痛みが快感に変わってくる。手拭いの赤いしみも大きくなった。

（「峠」より）

気がきかない女だとは、自分でも思う。「ぼんやり」と言われるのは、やむをえない。が、姑《しゅうとめ》の言う「ぼんやり」には、もう一字ついた。

「薄ぼんやりだねえ、ほんとに」

この「薄」という一字がふえたことで、おつなはどれほど傷ついたことか。傷ついて、気持も軀《からだ》も縮んだことか。

（「蝶」より）

急ぐことはないのだが、それが癖になっているのかもしれない。夕闇《ゆうやみ》と、干物を焼く煙にかすんでいる長屋の路地に入ると、おまさの足はひとりでに早くなった。うちわで七輪の火をあおいだり、子供に味噌汁《みそしる》の鍋《なべ》をはこばせたりしながら、「お帰り」と声をかけてくれた長屋の住人達は、おまさの亭主思いに、またあらためて感心したにちがいなかった。

愛想よく笑って見せ、味噌汁の鍋を提げている子を「よく働くねえ」などと褒めてやって、おまさは、紙が薄茶色に変色している表障子の前に立った。

（「お荷物」より）

わりきれない。

しかたがないとは思うが、わりきれない。一を三で割った時に、どこまでも数字がならんでゆくような、きっぱりとしない気持があとに残る。女房が、晃之助の見舞いを心から喜んでくれたのが、唯一《ゆいいつ》の救いだった。

晃之助は、足早に角を曲がった。女のすさまじい悲鳴が聞えたのは、その時だった。

（「三分の一」より）

こういったひとくだりには、時代小説独特の表現というより、現代小説の場面や心理の描写へと、すんなりと移行できるテイストがただよっている。いわゆる〝見得〟を切ったり、〝決めゼリフ〟をちりばめた時代小説風とは、一線を画すべき自然体の風味というのだろうか。それが、北原亞以子流の淡彩を成り立たせているのである。

上澄みと底の沈澱という、毒のありように立ち戻ってみると、この作品集にあらわれるのは、〝出来事と事件のあいだ〟という世界が多い。光の当てようで、出来事としてすますこともでき、事件とする必要も生じる。そして、そこへ光を当てるのが人間であるとなれば、そこに情や道理や通念がからみついてきて、まことに厄介だ。厄介にはちがいないけれど、その領域の複雑な面白さに入り込んでしまえば、上澄みと底に沈澱している分りやすい毒など、単純明快すぎてつまらなくなるのかもしれない。それでこそ、時代小説と現代小説を自在に行き来する淡彩の構築が成り立つというものだ。

私は、ここに収められた作品を堪能《たんのう》しながら、北原亞以子という作家のしたたかさを何度もかみしめさせられた。そして、〝出来事と事件のあいだ〟といえば、隠居した元同心という慶次郎の心のありようは、〝市井人と同心のあいだ〟であるにちがいない。それに晃之助や岡っ引や下っ引連中も……そう思って辿り直すと、"一を三で割った時〞ではないが、この作品集にはどうしても割り切れぬ〝あいだ〞というキーワードが随所に見え隠れしているような気がした。それにつけても、北原亞以子さんのあのやわらかい微笑の裏側には、幾重にも織られて謎《なぞ》めいた綾《あや》が張りついているようである。

平成十五年八月

（むらまつ　ともみ／作家）

＊新潮文庫版に掲載されたものを再録しています。

峠《とうげ》
慶次郎縁側日記《けいじろうえんがわにっき》

朝日文庫

2023年６月30日　第１刷発行

著　　者　北原亞以子《きたはらあいこ》

発 行 者　宇都宮健太朗
発 行 所　朝日新聞出版
〒104-8011　東京都中央区築地5-3-2
電話　03-5541-8832（編集）
03-5540-7793（販売）
印刷製本　大日本印刷株式会社

Published in Japan by Asahi Shimbun Publications Inc.
定価はカバーに表示してあります

ISBN978-4-02-265102-0

落丁・乱丁の場合は弊社業務部（電話 03-5540-7800）へご連絡ください。

送料弊社負担にてお取り替えいたします。

朝日文庫

宇江佐　真理
憂《う》き世店《よだな》
松前藩士物語

江戸末期、お国替えのため浪人となった元松前藩士一家の裏店での貧しくも温かい暮らしを情感たっぷりに描く時代小説。《解説・長辻象平》

宇江佐　真理
うめ婆《ばあ》行状記

北町奉行同心の夫を亡くしたうめ。念願の独り暮らしを始めるが、隠し子騒動に巻き込まれてひと肌脱ぐことにするが。《解説・諸田玲子、末國善己》

宇江佐　真理
深尾くれない

深尾角馬は姦通した新妻、後妻をも斬り捨てる。やがて一人娘の不始末を知り……。孤高の剣客の壮絶な生涯を描いた長編小説。《解説・清原康正》

宇江佐　真理
富子すきすき

武家の妻、辰巳芸者、盗人の娘、花魁——。懸命に前を向いて生きる江戸の女たちの矜持を描いた傑作短編集。《解説・梶よう子、細谷正充》

宇江佐　真理
恋いちもんめ

水茶屋の娘・お初に、青物屋の跡取り息子・栄蔵との縁談が舞い込む。運命に翻弄される若い男女を描いた江戸の純愛物語。《解説・菊池　仁》

宇江佐　真理
おはぐろとんぼ
江戸人情堀物語

別れた女房への未練、養い親への恩義、きょうだいの愛憎。江戸下町の堀を舞台に、家族愛を鮮やかに描いた短編集。《解説・遠藤展子、大矢博子》